Isabell Schmitt-Egner

Vampirromane sind zum Kotzen

Ein Vampirroman

Titelbild: Isabell Schmitt-Egner

Impressum
Fichtenweg 12, 32139 Spenge
Tel. 05225/1757

Vampirromane sind zum KOTZEN

Ein Vampirroman

Für Cecilia

1

»Bist du dir sicher?«, flüsterte er ihr sanft ins Ohr.
»Oh ja! Ja, Endres! Ich bin mir noch nie so sicher gewesen!«
Sie warf sich in seinen Arm und er hielt ihren zarten Körper behutsam fest, obwohl das Verlangen, sie mit aller Kraft zu umschlingen, übermächtig war. Seine Hoffnung hatte sich erfüllt und er konnte es kaum glauben, als sie ihre sternenklaren Augen hob und in sein bleiches Antlitz schaute. Ihre zarte Hand berührte seine Wange, und er erschauerte.
»Ich hatte die Hoffnung auf Liebe schon aufgegeben, meine Geliebte. Nur durch dich konnte ich weiter existieren. Nur durch dich.»

»Oh, Mann.« Mike griff nach seiner Wasserflasche.
»Was denn?«, fragte Berch hinter ihm.
»Nix. Endlosschleife. Krieg einfach keinen Schlussstrich hin.«
»Schreib *Ende* drunter und gut is.«
Mike hörte Berch in die Tasten hauen. Wahrscheinlich antwortete er auf irgendwelche Foreneinträge.
»Nee, da fehlt noch was. Ich brauche was Neues«, sagte Mike.
»Seit wann?« Berch starrte auf den Monitor. »Vollidiot hier. Keine Ahnung von gar nichts, aber rumposaunen, dat ham wa gern.« Berch klapperte wieder mit den Tasten.
Mike sagte nichts dazu und kniff die Augen zusammen.
»*Nur durch dich konnte ich weiter existieren, nur durch dich* … hmmm. Wie wär's mit: *In ihren Augen lag eine*

Zustimmung, eine Antwort und ein ewiges Versprechen.«
»Ich kotz gleich«, sagte Berch.
»Schön.«
»Nicht wegen deinem Geschreibsel. Hier behauptet einer, wir wären ein Druckkostenzuschussverlag. Den verklag ich wegen übler Nachrede.« Berch hämmerte auf seiner Tastatur herum. Das Telefon klingelte und Mike hob ab.
»Hey, Rita«, sagte er.
»Mikey! Micky, Micky, Micky! Ich hab gehofft, du gehst gleich ran. Ist es fertig? Kann ich schon was haben?« Mike verzog das Gesicht, hielt den Hörer weiter vom Ohr weg und stellte auf Lautsprecher.
»Mir fehlt tatsächlich noch eine Zeile«, sagte Mike.
»Good boy, good boy! Ich wusste es. Dann mails mir doch gleich rüber. Ich bin schon so gespannt! Sag mal, was ist eigentlich mit dem *Mondrose*-Manuskript?« Rita klang, als würde sie sich beim Reden mit Kaubonbons abmühen. Mike legte die Hand auf den Hörer und wandte sich Berch zu.
Mondrose?, formte er mit den Lippen. Berch zeigte ihm den Mittelfinger.
»Die *Mondrose* dauert noch, Rita. Berch will daran noch was ändern. Ich mail dir gleich mal den *Grafen der Nacht*«, sagte Mike.
»Baby! Das Ding wird der Hammer. Das fühl ich im Blut.«
»Wenn du das sagst.«
»Und ob, mein Lieber! Und sag Berchtold, er soll sich mal melden wegen der *Mondrose.*«
»Ich sag's ihm.«

»Okeeee, und tschau, tschau, tschau! Bis bald, Baby!« Rita legte auf.
»Wäre ich du – ich hätte der Kuh längst den Hals umgedreht.« Berch spießte sich einen Kartoffelchip auf den Eckzahn und biss ihn dann in zwei Hälften. Krümel rieselten auf die Tastatur.
»Trotzdem macht sie nen guten Job. Sehe ich dich heute wohl noch am aufgeräumten Schreibtisch sitzen und in die Tasten hauen?« Mike speicherte sein Manuskript ab. Berch langte in die Schale mit den Chips.
»Ich sage einfach, ich hab die Festplatte geschrottet.«
»Kein Mitleid von mir«, sagte Mike und öffnete sein Mailprogramm. »Ich schicke Rita den Grafen, dann ist sie besänftigt. Vorerst.«
»Von wegen. Die ruft gleich wieder an, und dann wird sie dich zu einem Covershooting mit Shawn überreden«, sagte Berch.
»Wieso sollte sie?«
»Weil sie mit ihm gern mal die Laken wälzen würde.«
Das Telefon klingelte und Mike hob ab.
»Rita.«
»Hehey, Mickey! Ich hab dein Jahrhundertwerk eben aus dem Kasten gefischt und ich kann mich kaum zurückhalten, es zu lesen, aber ich denke, wir sollten schon mal über ein Covershooting nachdenken. Ich hab da schon ein paar Kandidaten im Auge.«
Berch schielte zu Mike hinüber.
»Wie wär's mit Shawn«, schlug Mike vor. Rita kicherte schrill.
»Oh Baby, du kannst ja Gedanken lesen! Ich fass es nicht! Manchmal denk ich, wir beide sind seelenverwandt!«

Sie seufzte tief und zufrieden.
»Tu mir einen Gefallen und ruf ihn für mich an, ja? Danke Rita. Ich muss jetzt Schluss machen.«
»Werd ich! Ich …«
Mike legte auf. Er angelte zwei rotbraune Gelatinekapseln aus dem Glas auf seinem Schreibtisch, spülte sie mit Wasser herunter und öffnete dann seine Titeldatei. In der Regel ging er seine gesammelten möglichen Arbeitstitel durch und entschied sich dann für einen, zu dem er sich dann eine Story ausdachte. Eine etwas ungewöhnliche Vorgehensweise für einen Autor. Nach über dreißig Romanen war seine größte Sorge, dass ihm eines Tages die Titel ausgehen würden. Mike überflog seine Sammlung und wartete, ob ihn ein Wort oder eine Zeile ansprang.
Lady der Nacht, Mein dunkler Geliebter, Gefallener Engel, Mein schwarzes Herz …
Unglaublich, dass all diese Titel noch übrig waren.
Begehrt von einem Vampir …
Nein. Das konnte Berch schreiben, wenn er endlich die *Mondrose* auf die Reihe bekam.
Graf meines Herzens, Nachtgefährte …
Nachtgefährte war nicht mal so schlecht. Wobei die Leserinnen bei dem Titel verstärkt erotische Einlagen erwarteten. Mike warf einen Blick hinüber zu Berch. Der starrte auf den Monitor, die blonden Haarsträhnen hingen ihm ins Gesicht und seine Hand suchte blind nach der Schale mit den Chips. Mike streckte sich und seine Knochen knackten. Er konnte es Berch nicht verdenken, dass er eine gewisse Unlust zeigte, aber das war nun mal sein Job. Und für sie beide nicht der schlechteste.

Sie konnten vom Schreiben leben.
»Ich glaub, ich geh mal kurz vor die Tür«, sagte Mike. »Ich brauch jetzt ne Runde Bewegung.«
»Jo.« Berch schien völlig in seine Forenwelt vertieft.
»Soll ich dir was mitbringen?«
»Nen Roten.«
»Okay.«
Mike ging in den Flur und schnappte sich seine Jacke. Er fror zwar nicht, aber an diesem kühlen Frühlingstag würde fast jeder eine tragen, und er passte sich ihnen an.

*

Mike lief im Schatten der Häuser die Prenzlauer Allee entlang. Nahe der S-Bahn Station hatte ein neuer Spätkauf eröffnet, den er wegen Berchs Rotwein ansteuern konnte. Das Laufen tat ihm gut und die Sonne stand um diese Uhrzeit schon nicht mehr so hoch, sodass der ganze Bürgersteig im Schatten lag. Mike schlug seine Kapuze nach oben, steckte die Hände in die Hosentaschen und lief mit gesenktem Kopf weiter. Er spürte die wärmenden Strahlen durch den Stoff, während er zügig ausschritt. Der *Graf der Nacht* hatte ihn in den letzten Tagen stark in Anspruch genommen.
Kühler Schatten umfing ihn wieder, als er die Brücke hinter sich ließ. Der kleine Spätkauf lag wenige Meter vor ihm, und er freute sich darauf, ein wenig in den Regalen zu stöbern und ein paar Zeitschriften zu kaufen. Instinktiv fuhr sich Mike mit der Zunge über die Eckzähne. Sie waren schon wieder nachgewachsen. Der olle Nachtgraf hatte ihn davon abgehalten, sie abzufeilen. Berch ließ

seine Zähne in Originallänge stehen, und deshalb erledigte Mike meistens die Einkäufe. Wenn sie gemeinsam Lesungen abhielten, war das etwas anderes, denn die Fans glaubten, dass das alles zur Maskerade dazugehörte, aber im Alltag konnte man schon mal dumme Blicke ernten. Mike betrat den Laden und nickte dem Mann hinter der Theke freundlich zu. Dann fanden seine Augen das Zeitschriftenregal und er bewegte sich zielstrebig darauf zu. Als erstes checkte er die neuesten Heftchenromane ab, die jemand zu Dutzenden in einen Ständer gequetscht hatte. Er fand ein paar Arztromane, einige Hefte mit Mystery-Covern, historische Liebesromane (Berch nannte sie Pseudopornos) und tatsächlich drei Titel aus ihrem eigenen Verlag. Und zwar die aktuellsten. Alle drei stammten aus Mikes Feder. Berch hatte nur einen Roman in der ganzen Zeit abgeliefert und der war hinter den Erwartungen zurückgeblieben. Mike steckte seine Heftchen ganz nach vorne, sodass die Kunden sie gut sehen konnten. Er trat einen Schritt zurück und betrachtete sein Werk. Alles bestens. Shawn beugte sich mit übergroßen Vampirzähnen und sinnlichwildem Blick über den schneeweißen Hals einer rothaarigen Schönheit. *In den Armen des schwarzen Lords* stand in geprägten Goldlettern darunter. Mike nahm sich vor, mit Rita zu sprechen. Die Zähne kamen zu groß rüber auf dem Titelbild und dieses Shooting würde außerdem das letzte mit Shawn sein. Sie brauchten dringend ein anderes männliches Model. Shawn zierte mindestens fünf Cover und langsam wurde es albern. Eindeutig Ritas Einfluss.
»Kommen Sie zurecht?«, fragte ihn jemand.

»Ja, danke«, sagte Mike und drehte sich erst dann kurz um. Er nickte dem Mann hinter der Theke freundlich zu. Heute waren seine Zähne einfach zu lang, um jemandem beim Sprechen ins Gesicht zu sehen. Mike entschied sich für eine Tageszeitung und ein Fanblatt für Filmfreaks, in dem die neuesten Kinofilme vorgestellt wurden. Dann suchte und fand er bei den Getränken einen passablen Rotwein für Berch und legte noch ein paar Schokoriegel für sich selbst dazu.

»Das war's?«, fragte der Mann.

Mike nickte und lächelte mit geschlossenem Mund.

*

Er warf die Wohnungstür ins Schloss und hörte Berch im Arbeitszimmer reden. Mike bog um die Ecke und Berch hielt ihm sofort den Hörer hin.

»Rita für dich.«

Mike drückte ihm die Einkäufe in den Arm und nahm das Telefon.

»Rita.«

»Hey, mein Hübscher! Ich hab das Shooting klargemacht! Übermorgen, zehn Uhr. Hab dir ne Dispo gemailt.«

»Ja, schön. Allerdings müssen wir beide dann mal reden. Wegen Shawn.«

»Ist er nicht wunderbar?« Rita seufzte tief.

»Schon. Aber wenn man etwas zu oft isst, schmeckt es irgendwann nicht mehr so gut. Verstehst du?«

Kurzes Schweigen.

»Was hat denn das mit Essen zu tun?«, fragte Rita schließlich.
»Ich meine, wenn man zu häufig dasselbe hat, dann verliert es seinen Reiz. Du verstehst, was ich damit andeuten will«, sagte Mike.
»Nein, Babe. Was willst du damit andeuten?«
»Pass auf … ich erklärs dir beim Shooting, okay? War sonst noch was?«
»Nein, ich lese mich jetzt erst mal in dein neues Meisterwerk ein. Und sag Berch, dass wir demnächst über die *Mondrose* reden müssen.«
»Mach ich. Bis dann.«
Mike drückte Rita weg und legte das Telefon auf den Tisch.
»Der Wein ist klasse. Wo hast du den her?«, fragte Berch. Er kam mit einem vollen Glas ins Arbeitszimmer, und Mike sah dunkelrote Eiswürfel in der Flüssigkeit dümpeln.
»Das ist widerlich«, sagte Mike, während er sich seiner Jacke entledigte.
»Nee, das ist wie mit Literatur. Alles Geschmackssache«, sagte Berch. Er ließ sich vor seinem PC nieder.
»Denk dran, dass wir eine Lesung haben diese Woche«, sagte Mike.
»Ja, hab ich auf dem Schirm.« Berch scrollte sich durch eine Website.
»Willst du nicht langsam mal an die *Mondrose* gehen? Was sagen wir, wenn die Leute fragen, wann dein nächster Roman erscheint?«
»Der erscheint schon noch.« Berch öffnete ein neues Fenster. »Bin eben kein Streber, so wie du.« Er loggte sich

in sein Online-Game ein und öffnete ein gespeichertes Spiel. Mike gab auf. Jetzt würde Berch für Stunden nicht ansprechbar sein.

Mike ging ins Bad. Vor dem Spiegel bleckte er die Zähne. Ja, sie waren schon wieder auffällig lang. Er nahm eine spezielle Feile aus dem Spiegelschränkchen und begann, den linken Eckzahn abzufeilen. Es würde nicht lange halten, aber für das Shooting war es besser so. Rita bequatschte ihn regelmäßig, dass er wie Berch ein Vampir-Image pflegen sollte. Zwei Schriftsteller, die Vampiren ähnlich sahen und Vampirromane schrieben. Das war wirklich ein gutes Konzept. Rita hatte ihn und Berchtold als Kultfiguren aufgebaut und das funktionierte wunderbar bei der weiblichen Leserschaft. Aber Mike fühlte sich unwohl damit. Berch schien es nichts auszumachen, dass er einen Menschen darstellte, der einen Vampir mimte. Ganz schön kompliziert. Mike tippte mit dem Zeigefinger an seinen Zahn, dann feilte er ihn weiter ab. Er wollte sich selbst nicht als Vampir sehen. Er war auch kein Untoter, sondern ein Mensch mit einer seltenen Krankheit ungeklärter Ursache. Genau so war das. Schließlich atmete er; er aß, trank und schlief. Alles Blödsinn. Mike bearbeitete den nächsten Zahn. Obwohl er fest an seine Theorie glaubte, redete er fast nie darüber. Rita dachte, dass Berch sich dieses Gebiss hatte machen lassen und bewunderte ihn dafür. Berch konnte als Vorzeigevampir auf Lesungen herhalten, während Mike sich vor ihr rechtfertigen musste, warum er für das Marketing und die Fans nicht bereit war, auf den Vampirzug aufzuspringen. Rita hatte ihm vorgeschlagen, wenigstens sein braunes Haar wachsen zu lassen und schwarz zu färben, damit er blasser und geheimnisvoller aussah und seine grauen Augen mehr hervorstachen, aber er hatte abgelehnt. Mike grinste sein Spiegelbild an. Schon besser. Ein junger Mann, Anfang zwanzig. Er setzte die Feile wieder an. Wenn er wollte, konnte er ein fast normales Leben führen. Ja, es war ein reiner Akt des Willens, der Disziplin.

2

»Großartig!« Ritas Gesicht glühte so sehr, dass Mike sich fast Sorgen machte. Ihr Körper strahlte eine Hitze aus, die er spüren konnte. Der Fotograf positionierte Shawn und das weibliche Model vor einer giftgrünen Wand. Shawn trug einen klischeetriefenden schwarzen Anzug mit hochgestelltem Kragen und bodenlangem Mantel. Rita hatte sich selbst auf Verlagsleiterin getrimmt, und die Kombination aus übergroßer Brille mit Kettchen und dem türkisgrünen Kostüm samt passendem Halstuch ließ keine Sekunde Zweifel an ihrer Rolle aufkommen. Es war ihr Erfolgskonzept, alle gängigen Erwartungen zu erfüllen und Mike bewunderte sie dafür, dass sie Klischees wie ein Trüffelschwein aufstöberte, um sie dann in Vollendung zu bedienen.

»Und in den Hintergrund packen wir dann ein dunkles Schloss«, schwärmte Rita und warf Mike einen fiebrigen Blick zu.

»Ich weiß nicht«, sagte er.

»Wie, du weißt nicht?«, fragte Rita. Es klang alarmiert. Sie wurde schnell hektisch, wenn sich ein eventuelles Veto am Horizont zeigte.

»Vielleicht sollten wir mal was anderes machen«, sagte Mike. »Schlösser haben wir recht häufig.«

Rita schnaubte. »Süßer, es geht um Vampire, und Graf plus Vampir gleich Schloss-Cover. Ich sehe da kaum Spielraum … ja, das Kleid ist toll, das nehmen wir!« Rita winkte der Dame vom Kostüm zu.

»Nein, ich hätte gern ein anderes«, sagte Mike.

»Und wieso?«, fragte Rita. »Das rote ist toll. Es symbolisiert Blut.«
»Es passt nicht zu ihren Haaren«, sagte Mike. »Sie sollte ein blaues Kleid tragen. Das ist komplementär zu dem kupferfarbenen Schimmer.«
»Sag mal, was ist denn mit dir los?«, fragte Rita.
»Nichts. Was soll los sein? Ich habe einfach Recht damit.«
Mike sah zu, wie die Kostümbildnerin die Schönheit aus Shawns Armen riss und zügig hinter sich herschleifte. Jetzt würde Rita gleich losbürsten, um mit einem Vorwand Shawn anzusprechen, solange er allein und tatenlos herumstand.
»Ich muss mal kurz was klären«, sagte Rita, und es klang wie ein tiefes Schnurren. Sie löste sich von Mikes Seite und schwebte regelrecht auf Shawn zu, wobei sie ihren Notizblock mit der Disposition obenauf wie eine Rechtfertigung nach vorne streckte. Mike lehnte sich gegen die Wand und sah auf die Uhr. Hoffentlich kam er hier bald raus. Rita redete in hellem Ton auf Shawn ein und vergaß völlig, ihre sonore Schlafzimmerstimme einzusetzen. Shawn nickte zu ihren Ausführungen, aber Mike glaubte, in seinem Gesicht einen anderen Gedanken zu lesen. Shawn dachte an ein Mittagessen mit saftigem Steak und Bratkartoffeln. Bestimmt hatte er, wie auch das weibliche Model, nichts gefrühstückt, um schlanker auszusehen. Rita schien das nicht zu bemerken und legte ihm vertraulich die schmale Hand auf den trainierten Unterarm.
Mike griff in seine Hosentasche und zog eine kleine Schachtel hervor, der er zwei Gelatinekapseln entnahm. Er brauchte einen Schluck Wasser zum Runterspülen und

machte sich auf den Weg zum Catering. Auf halbem Weg holte ihn Rita ein und lief neben ihm her.

»Oh, Babe, du hattest Recht! Das blaue Kleid steht ihr wirklich viel besser. Oh, Mann! Das Cover wird traumhaft, ich sag's dir! Und ich hab grad mit Shawn schon das Shooting für *Mondrose* klargemacht. Er ist dabei.«

Rita überholte Mike und griff nach einem Kaffeebecher, der auf dem Cateringtisch stand. Mike nutzte den Moment, um seine Kapseln einzuwerfen. Er schluckte sie nie, wenn Rita zusah. Schnell nahm er eine kleine Flasche Mineralwasser und schraubte sie auf. Er trank ein paar Schlucke und die Kapseln glitten seine Kehle hinab. Das würde ihm gleich helfen, wenn er sich mit Rita anlegte.

Die drehte sich strahlend zu ihm um, den Kaffee in der Hand.

»Ist das nicht fantastisch, dass wir ihn wieder kriegen? Aber beim nächsten Mal nehmen wir dann das rote Kleid. Und Rosen! Hunderte Rosen!«

»Rita, darüber müssen wir noch mal sprechen«, sagte Mike geduldig. »Shawn war schon ziemlich oft auf dem Cover und er hat eine starke Präsenz. Er fällt auf. Wir sollten die nächsten Covers ohne ihn schießen. Wir brauchen was Neues.«

Rita presste die Lippen zusammen.

»Mike. Ich weiß, wie du darauf kommst, aber du kannst mir vertrauen. Die Leser wollen nichts Neues. Sie wollen etwas Vertrautes. Sie wollen das, was sie kennen. Weißt du, wie viel Fanpost Shawn bekommt, seit er die *Blaues-Blut*-Verlagscover ziert?«

»Nein.«

»Das Zeug kommt wäschekorbweise. Pass auf, Mikey.

Ich bin deine Geschäftsführerin, und ich sage, Shawn könnte so eine Art Aushängeschild für uns werden. Die Fans werden die Bücher auch wegen seines Bildes kaufen, weil sie ihn lieben. Er ist der perfekte Vampir, der perfekte Mann. Ich mache später den Vertrag mit ihm. Wenn er erst mal berühmt ist, kommen wir nicht mehr an ihn ran.«

»Ich bin dagegen. Ich denke, wir brauchen etwas Abwechslung«, sagte Mike.

»Ach, mein Süßer.« Rita lächelte mütterlich. »Du bist noch so jung, Mike. Und manchmal denke ich, du wirst gar nicht älter ... naja. Jedenfalls kannst du dich auf mich verlassen. Wir nehmen Shawn für das Mondrose-Cover und das Mädchen tauschen wir aus. Ich werde das mit Berch besprechen. Es ist ja sein Roman. So ... bin wieder am Set. Bis später, Baby!«

Rita stöckelte zurück ins Studio und Mike sah ihr hinterher. Er musste mit Berch ein ernstes Wort über Rita reden. Sie benahm sich immer eigenmächtiger und fällte wichtige Entscheidungen allein. Sie schien Mike nicht ernst zu nehmen und das konnte nicht nur daran liegen, dass er die Vampirshow verweigerte. Mike fühlte sich ein bisschen schwach und beschloss, noch zwei Kapseln zu schlucken. Heute würde er Rita noch mal freie Hand lassen, aber er musste aufpassen, dass das Ganze nicht ungesunde Formen annahm.

3

Zweihundert Stühle. Mindestens. Und die Lesung würde brechend voll werden. Mike sah sich in dem Lesesaal um. Berch saß noch in der Garderobe und widmete sich seinem Highscore. Auch Mike musste sich noch umziehen. Er hasste es, aber Rita bestand auf einem leicht altertümlich anmutenden Anzug. Und das auch nur, weil Mike sich standhaft weigerte, im rot ausgeschlagenen Mantel aufzutreten. Seiner Ansicht nach sollte es um die Bücher gehen und nicht um eine Kostümshow. Berch schien das alles wurscht zu sein. Hauptsache, er kam rechtzeitig wieder nach Hause, um zu zocken. Aber Berchtold war einfach ein anderer Typ, der nicht dermaßen mit seinem Schicksal haderte.

»Sei doch froh, dass du nicht älter wirst«, sagte er und damit war die Sache jedes Mal vom Tisch. Und genau betrachtet hatte er Recht. Mike konnte nicht sagen, was ihn an seinem Leben so störte, denn eigentlich war alles in Ordnung. Er nahm Nachteile in Kauf, wie andere Menschen, die unter einer Krankheit litten, aber das war erträglich.

Mike schlenderte durch den Raum. Er steuerte eine Tür an, die vielleicht nach draußen führte. Er drückte die Klinke herab, wohl wissend, dass er sich jetzt in die Garderobe begeben sollte zur Vorbereitung, aber er schlüpfte durch den Türspalt und die Tür fiel hinter ihm ins Schloss. Er drehte sich um. Von dieser Seite hatte die Tür nur einen Knauf. Er ergriff ihn und drehte. Er zog.

Mist.

Das hatte er nun davon. Er hatte nur ein paar Minuten Zeit schinden wollen und wurde prompt bestraft. Jetzt musste er einen anderen Weg zurück finden. Warum passierten Berch nie solche Sachen? Vielleicht weil sein Sternenflottenspiel ihn an einen Stuhl fesselte. Mike folgte dem kleinen Gang. Rechts und links von ihm befand sich jeweils eine Tür mit einem »WC«-Schild darauf. Er bog um die Ecke und erblickte Bücherregale. Er war in der angrenzenden Buchhandlung gelandet. Erleichtert durchquerte er den Raum. Er konnte einfach vorne hinausspazieren und außen herum wieder hineingehen.

Die Tür nach draußen schwang auf und Mike hielt sie reflexartig fest, als eine junge Frau an ihm vorbeilief.

»Danke«, sagte sie, und Mike blieb wie erstarrt stehen. Er schaute ihr nach. Das rostbraune Haar fiel ihr über die Schultern. Mehr sah er von ihr nicht, während sie sich zielstrebig zwischen den Regalen bewegte. Sie schien genau zu wissen, was sie suchte.

Mike wurde bewusst, dass er immer noch die Tür aufhielt. Er ließ los und die Tür schloss sich langsam. Mike stand in der Buchhandlung. Er war unfähig, sich zu rühren. Es war eine verrückte Situation, absolut außergewöhnlich. Aus irgendeinem Grund wusste er, dass er jetzt einen riesigen Fehler machen konnte. Der Fehler war da, direkt vor ihm. Aber er trug eine Tarnkappe und zeigte sich nicht.

Es war ihre Stimme. Oder etwas anderes. Er konnte es nicht sagen. Nur eins war klar: Der Fehler, den er machen konnte, hatte mit ihr zu tun. Der Drang, ihr zu folgen, war stark. Er wollte zu ihr gehen und mit ihr reden, und dabei wusste er noch nicht einmal, worüber. Sie war eine Fremde, er kannte sie nicht. Irgendeine Frau, die in einen Buchladen kam. Er suchte sie mit den Augen, denn seine Füße schienen noch am Boden angenagelt zu sein. Er sah nur ihren Haarschopf, denn sie beugte sich über ein Buch, das sie aus dem Regal genommen hatte. Der Fehler konnte natürlich darin bestehen, sie *nicht* anzusprechen. Oder umgekehrt. Mike bekam heiße Ohren. Seine Füße setzten sich plötzlich in Bewegung. Er musste ihr Gesicht sehen, vielleicht löste sich sein merkwürdiger Zustand dann wieder auf. Womöglich erkannte er dann, dass er ein Déjà-vu gehabt hatte und alles war wieder normal. Die Frau hatte ihn an jemanden erinnert, den er kannte und diese Erinnerung wurde von seinem Gehirn falsch kombiniert. All das lag im Bereich des Möglichen. Mike näherte sich ihr, mit klopfendem Herzen. Seine Zunge fuhr automatisch über seine Eckzähne und er war dankbar, dass er sie abgeschliffen hatte. So blieb ihm zumindest theoretisch die Möglichkeit, die junge Frau anzusprechen.

Warum auch immer ich plötzlich eine Fremde ansprechen muss. Ein Fehler in der Matrix.

Mike blieb vor dem Regal stehen. Und sie stand auf der anderen Seite. Immer noch mit dem Buch in der Hand. Sie schaute kurz hoch und sah ihm ins Gesicht. Runde, braune Augen, die lächelten. Dann stellte sie das Buch zurück und nahm ein anderes.

Mike schluckte. Immer noch dieses verdammte Fehler-Matrix-Gefühl.

»Ist was?« Sie sah ihn an.

Sein Gestarre war wohl nicht unbemerkt geblieben.

»Ich weiß nicht«, sagte Mike wahrheitsgemäß.
»Sie wissen es nicht?« Sie lächelte. Er konnte nicht sagen, was sie gerade über ihn dachte, während er sich zum Affen machte, aber sie sah nicht genervt aus.
»Nein. Weiß ich nicht. Ich weiß nicht, was ich sagen soll.«
»Kennen wir uns?«
»Ich glaube nicht.« Es war eine von den Situationen, wo jeder Satz das Ganze noch schlimmer machte.
»Ich dachte nur, weil Sie da so rumstehen und mich ansehen.«
»Da haben Sie Recht. Und bevor es noch schlimmer wird, gehe ich wohl besser«, sagte Mike. Es war geschehen. Er hatte den Fehler begangen. Mike tröstete sich damit, dass es vielleicht sein Schicksal war, sich kurz vor der Lesung zu blamieren. Das Leben gab ihm eine Backpfeife, damit er sich zwischen den ganzen Fans, die ihn gleich belagern würden, nicht zu toll vorkam.
Danke. Immer wieder danke.
Er drehte sich um und steuerte auf die Tür zu.
»Sind Sie sicher?«
Mike blieb stehen und durchlebte den nächsten unwirklichen Moment. Er drehte sich vorsichtig um und erwartete fast, dass er sie wieder mit der Nase im Buch vor sich sah, weil er sich nur gewünscht hatte, sie würde ihn aufhalten, was natürlich großer Unsinn war. Aber sie stand dort und schaute ihn an.
»Sicher?«, fragte er.
»Sicher, dass Sie gehen wollen.«
»Nein. Aber ich wollte die Blamage in Grenzen halten.« Er schluckte wieder.
»Verständlich.«

Sie lächelte und ließ ihn ein paar Sekunden in der Unsicherheit schweben.
»Sie können hierbleiben. Ich erzähl's auch nicht weiter«, sagte sie und Mike lächelte ein wenig zurück.
»Würde ich gern. Aber nebenan ist eine Lesung. Die geht gleich los.«
»Oh ja, die Plakate sind nicht zu übersehen. Bis das losgeht, wollte ich auch weg sein. Die ganzen Verrückten sind bestimmt schon auf dem Weg.«
»Die Verrückten?«, fragte Mike.
»Na die Fans von diesem Vampir-Kitsch. Die rennen hier gleich alles nieder.«
»Vampir-Kitsch«, wiederholte Mike. Seine Kehle kratzte, als wäre sie mit Sandpapier ausgekleidet. Er brauchte einen Schluck Wasser.
»Ja. Ich finde, Vampirromane sind zum Kotzen. Ätzend. Und dann noch in diesem Heftchen-Roman-Stil … und in einem völlig überlaufenen Genre. Ich versteh nicht, wie man so einen Blödsinn zusammenschreiben kann.« Sie grinste frech.
»Ja, versteh ich auch nicht«, flüsterte Mike. Ihm war ein wenig schwindelig.
»Ist Ihnen nicht gut?«, fragte sie.
»Doch … doch. Alles … bestens.«
»Ich dachte nur, Sie sind etwas blass. Ich bin übrigens Phoebe.«
Sie streckte ihm die Hand hin und Mike nahm sie wie in Trance.
Fehler! Alarm. Schwerer Fehler.
»Ich bin Mike. Freut mich sehr, Phoebe.«
Es fühlte sich wunderbar an. Er hätte sie fast nicht mehr

losgelassen, aber Phoebe entzog ihm ihre warme Hand wieder.
»Ich habe Lust auf einen Kaffee. Sie auch?«, fragte Phoebe.
»Nein … ich meine ja. Unbedingt. Warten Sie hier, ich muss nur kurz was klären. Bin gleich wieder da.«
»Okay.« Sie wirkte etwas erstaunt.
»Nicht weggehen. Bin gleich zurück!«, rief Mike. Dann lief er los.

*

Berch sah nicht auf, als Mike die Garderobentür aufriss.
»Du musst die Lesung für mich übernehmen!«, rief Mike und schlug die Tür hinter sich zu.
»Bekloppt oder was?«, sagte Berch. Seine Augen klebten weiter am Bildschirm seines Tablet-PCs.
»Ohne Scheiß, Berch. Das ist ein Notfall! Du musst das heute allein durchziehen, ich flehe dich an!«
»Sag mal, geht's noch?« Berch sah auf. »Zieh dich lieber mal um.«
»Ich tue alles, was du willst, aber du musst mich gehenlassen.«
»Will ich wissen, was mit dir los ist?«, fragte Berch.
»Ich muss ganz dringend weg. Wirklich. Ich übernehme den Haushalt für zwei Monate. Ganz allein. Ich werde einkaufen, alles, was du verlangst.«
»Vergiss es.«
»Wolltest du nicht Schlangen halten? Ich kauf dir ein Terrarium mit Luxusausstattung und ne Boa.«
»Mike, jetzt komm mal runter.«

»Ich schreibe dir die *Mondrose* zu Ende.«
Berch zog die Augenbrauen so hoch, dass sie fast in seinem Haaransatz verschwanden.
»Ist das dein Ernst?«
»Ja. Ich schreibe die *Mondrose*. In drei Wochen hast du sie. Ich schwör's.«
»Dann sag ich JA, beim Jupiter«, sagte Berch. »Hau ab. Warum auch immer. Die Erklärung will ich aber später hören.«
»Du bist echt der Beste, der Großartigste! Ich schreib das Ding, keine Sorge. Bis dann!«
Bevor Berch etwas sagen konnte, war Mike schon aus der Tür gestürzt.

4

Phoebe rührte in ihrem Kaffee und Mike ertappte sich dabei, dass er ihre Hand anstarrte.
»Und was machst du beruflich?«, fragte sie und legte den schaumtriefenden Löffel beiseite.
»Ich? Ich schreibe«, sagte Mike, wie aus Reflex.
»Ach, du bist Autor! Ist ja Hammer. Das hab ich mir auch immer gewünscht. Und was schreibst du?« Phoebe sah ihn interessiert an und Mike fühlte einen Schauer über seinen Rücken laufen. Erstens, weil sie ihn mit ihren schönen Augen ansah und zweitens, weil er sich jetzt richtig in die Nesseln gesetzt hatte. Jetzt brauchte er eine gute Ausrede, aber im Grunde war der Zug abgefahren.
»Drama«, antwortete Mike und schluckte. »Ich schreibe Dramen.«
»Wow.« Sie lächelte.
»Liest du denn gern?«, fragte er und wollte am liebsten mit dem Kopf auf dem Tisch aufschlagen. Schließlich hatte er sie in einer Buchhandlung kennengelernt.
»Ja, am liebsten Horror und wissenschaftliche Thriller«, sagte sie. »Und du?«
»Na ja, ganz ehrlich, ich komm nicht so dazu. Ich arbeite mit meinem Kollegen zusammen und da muss ich ständig irgendwelche Texte lesen«, sagte Mike.
»Ist ja interessant. Vielleicht hab ich schon mal was von dir in der Hand gehabt.«
»Äh, ja. Vielleicht.«
Aber dann hast du's sicher sofort wieder zurückgelegt.

»Schreibst du das unter Pseudonym?«, fragte Phoebe und tunkte ihr Waffelröllchen in den Kaffee.
»Ja, das ist einfach besser.«
»Und das wäre?«
»Das ... das kann ich leider nicht sagen. Ist geheim«, sagte Mike und hoffte, dass er damit davonkam. Vor allem, weil er kein Pseudonym besaß.
»Aha.« Phoebe biss ein Stück Waffel ab und schaute ihn dabei nachdenklich an.
»Tut mir leid, wenn das blöd rüberkommt, aber meine Geschäftsführerin, die wird immer fuchsteufelswild, wenn ich das verrate.«
»Schon gut, ist okay«, sagte Phoebe, und Mike warf unauffällig einen Blick zu seiner Uhr. Berch hatte die Lesung gleich fertig und dann musste er hunderte Bücher signieren.
»Und wo arbeitest du?«, fragte er.
»Beim Tierarzt. Ich bin Tierarzthelferin.«
»Oh, dann guckst du bestimmt keine Arztserien«, sagte Mike und fühlte fast körperliche Schmerzen. Er hatte es versemmelt. Das Beste war, wenn er jetzt sofort mit einer annehmbaren Entschuldigung flüchtete. Aber wenn er Phoebe ansah, redete er großen Schwachsinn.
Phoebe lachte überrascht. »Stimmt! Das ist wirklich unerträglich! So ein unrealistischer Quatsch. Kann man sogar als Tierarzt kaum aushalten.«
Mike war erleichtert. »Da sieht man, dass es zu wenige Ärzte gibt. Sonst wären noch welche übrig, die sich mal das Drehbuch vornehmen.«
»Ist ja verrückt, dass du das erwähnst. Mein Mitbewohner schaut solche Serien und regt sich dann tierisch

drüber auf. Ich sag dann immer, lass es doch einfach, aber das scheint ein Hobby von ihm zu sein.«
Mike musterte Phoebe, die ganz rote Wangen bekommen hatte. Er hätte zu gern gewusst, woran das lag. Und Mitbewohner klang nicht nach festem Freund. Auch wenn er sie gerade erst kennengelernt hatte, freute Mike sich darüber.
»Ist dein Mitbewohner auch was Medizinisches?«
Phoebe deutete ein Kopfschütteln an.
»Kein Mensch weiß, was der ist. Und Pete, der ist Lehrer. Also wird mal einer.«
»Du hast zwei Mitbewohner?« Mike trank einen Verlegenheitsschluck und hoffte, dass dieser Pete nicht mit Phoebe liiert war. In dem Moment vibrierte sein Handy in der Tasche.
»Willst du da nicht rangehen?«, fragte Phoebe.
»Ungern«, sagte Mike. Bestimmt klingelte Berchtold ihn an.
»Macht mir nichts aus«, sagte Phoebe und sah ihn aufmunternd an. Mike zog das Telefon aus der Tasche und ein kleiner, hellbrauner Bär tanzte auf dem Display.
»Ja«, sagte Mike nur.
»Es war von Lesen die Rede, nicht von der Signierstunde«, sagte Berch ohne Einleitung.
»Ja, tut mir leid«, sagte Mike.
»Und jetzt? In fünfzehn Minuten geht's los. Wenn die Mädels vom Klo zurückkommen, werden sie über mich herfallen. Und Rita wird auch gleich hier sein.«
»Rita?«, fragte Mike, und Phoebes Augen weiteten sich etwas, als er ihren Namen nannte.
»Ja. Frag nicht. Keine Ahnung, was die hier will.«

»Ich bin gleich bei dir«, sagte Mike. Er legte auf. Phoebe lächelte höflich, aber nicht unbedingt glücklich.
»Du musst weg, oder?«, fragte sie.
»Leider ja«, antwortete Mike. »Es tut mir leid.«
»Na ja, war ja auch eine sehr spontane Sache.«
»Genau.« Mike stand mit dem Gefühl auf, dass er unbedingt noch etwas sagen sollte, aber es er wusste nicht, was.
Phoebe öffnete ihre Handtasche. »Ich schreib dir meine Nummer auf, wenn du willst.«
Mike konnte nur nicken, aber innerlich jubilierte er.
»Ruf doch einfach mal an, wenn du noch mal Bock zu Quatschen hast«, sagte sie und reichte ihm einen kleinen Zettel. »Vielleicht magst du mir dann auch von deiner Autorenarbeit erzählen. Ich wollte auch immer mal was schreiben, aber ich hab's nie gemacht.«
»Klar«, sagte Mike und versuchte, nicht zu begeistert zu wirken.
»Ok, dann … bis bald«, sagte Phoebe. Sie lächelte ihm noch mal zu und Mike hob die Hand zum Gruß, bevor er sich abwandte und die Straße hinuntereilte.
Er drehte sich nicht noch einmal um, und während er lief, fragte er sich, ob das auch wieder ein Fehler war, denn am liebsten hätte er noch mal nach Phoebe geschaut.
Einfach nicht dran denken.
Er musste jetzt schnell zu Berch und ihm beistehen. Mike fragte sich, was Rita plötzlich bei der Lesung wollte.

*

Der Raum war brechend voll, als Mike ankam. Frauen drängten sich durch die Stuhlreihen, die meisten davon drückten sich ein Buch an ihren übergroßen oder auch nicht vorhandenen Busen. Das Mittelfeld schien es kaum zu geben. Die Bücher vom BB-Verlag hatten eine klar definierte Zielgruppe und die war auch zuverlässig anwesend.
Frauen mittleren Alters mit kaum vorhandenem Liebesleben und Tendenz zur Schwärmerei, die sich in eine Welt träumten, die sie nicht haben konnten. Und Mikes Aufgabe war es, diese Welt körperlich greifbar zu machen bei Lese- und Signierstunden. Zumindest war Rita dieser Ansicht, die schon neben Berch stand und ihm mit verkniffenem Gesicht entgegensah.
Gott sei Dank waren die Frauen gerade alle auf Berch fokussiert, sonst hätte Mike keine Chance gehabt, sich durch die wogenden Busen, Schals und Handtaschen nach vorn zu kämpfen. Ganz kurz kam das Bild in ihm hoch, wie er in einem bewegten Meer aus Vampirfans, Büchern und Signierstiften unterging. Seine Hand hob sich ein letztes Mal, bevor die Frauen ihn begeistert unter sich begruben, während Rita zufrieden lächelte.
Mike schüttelte sich und pflügte konzentriert vorwärts. Einige bemerkten ihn, aber dann war er schon an ihnen vorbei und nicht mehr im Zugriff.
»Mikey! Na endlich!«, zischte Rita. Sie packte ihn am Ärmel. Dann lächelte sie den Frauen vor dem Signiertisch verzeihend zu und zog Mike scheinbar sanft zur Garderobe hinüber.

Rita trat gegen die Tür, die krachend ins Schloss flog. »Ich finde keine Worte!«, legte sie los. »Mike! WO WARST DU? Und wo ist dein Kostüm? Das ist unprofessionell!«

»Ich ziehe kein Vampirkostüm an, Rita. Das hatten wir schon hundert Mal.«

»Baby. Du bist ein großartiger Schriftsteller, wirklich, sagenhaft! Aber was Werbung angeht, bist du ein Analphabet. Du hast keine Ahnung vom Geschäft! Aber dazu bin ich da und wenn ich sage, du gibst dort draußen den Vampir, dann tust du das auch! Deine Fans wollen glauben, dass ihr beide Vampire seid, auch wenn das der größte Schwachsinn ist, klar?«

»Der größte Schwachsinn. Klar.« Mike fuhr sich durch die Haare.

»Oh, Babe.« Rita rückte gurrend näher, so dass Mike ihr aufdringliches Parfüm riechen konnte. »Du bist so süß, wenn du verlegen bist. Ich könnte dich fressen.« Sie kniff ihm in die Wange wie einem properen Lausebengel, der gerade einen Dauerlutscher vom Jahrmarkt bekommen hatte.

Danke, Tante Rita!

Aber immer doch, mein Kleiner!

»So. Und jetzt ab nach draußen. Unter uns gesagt: Die Fans wollen alle dich! Das weißt du, oder Mikey? Du bist der Süße von euch beiden, die kleine Sahneschnitte. Hast du nicht wenigstens einen schwarzen Pullover? Oder was Graues? Denk mal an Edward, der hat auch diese graue …«

»Ich bin weg!«, rief Mike und ließ die Tür hinter sich zufallen.

*

»Ich kenne alle Bücher von Ihnen«, hauchte die füllige Frau vor Mike und schob ihm das aufgeschlagene Buch hin, in dem Berchs geschwungene Unterschrift bereits die halbe Seite einnahm.

Für Henriette. Denk daran: In dir schlummert eine feurige Frau.

Mike seufzte. Das fiel schon unter Nötigung. Er schrieb: *Für Henriette von Michael Storm. Bleibe mir bitte erhalten für die Ewigkeit.*

Ätzend. Er schob das Buch zurück über den Tisch und Henriette griff mit feuerrotem Gesicht danach, nein vielmehr grabschte sie und schaffte es tatsächlich, dabei seine Hand zu berühren. Ihre Finger hinterließen einen kaltschweißigen Film auf seiner Haut und Mike brauchte alle seine Körperbeherrschung, bis die Dame verschwunden war und er ganz beiläufig die Hand an seiner Hose abwischen konnte. Er würde sich so ein Handdesinfektionsliquid kaufen. Die nächsten Leserinnen rückten nach vorn. Mikes Finger schlossen sich fester um den handgedrechselten Stift aus Olivenholz, in den sein Name eingraviert war. Er liebte diese Stifte, sie waren das einzig Schöne an den Signierstunden. Als Belohnung für sich selbst würde er nach dem ganzen Theater einen Click-Pen aus Amaranth bestellen bei seinem Lieblingsdrechsler Franz Zetzl. Berchtold hielt das für übertrieben so viele Stifte zu haben, aber Mike war stolz auf seine Sammlung.

Ein Mädchen von etwa fünfzehn Jahren mit superdickem

Halstuch legte ihr Exemplar von *Blutliebe* auf den Tisch. Ein weißgeschminkter Shawn schaute düster vom Cover herab und hielt souverän eine schmachtende Brünette im Arm, die aussah, als könnte sie ohne Hilfe nicht stehen. Kurz blieb Mikes Blick an diesem verwaschenen dreifach-Schal hängen und er überlegte, was die Menschen alles für Krankheiten hatten, dass sie ständig ihre Hälse dermaßen einschnüren mussten. Das Mädchen deutete seinen Blick wohl falsch, denn sie lief puterrot an und jetzt sah ihr Gesicht aus wie eine Kirsche auf einem Baisertörtchen. Mike schlug schnell das Buch auf.

»Wie heißt du?«, fragte er.

»Lisa-Marie Charlene Xenia«, sagte das Mädchen und glühte, dass Mike ihr am liebsten das Halstuch abgerissen hätte, damit sie wieder Luft bekam.

»Also Lisa«, sagte Mike.

»Nein. Lisa-Marie … Charlene Xenia, bitte.«

Mike sehnte sich nach einer seiner Kapseln. Er musste gleich dringend eine einwerfen.

Für Lisa-Marie Charlene Xenia, mögest du mir für die Ewigkeit als Leserin erhalten bleiben.

Michael Storm.

»Danke«, piepste Lisa-Marie und nahm das Heft mit dem billigen Einband wieder an sich. Mike notierte in seinem Gedächtnis mit Rita über einen Druckereiwechsel zu sprechen.

»Und jetzt, liebe Gäste!«, erklang unvermittelt Ritas Stimme aus einer anderen Ecke des Saals, die Mike durch die vielen Frauen nicht einsehen konnte. »Hier kommt unser Special Guest! Begrüßen Sie mit mir Shawn T. Jones!« Die letzten Worte schrillten durch den Raum, und ließen Ritas eigene Begeisterung durchblitzen. Das ging aber in dem Kreischkonzert unter, das nun unter den Fans einsetzte. Frauen schrien und rissen die Arme hoch. Einige kämpften sich rücksichtslos quer durch die Menge, manche pressten nur die Hände vor den Mund und quietschten. Andere taten ganz cool, strebten aber konsequent zu Ritas kleiner Showbühne.

»Hast du davon gewusst?«, raunte Mike zu Berch hinüber.

»Nee.«

Mike stand auf und schaute über die Menge hinweg. Shawns imposante Gestalt überragte sie alle, wobei er zusätzlich noch auf einem Podest stand. Er trug wieder diesen Mantel vom Shooting. Hinter ihm hatte Rita eine Leinwand mit einem düsteren Schloss darauf aufgehängt.

»Einmal für Teresa bitte«, schnurrte eine Stimme vor ihm. Die große Blonde war das Gegenteil von Lisa-Marie Charlene Xenia, und zwar nicht nur vom Temperament her. Sie trug halsfrei und dazu schien sie auch siebzig Prozent ihrer Brüste niemandem vorenthalten zu wollen. Teresa legte den Kopf leicht in den Nacken und entblößte ihren Hals noch mehr, als erwarte sie, dass Mike sich bluthungrig auf sie stürzte, um seine Eckzähne in ihrer Haut zu vergraben. Mike unterdrückte ein Kopfschütteln und zauberte ein diplomatisches Lächeln auf sein Gesicht.

Er schrieb Teresa eine Widmung. Hinter ihr schluchzte ein Mädchen auf. Mike gab Teresa das Buch zurück.

»Es hat mich seeehr gefreut«, sagte Teresa mit rauchiger Stimme und hielt ihm galant die Hand hin. Mike ergriff

sie kurz und drückte sie mit einem höflichen Lächeln. Seinem Klon-Lächeln, das er in höchster Not und auf Kommando abrufen konnte. Das kleine Papier knisterte in seiner Hand und Mike fing den tiefen Blick Teresas auf, die genau wusste, dass er den Zettel gespürt hatte.
Mike stand auf.
»Ich bin kurz am Catering, Berch«, sagte er. Berch nickte und grinste eine birnenförmige Dame mit engsitzendem Zopfmusterpullover an, die ihm mit zitternden Fingern seinen letzten Roman reichte.
Mike verschwand hinter den Aufbauten der Bühne und suchte in seiner Jackentasche nach den Kapseln. Mit der anderen Hand warf er den Zettel in den blauen Müllsack, den jemand mit Klebeband an den Cateringtisch geklebt hatte und in dem sich die Plastikbecher türmten. Einer der Beleuchter kam vorbei und fischte nach dem Zettel. Er warf einen Blick darauf.
»Hotel Jakobshof, Zimmer 315. Rufen Sie mich an unter 015…«
Mike riss dem grinsenden Mann den Zettel aus der Hand.
»Mann, war doch nur Spaß! War die wenigstens heiß?«, fragte der Beleuchter.
»Hab nicht drauf geachtet.« Mike nahm sich ein Wasser, wartete, bis der Grinser sich verzogen hatte und stopfte den kleinen Zettel in seine Jackentasche. Dann warf er die Kapseln ein und atmete erleichtert durch. Bei Stress brauchte er mehr Blutkapseln als sonst. Draußen kreischten irgendwelche Mädchen und Mike nahm noch einen langsamen Schluck aus der Wasserflasche, um sein Auftauchen nochmal zu verzögern. Er wollte nicht dort rausgehen, diese verrückten Menschen nicht sehen, keine

Bücher mehr signieren. Mike zog sein Handy aus der Hosentasche und suchte nach der Nummer, die Phoebe ihm aufgeschrieben hatte. Er öffnete eine neue Nachricht.
Hey, ich bin's. Mike, der peinliche Typ aus der Buchhandlung. Was machst du heute noch?
Mit klopfendem Herzen gab Mike Phoebes Nummer ein und drückte auf Senden.
Berch schaute um die Ecke.
»Kommt du nochmal wieder oder soll ich deine Sauklaue in die Bücher fälschen?«, fragte er.
»Bin sofort da«, sagte Mike. Er stopfte das Telefon zurück in seine Hosentasche und ging widerstrebend an seinen Platz zurück.
Shawn hatte sich groß aufgebaut und sein Mantel wehte theatralisch im Wind.
Hä?
Mike sah genauer hin. Rita hatte einen armen Jungen vom Bühnenbauteam abgezogen, der einen laufenden Ventilator auf Shawn richtete. Die Frauen rückten eine nach der anderen vor, und Shawn fasste sie mit seinen Ex-Wrestler-Händen um die Taille, soweit sie eine hatten. Smartphones und Kameras richteten sich auf das jeweilige Paar und Shawn schien das Shooting mit den ganzen Fans zu genießen. Rita schaute etwas verkniffen drein. Sicherlich rangen in ihr zwei Seelen, und eine davon wollte die Konkurrentinnen davonjagen.
In Mikes Tasche piepste es. Er spürte die leichte Vibration an seinem Bein. Vor seinen Augen senkte sich ein Bücherstapel auf den Tisch, über den hinweg ihn zwei vor Begeisterung geweitete Augen anblickten. Unmöglich, jetzt eine SMS zu checken. Mit fast körperlichen

Schmerzen griff Mike nach dem ersten Buch von oben. Er fragte nach dem Vornamen, schrieb seinen Standardsatz. Zuklappen, lächeln, nächstes Teil. Zuklappen, lächeln … sein Handy meldete sich wieder. Eine zweite Nachricht. Mike legte sich ins Zeug und als er das letzte Mal Shawns Gesicht von sich schob, stand er einfach auf und ging mit schnellen Schritten davon. Im Laufen zog er das Handy heraus und öffnete die erste Nachricht.

Hey, Mike. Schön, dass du dich meldest. Ich hänge heute noch in meiner WG ab. Sonst ist nichts geplant.

Mike schloss die Nachricht und öffnete die nächste.

Wenn du willst, komm noch vorbei.

Mike schnappte nach Luft. Ohne nachzudenken tippten seine Finger drauflos.

Ja, klar! Gerne! Mike

Senden. Aaaaaahhhh! Er hatte es getan. Bestimmt war das ein Fehler. Und dazu kam, dass er heute noch mit Rita und Berch ein Geschäftsessen hatte …
»Sag mal, soll ich dir nen gelben Schein ausstellen oder reißt du dich heute noch mal zusammen?« Berch stand vor ihm und wedelte mit einer Ausgabe von *Leyla – in den Fängen des dunklen Prinzen* herum. Das Buch war ein echter Verkaufsschlager gewesen und Mike hatte es das letzte bisschen Stolz gekostet, es zu schreiben.

»Ich komme jetzt zurück«, sagte Mike. »Ich hab jemanden kennengelernt, das ist alles.«
»Aha«, grinste Berch und seine Fangzähne traten fröhlich hervor. »Interessant. Wird ja mal wieder Zeit bei dir. Ich hab dich zuletzt vor fünfzehn Jahren mit ner Frau gesehen.«
»Jungs! Wo seid ihr? Die Leserinnen stehen Schlange am Tisch!« Rita stand fauchend an der Ecke zum Bühneneingang. Die ganzen Fans, die ihren Shawn befingerten, hatten ihr wohl den Rest gegeben.
»Wir kommen jetzt zurück. Nimm einen Schluck, Rita. Du bist hysterisch«, sagte Berchtold. Rita nickte und wühlte in ihrer Handtasche herum. Auf ihrem Hals zeigten sich rote Flecken.
Sie fand das Fläschchen und schraubte den Deckel ab.
»Wenn ich dich nicht hätte«, jammerte sie und nahm einen Zug. »Heute Abend reden wir über die *Mondrose*.«
Ein schrilles Kreischen drang aus dem Lesungssaal zu ihnen herüber. Mike schaute um die Ecke.
»Oh Gott«, stöhnte Rita und nahm noch einen Schluck Schnaps. Shawn hatte seinen Mantel ausgezogen und in die Menge geworfen, wo die Frauen damit beschäftigt waren, ihn in kleine Fetzen zu reißen. Einige wurden dabei wohl von dem Stofflappen begraben und von anderen rücksichtslos überrannt. Die Security hatte alle Hände voll zu tun, um die rasenden Frauen auseinanderzubringen. Shawn riss sein Hemd auf, dass die Knöpfe davonsprangen, und die Frauen in den vorderen Reihen stürzten sich darauf, als wären es Golddukaten.

Eine Handtasche landete unsanft auf einer Mallorcapalmenfrisur, was von der Geschlagenen mit einem Schulterrempeln beantwortet wurde.
»Rita, halt ihn auf. Das wird ne Massenhysterie«, sagte Mike und schob seine Geschäftsführerin ein paar Meter vorwärts, um sie in Fahrt zu bringen.
»Bitte Herrgott, lass ihn nicht mit den Hüften kreisen. Ich flehe dich an«, murmelte Berch. »Sag mal, war der früher bei den Chippendales? Das muss ich später googeln.«
»Rita sagt, er war beim Wrestling«, antwortete Mike tonlos. »Berch … wir müssen ihn loswerden, so schnell wie möglich.«

5

»Ich weiß nicht, ob wir den Saal nochmal bekommen«, sagte Rita säuerlich. Sie saß auf dem Beifahrersitz, während Mike den Wagen durch den Berliner Stadtverkehr lenkte.
»Ganz bestimmt«, meinte Berch von hinten. »Das gibt Publicity.«
»Wir mussten zehn Frauen gewaltsam abführen lassen!« Rita stürzte den Rest ihres Schnapsfläschchens hinunter. Eine Alkoholwolke zog durch das Auto und Mike ließ das Fenster auf seiner Seite runterfahren.
»Na und? Umso besser«, meinte Berch.
»Diese Schnepfen können sich eben nicht beherrschen!« Ritas Stimme wurde wieder schrill. Mike und Berch wechselten einen Blick über den Rückspiegel. Berch zwinkerte mit dem linken Auge. Mike seufzte und parkte dann vor dem *Richards*, einem Restaurant der gehobenen Klasse, das den Ruf hatte, Künstler und Prominente zu verköstigen. Berch hasste den Laden, aber Rita bestand darauf. Sie behauptete, dort wichtige Kontakte zu knüpfen.
»Wisst ihr, was mich wundert?«, fragte Berch, als er die Tür öffnete. »Dass die kein Idiotenapostroph benutzen. Ist das jetzt nicht sogar erlaubt? Das Richard's?«
»Kann sein«, sagte Mike. »Ich hab letztens ein Schild gesehen Rudi's Car's Autowäsche and more.«
Berch grölte los. »Alter! Ist das geil! Ich kann nicht mehr, echt!«

»Konzentration, Jungs«, sagte Rita und hievte sich aus dem Wagen. Mike reichte ihr die Hand, sonst wäre sie wahrscheinlich vor Eifersucht und Alkohol lang hingeschlagen. Rita stöckelte leicht von rechts nach links schwankend die Treppe hinauf.
Im Restaurant bestellte Mike erst mal zwei große Flaschen Wasser und zwang Rita, drei Gläser voll zu trinken. Berch orderte Rotwein und Mike schluckte heimlich ein paar Kapseln. Er sah auf die Uhr. Phoebe hatte ihm noch eine SMS mit der Adresse geschickt und dem Zusatz, dass er bis 22 Uhr noch locker vorbei kommen könne. Das musste zu schaffen sein.
»Also … Jungs.« Rita richtete sich mühsam auf. »Zum Geschäft. Die *Mondrose*, Berch, wie weit bist du damit?«
»Also, die ist noch nicht so ganz …«, fing Berch an, aber Rita schnitt ihm mit einer fahrigen Geste das Wort ab.
»Egal! Also, meine Lieben, ich habe nachgedacht. Es wird Zeit, dass wir unser Sortiment … erweitern.«
»Ach. Und wie, wenn man fragen darf?« Mike goss sich noch Wasser ein. Er war zu nervös zum Essen. Rita beugte sich nach vorn und legte ihre Hände mit gespreizten Fingern auf den Tisch, als würde sie nun etwas sehr Vertrauliches sagen.
»Werwölfe«, flüsterte Rita.
»Hä?« Berch leerte sein Glas und schenkte sich nach.
»Wir steigen ins Werwolfgeschäft ein. Werwölfe sind voll angesagt, seit Tw…«
»BRINGEN SIE mir bitte noch ein Wasser?«, rief Mike der Bedienung zu. »Vergiss es, Rita. So was schreib ich nicht.«
»Mensch, Mikey, mein lieber, süßer Mikey grey eyes … hör doch erst mal zu. Mondrose! Werwölfe sind immer

irgendwas mit Mond. Die drehen voll durch, wenn der Mond rauskommt!«
»Nein.«
»Du musst das doch gar nicht. Berch wird das machen! Du schreibst schön weiter deine Grafen und Lords. Das kannst du so gut. Und Berch macht ab jetzt die Werwölfe. Wir brauchen einen Darsteller für die Werwolfcover.«
Ritas Blick irrte suchend über den Tisch und blieb an dem Rotwein hängen. Berch stellte die Flasche außerhalb ihrer Reichweite.
»Weißt du, ich hab mich mit Mike geeinigt, dass er die *Mondrose* schreibt«, sagte Berch.
Rita trommelte mit den Fingern auf den Tisch.
»Und was schreibst du dann, bitteschön?«
»Berch schreibt *Begehrt von einem Vampir*. Er packt da paar Sexszenen rein, da stehen die Frauen drauf«, sagte Mike.
»Schön, dass du weißt, was ich demnächst schreibe«, meinte Berch. Mike warf ihm einen warnenden Blick zu. Er musste Rita von dieser Werwolfnummer abbringen.
»Okay, wie ihr meint.« Rita hielt kurz inne, dann sah sie auf und schien in Sekunden um einige Zentimeter zu wachsen. »Ich hab's! Mike kann ab jetzt die Werwolfrolle übernehmen! Überleg doch mal, du schreibst *doch* die Werwolfbücher, Berch macht die Vampire, so könnt ihr dann bei Lesungen auftreten! Und Mikey, du brauchst dann kein Kostüm und musst dir keine Zähne einsetzen lassen wie Berch. Das ist doch die perfekte Aufteilung! Ja! So machen wir's!«
»Nicht.«
»Mikey ... bitte! Ich möchte, dass du es versuchst. Schreib mal was, fang einfach mal an. Du wirst sehen, das wird

schon! Und Berch, du machst den Vampir fertig. Das bringen wir dann gleichzeitig raus.«
»Einmal Wasser bitte.« Der Kellner stellte eine Flasche vor Mike ab und verschwand.
»Darauf sollten wir anstoßen«, sagte Rita.
»Ich muss noch fahren«, sagte Mike. Ihm war nicht nach Feiern. Diese Werwolfsache ging gar nicht, aber heute konnte er da nichts mehr dran ändern. Und seine Gedanken kreisten ständig um das Treffen mit Phoebe. Er war nicht richtig bei der Sache …
Eine halbe Stunde später läutete Mike den Aufbruch ein. Rita hatte in der restlichen Zeit fast nur von Shawn gesprochen und dabei war sie irgendwann in Tränen ausgebrochen, ohne es wirklich zu merken. Berch winkte nach der Rechnung und dann trug er Rita mehr zum Auto, als dass sie selbst lief. Er stopfte sie auf den Rücksitz, wo sie liegenblieb und vor sich hin murmelte.
Es war ein ordentliches Stück Arbeit, Rita in ihrer Wohnung abzuliefern. Danach setzte Mike Berch zu Hause ab und machte sich dann auf den Weg Richtung Mitte und Hansaviertel. Zu Phoebe und ihrer WG. Seltsamer Gedanke, aber er hätte nach dem ganzen Stress jede Möglichkeit ergriffen, sie wiederzusehen.

6

Mike parkte zwischen endlosen Autoreihen und dann musste er noch ein ganzes Stück laufen. Für einen Menschen ein Weg von etwa zehn Minuten, Mike brauchte zwei. Dann stand er vor einem typischen Berliner Altbau und drückte auf die abgewetzte Klingel.
»Hääääääähhh … joooohhhhh … lalalalaaaa!«
Mike runzelte die Stirn bei den seltsamen Lauten, die aus der Gegensprechanlage drangen.
»Verschwinde, du Idiot!« Phoebes Stimme. »Mike, bist du's? Komm rauf.« Der Türöffner summte und Mike drückte dagegen. Er stieg hinauf in den zweiten Stock, wo eine Tür offenstand.
»Sorry!«, rief Phoebe ihm entgegen, die eine graue Joggingjacke und schwarze Leggins trug. Ein Schlabberlook, in dem sie absolut süß aussah. »Meine Jungs hier haben nicht alle Latten am Zaun. Am besten ignorieren. Komm doch rein.« Sie lächelte ihn an und Mikes Umgebung verschwamm für Sekunden. Als er wieder klar sehen konnte, stand er in dem schmalen Flur, zusammen mit einem Fahrrad, Schuhen und Tüten. Musik drang aus einem der Zimmer, das hell erleuchtet war.
»Aaaachtung! Phoebes neuer Stecher kooooooommt!«, brüllte eine Gestalt in Schwarz, die mit einem Satz wieder im Zimmer verschwand.
»Ich würde den Kopf gegen die Wand schlagen, wenn's helfen würde«, sagte Phoebe. »Bitte gib nichts auf diesen Bekloppten.«

»Ist kein Problem«, sagte Mike. Er streifte seine Schuhe ab, weil Phoebe auch keine trug und folgte ihr in das, wie sich herausstellte, WG-Wohnzimmer.
Ein junger Mann mit glatten, braunen Haaren saß an einem kleinen Tisch in der Ecke am Boden. Vor sich hatte er etwas aufgebaut, das Mike auf den ersten Blick nicht erkennen konnte. Der andere Kerl schien Anfang zwanzig zu sein und lümmelte auf dem Sofa. Er war der schwarze Typ aus dem Flur. Seine Haare und seine Klamotten präsentierten sich in tiefschwarz, die Haare wahrscheinlich gefärbt. Er hatte sie auf seinem Kopf wild durcheinandergestylt, sodass eine bestimmt Frisur nicht mehr erkennbar war.
»Also der Bastler da in der Ecke ist Pete und der Typ hier, von dem ich sehr bedauere, dass er heute zu Hause geblieben ist, heißt Fox. Willst du was trinken?«, fragte Phoebe.
»Klar. Wasser gerne, ich muss noch fahren.«
»Setz dich, ich bin gleich zurück.«
Mike ließ sich auf dem (für eine WG erstaunlich gut erhaltenen) Sofa nieder.
»Und? Wo habt ihr euch kennengelernt?«, fragte Fox und Mike verkniff sich die Nachfrage, wie er zu dem Spitznamen gekommen war.
»Buchhandlung«, sagte Mike.
»Woooow«, kommentierte Fox gelangweilt und warf Pete einen auffordernden Blick über die Schulter zu.
»Wieso, ist doch okay«, sagte Pete. »Vielleicht kriegst du nie eine ab, weil du nie in Buchläden abhängst.«
»Was soll ich da? Bebrillte Schnepfen abschleppen, die den ganzen Tag lesen, weil sie kein eigenes Leben

haben?« Fox lehnte sich breitbeinig auf dem Sessel zurück.
»Vielen Dank, Fox.« Phoebe kam zurück und stellte ein Glas Wasser vor Mike auf den Couchtisch. »Ich weiß übrigens, warum du keine abkriegst, und das hat nichts mit Buchhandlungen zu tun.« Sie ließ sich neben Mike aufs Sofa fallen.
»Ich sagte *bebrillte* Schnepfen. Du hast doch nicht mal Kontaktlinsen!«, sagte Fox.
Phoebe verbarg das Gesicht in der Hand.
»Was denn! Ich mach dir ein Kompliment und dann guckst du so.«
»Fox, es gibt Situationen, da macht jedes weitere Wort es noch schlimmer. Was machst du eigentlich so, Mike?«
»Ich bin Autor«, sagte Mike und hoffte, das Thema würde gleich wieder versiegen. »Und du?«
»Der Petenator ist fast ein Lehrer«, kommentierte Fox. »Also für mich wär das nix. Den ganzen Tag mit den Blagen da, die nicht zuhören und rumgammeln.« Er gähnte und ließ den Kopf nach hinten fallen.
»Was du nicht sagst«, meinte Pete.
»Hä? Was?«
»Vergiss es.«
Phoebe seufzte und berührte Mike am Arm, was ihm einen Schauer über die Haut jagte. Er hatte die Berührung nicht kommen sehen.
»Lass uns in mein Zimmer gehen. Die Höflichkeitsminuten sind um.« Sie erhob sich und Mike folgte ihr bereitwillig.
»Aber seid nicht so laut, ne?«, grölte Fox und schwang ein Bein über die Sofalehne. Pete schüttelte den Kopf und

trug Kleber auf ein kaum sichtbares Plastikteilchen auf. Phoebe zog Mike hinter sich her und ehe er sich versah, fiel die Tür hinter ihnen zu.

*

Phoebe war froh, dass die Tür einigermaßen dicht schloss und man das Gejohle von Fox zur Genüge aussperren konnte. Sie hoffte inständig, Mike nicht damit verschreckt zu haben.

»Setz dich doch«, forderte sie ihn auf und wies auf das kleine Sofa, das manchmal auch als Gästebett herhalten musste. Mike schaute sie kurz mit seinen verwirrenden grauen Augen an, dann nahm er tatsächlich Platz und sie ließ sich – möglichst selbstbewusst und nicht zu eifrig – neben ihm nieder, und legte den Arm über die Sofalehne. Mike ließ seinen Blick durchs Zimmer schweifen und sie betrachtete sein Profil. Sein Gesicht hatte ihr sofort gefallen, da war etwas Besonderes in seinem Ausdruck, etwas leicht Trauriges in seinen Augen, das sie näher kennenlernen wollte.

»Ich weiß, es ist nur eine Studentenbude. Aber ich hänge an den Jungs, so blöd sie manchmal auch sind«, sagte Phoebe schnell.

»Ich finde es gemütlich.« Mikes Blick glitt über die schon älteren Regale und die Kisten, die mehr schlecht als recht abgeschliffenen Dielen und die kleinen Flickenteppiche.

»Nett umschifft.« Sie lächelte und er wandte ihr das Gesicht zu.

»Ich umschiffe nichts. Ich meine das so.«

»Naja … du als Autor bist sicherlich anderes gewöhnt.«

»Quatsch, das stellt man sich nur so vor. Ist ein ganz normaler Job.«
»Von wegen ganz normal! Ich wollte immer mal ein Buch rausbringen. Ich meine, wer will das nicht? Muss ein tolles Gefühl sein!«
Mike grinste leidend, als wäre sie mit ihrer Bemerkung total auf dem Holzweg.
»Sorry, ich will dich nicht volltexten, das nervt dich bestimmt. Wahrscheinlich verrätst du mir auch nicht, was du so geschrieben hast. Würde mich echt interessieren!«
»Glaub mir, es ist weder ein wissenschaftlicher Thriller noch Horror. Obwohl, das ist Auslegungssache.« Mike grinste wieder und sie musste lachen.
»Komm, so schlimm wird's schon nicht sein!«
»Weiß man's?« Mike sah sich um. »Sag mal, so als Tierarztassistentin und spätere Tierärztin, hast du gar keine Tiere?«
»Fox hat ne Tierhaarallergie. Geht leider nicht. Ich hätte total gern welche. Ich kann leider nur mit Insekten dienen. Stabheuschrecken.«
»Du hast Heuschrecken?«
»Wieso so ungläubig? Die sind ECHT süß!«, sagte Phoebe.
»Das glaub ich dir ja, aber ...«
»Und die haben kein Fell!«
»Schon gut, ich finde sie ja okay.«
»Aber ich nicht!«, stöhnte Phoebe. »Hier, schau mal.« Sie stand auf und nahm einen durchsichtigen Plastikkasten aus dem Regal. Mike sah darin grüne und braune Stäbe mit Beinen. Als er mit dem Finger die Acrylscheibe

berührte, fingen die Heuschrecken an, eine Art hektische Kniebeugen zu machen.

»Ich versuche Tag und Nacht sie mir schönzureden, aber eigentlich hab ich keinen Bock auf sie.« Phoebe stellte den Kasten wieder ins Regal zurück. »Jemand hat sie mir geschenkt, da waren es noch ganz wenige. Aber die vermehren sich wie blöd und fressen komplette Brombeersträucher auf.«

»Verstehe«, sagte Mike. »Kannst du sie nicht loswerden?«

»Hab ich versucht«, seufzte Phoebe. »Hab sie alle verschenkt, was nicht einfach war. Aber dann hab ich ein paar Eier auf meinem Schreibtisch gefunden. Wenige Tage später sind sie schon geschlüpft und ich hab es nicht übers Herz gebracht, sie einfach im Park auszusetzen, obwohl es nur Insekten sind. Tja. Und jetzt ...« Phoebe ging in die Zimmerecke und hob eine Decke hoch. Darunter kamen drei weitere Kästen zum Vorschein. »Die Einwohnerdichte ist bereits alarmierend.«

Mike kicherte, dann lachte er laut.

»Tut mir leid!« Er konnte nicht aufhören und Phoebe ließ sich grinsend aufs Sofa fallen. Sein Lachen war ansteckend, so dass sie auch kichern musste.

»Macht nichts!«, lachte sie.

»Sorry«, japste Mike, »ich will dich nicht auslachen, aber dass jetzt alles voll ist mit diesen Viechern ... und dabei warst du sie schon los!«

»Ich weiß! Tierliebe muss eben bestraft werden!«, kreischte Phoebe lachend und sah, dass Mike bereits Tränen aus den Augen liefen.

»Wie viele sind es?«, brachte Mike mühsam hervor.

»Fünfhundert … sechshundert?«
»Und machen die immer Kniebeugen?«
»Tag und Nacht!«
Sie lachten, bis Phoebe sich ganz schwach fühlte und anbot, noch etwas zu trinken zu holen.

*

Sie redeten noch zwei Stunden, ohne dass es Phoebe eine Sekunde langweilig wurde. Mike schien richtig aufzublühen. Das Traurige war aus seinen Augen verschwunden. Phoebe fragte ihn vorsichtig aus, mied aber das Thema Schriftstellerei. Sollten sie sich öfters sehen, was sie sehr hoffte, würde er vielleicht mit der Sprache rausrücken. Mehrmals kam er ihr nahe genug, dass ihr sein Duft in die Nase stieg. Oh ja, dieser Junge roch einfach nur wunderbar. Am liebsten hätte sie die Arme um ihn geschlungen und ihn an sich gezogen, die Wärme seines Körpers an ihrem gefühlt, wofür es leider – nach den allgemeinen Regeln eines Dates mit Aussicht auf mehr als einen One-Night-Stand – noch deutlich zu früh war. Mike würde sie nicht mehr ernst nehmen, wenn sie sich ihm jetzt schon aufdrängte. Phoebe lächelte Mike über ihr Glas hinweg an und fragte sich, wer diese schwachsinnigen Datinggesetze eigentlich erfunden hatte.
»Ich muss leider gleich gehen«, sagte Mike, und er sah nicht aus, als ob er sich das wünschte, wie Phoebe zufrieden feststellte.
»Kannst ja wiederkommen.«
Er lächelte bei ihrem Angebot und schaute verlegen nach

unten. In diesem Moment hätte sie ihn am liebsten umarmt.
»Falls dein Fitnessclub nichts dagegen hat …«
»Die sollen froh sein, dass ich sie nicht im Park aussetze.« Mike stand auf und Phoebe folgte ihm mit Bedauern. Er blieb stehen und warf noch einen Blick auf die Terrarien. »Gut, das Einverständnis deiner sechshundertzwei Mitbewohner vorausgesetzt … würde ich mich dann wieder melden.«
»Das … wäre schön.« Phoebe stand vor ihm und schaute ihm in die Augen. Sie konnte einfach nicht den Blick von ihm wenden, auch wenn ihr ein Teil ihres Gehirns meldete, dass das jetzt genug gestarrt war.
»Mach's gut«, flüsterte sie. Mike erwiderte ihren Blick, ein wenig verunsichert, wie es schien.
»Du auch.« Er rührte sich nicht von der Stelle, seine Augen bekamen wieder diesen traurigen Schimmer. Phoebe legte die Arme um ihn, um ihn zum Abschied kurz an sich zu drücken. Und ließ ihn nicht mehr los.
Sie fühlte Mikes Hände auf ihrem Rücken, und seine Wange an ihrer. Ihr Herz jagte und wollte sich einfach nicht mehr beruhigen.
»Was tun wir hier?«, flüsterte sie.
»Nicht die geringste Ahnung.«
Mike ließ sie ebenso wenig los wie sie ihn. Ihre Wange glitt an seiner entlang, dann trafen sich ihre Lippen. Phoebe schaltete ihren Verstand einfach ab, als ein Schauer durch ihren Körper jagte. Mike erwiderte ihren Kuss, Schwindel erfasste sie. Es sollte nicht aufhören, auch wenn das Ganze einer Szene aus einem kitschigen Liebesroman glich.

Sie wollte hier stehen und diesen Jungen küssen und sonst gar nichts.
Nach einer Weile lösten sie sich voneinander. Mike schaute ihr in die Augen, wirkte dabei fast schüchtern, was sie unheimlich süß fand.
Sie sprachen nicht, standen nur da, hielten sich im Arm und sahen sich an. Phoebe strich mit der Hand über seine Wange und Mike ließ seinen Kopf leicht in ihre Handfläche sinken, wobei er die Augen schloss. Diese Geste kannte sie nicht von anderen Jungs. Als hätte Mike ihre Gedanken gespürt, richtete er sich wieder auf.
»Ich weiß nicht, was ich sagen soll«, flüsterte er. »Aber falls du mich morgen anrufst und mir sagst, dass ich doch nicht wiederkommen darf, dann war das ein wundervoller Abschied.«
»Warum sollte ich das sagen, warum denkst du das?«, fragte Phoebe. Mikes Augen schimmerten wieder traurig.
»Zum Beispiel weil ich dich jetzt geküsst habe und das unser erster Abend ist, wir uns nicht kennen und das doch eigentlich total …«
Phoebe verschloss seine Lippen mit einem Kuss. Dann lächelte sie.
»Als Autor müssten dir doch angemessene Sätze für so eine Situation einfallen«, neckte sie ihn.
»Tja, eigentlich schon. Ich fürchte, ich bin ein schlechter Autor.« Mike grinste leidend, als säße unter seinem Fingernagel ein fieser Splitter.
»Ausgeschlossen. Ich weiß, dass du ein Superautor bist. Komm schon, was sagt man zu so einer Nummer?«
»Hmmm …« Mike ließ den Kopf in den Nacken fallen, als würde er angestrengt nachdenken.

»Also das Abgedroschenste wäre wohl *Ich hab das Gefühl, ich kenne dich schon ewig,* was nichts weiter ist als eine Rechtfertigung für bescheuertes Paarungsverhalten …«
Phoebe kicherte. »Noch was?«
»*Bei dir hab ich das Gefühl, endlich angekommen zu sein.* Auch ganz schlimm und weit verbreitet … und hmmm … *du bist das Beste, was mir je passiert ist* … wobei keiner weiß, wie man nem anderen passieren kann.«
»Stimmt«, sagte Phoebe. »Also *passiert* ist mir höchstens mein Terrarien-Fitness-Club.«
»*Du gibst mir das Gefühl, was gaaaanz Besonderes zu sein …*«
Phoebe ließ ihre Stirn auf Mikes Brust fallen vor Lachen. Sie kam sich vor, als ob sie zu viel getrunken hätte. Dabei war gar kein Alkohol im Spiel gewesen.
»*Bei dir kann ich endlich ich selbst sein … du bist das Puzzleteil, das mir in meinem Leben gefehlt hat … ich habe nicht gelebt, bevor ich dich getroffen habe …*«
»Hör auf, ich kann nicht mehr!«
»*Wenn du eine Träne in meinem Auge wärst …*«
»Neiiiiin, den darfst du nicht bringen!«, japste Phoebe. Ihre Knie fühlten sich verdammt weich an, aber Mike schien keine Mühe zu haben, sie zu halten. »Woher kannst du nur diese flachen Sprüche runterbeten?«
»Ich lese Frauenzeitschriften.«
»Nein, das machst du nicht!«
»Doch.«
»Wieso?«
»Recherche.« Er grinste.
»Also die war wohl erfolgreich.« Phoebe schaute ihn an. Die Wanduhr hinter ihr zeigte ihr, dass sie jetzt fast zwanzig Minuten hier standen und sich im Arm hielten.

»*Wenn ich dich im Arm halte, vergeht eine Stunde wie ein Atemzug …*«, sinnierte Mike.
»Hey! Du liest meine Gedanken. Sofort aufhören.« Phoebe legte ihre Hand in seinen Nacken und zog ihn sanft zu sich heran. Mike leistete keinen Widerstand, wich nicht zurück. Wieder küssten sie sich, Phoebe spürte seine Zunge, musste sich an ihm festhalten, weil um sie herum alles verschwamm. Es dauerte lange, bis Mike tief durchatmete und sie dann sanft von sich schob.
»Ich muss leider gehen … sonst übernachte ich noch hier.« Es klang ehrlich, nicht wie eine versteckte Bitte, ihn zum Bleiben aufzufordern.
»Vielleicht ein anderes Mal«, sagte Phoebe. Sie beugte sich vor und küsste ihn auf den Hals.
»Ich lass dich jetzt nicht so gern weg. Aber ich seh's ein.«
»Ich sehe es nicht ein«, sagte Mike und grinste. »Aber ich gehe trotzdem. Schlaf gut.« Er drückte sie noch einmal sanft an sich.
Es tat ihr richtig weh, als die Wohnungstür sich hinter ihm schloss.

*

Mike saß in seinem Auto und grinste in der Dunkelheit. Er konnte einfach nicht damit aufhören. Er brauchte fast fünfzehn Minuten, bis er in der Lage war, loszufahren.
Zu Hause warf er begeistert die Tür ins Schloss und kassierte einen Augenbrauen-hoch-Blick von Berch aus dem Wohnzimmer.
»Gehe ins Bett!«, rief Mike im Vorbeigehen. Er hatte keine Lust, mit Berch über den Abend zu reden. Er wollte sich

zurückziehen, allein sein in seinem Zimmer, auf dem Bett liegen, zur Decke starren und sich an ihre Lippen erinnern. An das wahnsinnige Gefühl, als würde er im Glück baden. Mike stand gerade im Bad vor dem Spiegel, um den Zahnzustand zu checken und zur Not nachzufeilen, als ein Piepsen das Eintreffen einer SMS verkündete. Er riss das Telefon aus der Tasche und fast wäre es ihm auf die Fliesen gefallen. Die Nachricht kam von Phoebe und in seiner Brust breitete sich ein wohliges, leicht schmerzhaftes Ziehen aus.

Hey, bist du zu Hause? Muss die ganze Zeit daran denken. Sind wir beide eigentlich noch normal?

Mike grinste dämlich und begann zu tippen.

Nee. Sind wir nicht, aber was soll's. PS: Muss auch die ganze Zeit an dich denken. Was macht dein Fitness-Center?

Kniebeugen im Dunkeln.

Mike lachte leise. Schnell schlüpfte er aus dem Bad und verschwand in seinem Zimmer.
Er warf sich aufs Bett, als schon die nächste Nachricht eintraf.

Sehen wir uns morgen?

Mike schloss kurz die Augen. Dann tippte er:

Um jeden Preis. Schlaf gut :)

Senden. Er wartete.

Schlaf du auch gut. <3

Mike atmete durch. Passierte das wirklich oder bildete er sich das alles ein? Es kam ihm surreal vor, der ganze Tag, das konnte doch nicht sein, dass er eine im Grunde fremde Frau einfach so … das war albern. Und wunderbar.

Lange lag er noch wach und versuchte zu verstehen, was heute mit ihm passiert war. In einem Roman hätte der Lektor das als unrealistisch angestrichen. Und doch war es geschehen. Einen kurzen, schmerzlichen Moment lang kam ihm der Gedanke, dass morgen schon wieder alles vorbei sein konnte. Phoebe meldete sich vielleicht doch nicht mehr oder es verlief sich nach kürzester Zeit. Es tat weh, darüber nachzugrübeln. Mike griff wieder zum Handy. Er zögerte.

Kommt jetzt vielleicht blöd rüber und du schläfst sicher schon. Aber sehen wir uns wirklich morgen? M.

Er schickte es ab und wartete. Kurz darauf das Piepsen. Phoebe musste ebenso noch wach sein.

Verlass dich drauf. P.

Mike atmete tief durch. Jetzt musste er aufhören zu schreiben. Finger weg von dem Handy. Er schloss die Augen und beschwor Phoebes Gesicht hoch. Er versuchte sich an jede Berührung, jeden Blick zu erinnern.

An diesem Abend schlief Mike so zufrieden ein wie lange nicht mehr.

7

Mit Schwung stellte Mike seinen Kaffee auf den Arbeitstisch, streckte sich und ließ den PC hochfahren. Berch schien noch zu schlafen, aber Mike fühlte sich voller Tatendrang. Was konnte er tun? Einen neuen Roman beginnen? Vielleicht erst noch mal die Titel sichten …

Seine Gedanken drifteten ab. Er saß da, nippte an seinem Kaffee und schaute aus dem Fenster auf die belebte Straße. Dort zogen die Menschen vorbei, manche waren glücklich, manche verärgert, konzentriert oder aufgeregt … egal, Mike wollte mit keinem von ihnen tauschen.

Eine Hand legte sich auf seine Schulter und dann drückte ihm Berch liebevoll einen USB-Stick zwischen die Lippen. Mike spuckte das Plastikteil auf seine Tastatur.

»Spinnst du?«, fragte Mike, aber in ihm gab es keinen Ärger. Seine Laune war einfach zu gut.

»Unser Deal. Die *Mondrose* ist da drauf. Im Ordner *0-Bock.* Viel Spaß.« Er grinste und ging dann zu seinem Schreibtisch, wo er sich auf den Stuhl fallenließ.

»Und? Hattest du eine schöne Nacht? Wurde ja mal Zeit bei dir.« Berch grinste wie ein Raubtier zu ihm hinüber.

»Ich hab nicht mit ihr geschlafen.«

Berch stützte den Kopf in die Hand, als ob er mit jemandem sprach, der schwer von Begriff war.

»Da steht er einmal vom Schreibtisch auf, da hat er einmal einen Nicht-Fan an der Hand …«

»Ich hab sie echt gern, Berch.«

»Und jemand echt gern zu haben, ist ja ein Grund, mit demjenigen nichts anzufangen.«

»Sie ist was Besonderes.«
»Mike. Du bist langsam echt … du hast zu viel von diesem Liebes-Scheiß geschrieben.«
Mike warf ihm einen überlegenen Blick zu. Heute konnte Berch ihn nicht ärgern.
»Wenigstens hab ich den Liebesscheiß voll drauf. Du schleppst auch nur drittklassige Fans von uns ab. Phoebe würde einen Roman von mir nicht mal in die Hand nehmen!«
»Ach.« Berch hob die Brauen. »Und das spricht jetzt *für* deine Phoebe? Eine Frau mit Literaturgeschmack. Weiß sie, was du machst?«
»Noch nicht. Sie weiß nur, dass ich Autor bin.«
»Glück gehabt. Und weiß sie, dass du Blutkapseln schluckst, weil du ein Vampir mit abgefeilten Zähnen bist?«
»Das ist Quatsch. Du kennst meine Meinung dazu. Und dabei bleib ich auch.« Mike wandte sich seinem Computer zu und dockte den USB an. Dann suchte er Berchs Null Bock Ordner. Wahrscheinlich musste er alles neu schreiben.
»Irgendwann findet sie's raus. Wir können keine feste Freundin haben, Mike. Das weißt du. Such dir ne Affäre. Dürfte dir nicht schwerfallen.«
»Nicht, dass es dich was angeht, aber mit ihr ist es anders.«
»Immer diese Kalendersprüche aus deinen Büchern. Liebe auf den ersten Blick wahrscheinlich.« Berch klang nicht belustigt, es war ihm ernst damit, und Mike ärgerte sich, weil sein Mitbewohner leider Recht hatte. Was mit ihnen los war, wussten sie beide nicht. Und Mike glaubte

auch nicht, dass er ewig leben würde oder so ein Unsinn, aber er würde sehr lange leben. Er wurde praktisch nie krank, außer wenn er die Kapseln nicht nahm. Das flüssige Blut hatte er sich abgewöhnt, Mike mochte normales Essen, genau wie Berch, aber da war etwas in dem roten Saft, auf das sein Körper nicht verzichten konnte. Leider wussten sie beide nicht, was es war. Die Kapseln, die Mike schluckte, enthielten alles, was er brauchte. Er ließ sie für viel Geld in einem privaten Labor herstellen, wo keiner nachfragte. Die dachten wahrscheinlich, dass er so eine Art Freak war, was auch immer. Im Grunde wurden sie fürs Produzieren und nicht fürs Denken bezahlt.

»Mach Schluss mit ihr.«

»Nein.«

»Sie wird von selbst mit dir Schluss machen, wenn sie mitbekommt, dass du alberne Heftchenromane tippst.«

»Schon möglich. Aber bis dahin …« Mike drehte sich zu Berch um. » … ich hab's satt, immer allein zu sein. Ja, es war schön gestern. Und beim Arbeiten verdränge ich, was mir fehlt. Ich will nicht nur leben, um blöde Romane zu schreiben. Vielleicht ist es sogar besser, wenn es irgendwann rauskommt. Es kann noch andere Leute mit unserer Krankheit geben und wir könnten sie finden.«

»Es ist keine Krankheit. Schon mal ne Krankheit gesehen, bei der man nicht krank wird?«

»Die Debatte führe ich jetzt nicht schon wieder, Berchtold«, sagte Mike.

Berch schwieg. Wenn Mike ihn mit vollem Namen ansprach, wurde es ernst.

»Sieh es mal so«, schlug Berch einen versöhnlicheren Ton

an, »wenn wir nicht so wären, lägen wir beide längst unter der Erde.«
»Und … wäre das so schlimm?« Mike stand auf und ging hinaus. Er flüchtete in die Küche und riss die Tür zu ihrem kleinen Balkon auf. Frische Luft. Die Sonne prickelte auf seiner Haut. Lange würde er hier nicht stehenbleiben, nur ein paar Atemzüge. Schritte hinter ihm.
»Mikey … ich mach mir manchmal Sorgen um dich. Ganz im Ernst.«
Mike sagte nichts und drehte sich nicht herum. Berch berührte ihn an der Schulter. Das tat er sehr selten. Sie waren Brüder im Unglück, auch wenn sie kein verwandtschaftliches Verhältnis hatten.
»Brauchst du nicht. Ich komme klar.« Mike ließ seinen Blick über den trostlosen Berliner Hinterhof schweifen. Vielleicht sollten sie nach Grunewald ziehen in eine Villa.
»Das sagst du immer. Aber manchmal denke ich, du hast Depressionen.«
»Ich bin nur konzentriert.«
»Vielleicht tut dir das Mädel ja wirklich ganz gut. Aber sei bitte vorsichtig.«
Mike stöhnte und drehte sich herum.
»Was soll sie denn machen, was? Mich an ein Labor verkaufen? Berch … du machst dir zu viele Gedanken. Wir müssen auch mal leben, irgendwas Schönes machen. Guck dich an, du hängst nur in deinen Games und Foren ab. Wir haben keine Freunde.«
»Schriftsteller sind alle einsam.«
»Was nicht heißt, dass das gesund ist. Du brauchst was und ich brauch was, klar? Und das finden wir nicht auf

nem PC-Bildschirm.«
Das Telefon klingelte und Mike schob sich an Berch vorbei, um ranzugehen. Es war Rita und man hörte ihrer Stimme den Restalkohol an.
»Mikey? Bist du das, mein Sahnestückchen? Ooh … du, ich arbeite heute von zu Hause aus. Nur eine Sache. Haut das hin mit der *Mondrose*? Bin schon auf deine Version von Werwölfen gespannt, Mikey. Nur bitte achte darauf, dass sie auch gut aussehen und nichts Ekliges machen, okay? Am besten so ähnlich wie Jaco…«
»Bis dann, Rita. Ich muss los.« Mike legte auf. Er sah zu Berchthold hoch. »Wir müssen diese Werwolfnummer stoppen. Sofort.«

*

Mike saß an Berchs Manuskript und hatte schon nach zwei Seiten beschlossen, es ganz neu zu schreiben. Das war deutlich weniger Arbeit, als die Geschichte zu retten. Rita hatte zweimal angerufen, aber sie waren nicht drangegangen. Mike würde ihr ein Buch vorlegen, nach bewährtem Rezept, das ihr gefiel. In ein paar Wochen hatte sie die Werwölfe dann vielleicht vergessen. Berch machte eine Umfrage im *Leserforum Seitenschinder*, die beweisen sollte, dass Werwölfe im Vergleich zu Vampiren Auslaufmodelle waren und das Buch wahrscheinlich keine Zielgruppe finden würde. Mike plottete in seinem Schreibprogramm, aber seine Gedanken flossen davon, immer wieder.

Er ertappte sich, wie er aus dem Fenster starrte oder wahlweise sein Handy anschielte, aber das blöde Teil schwieg.
Es wurde Mittag, bis endlich ein Piepsen ertönte, das Mike fast einen Herzinfarkt bescherte.
Er spürte Berchs Blick im Rücken, aber das war ihm egal.

Habe gleich Mittagspause. Kaffee?

Mikes Finger zitterten so, dass er sich mehrmals vertippte.

Ich bin sofort da. Sag mir, wo du bist.

Senden.
»Ich geh mal einkaufen«, sagte Mike und war drei Sekunden später im Flur.
»Okay. Falls du es wirklich noch schaffst, danach einzukaufen … ich brauch noch Salz-Pfeffer-Chips«, rief Berch ihm nach. Mike flüchtete nach draußen, während ihn die SMS mit einer Adresse erreichte.

*

Phoebe saß in einem Korbstuhl in der Frühlingssonne, obwohl sie arge Schwierigkeiten hatte, auf ihrem Platz zu bleiben und lässig zu wirken. Ihre Augen suchten Mikes Gestalt auf der Straße, sie konnte einfach nichts dagegen machen.
Äonen später entdeckte sie ihn, wie er mit schnellen Schritten die Straßenseite wechselte, fast als würde er

schweben. Ein Lächeln machte sich auf ihrem Gesicht breit. Mike war in ihren Augen ein überaus anziehender Mann, obwohl er ungewöhnlich wirkte, was sie an nichts Bestimmtem festmachen konnte. Aber vielleicht waren Schriftsteller einfach ungewöhnlich, da ständig in ihren Fantasiewelten unterwegs.

Sekunden später lag sie in seinen Armen, wobei sie sich erlaubte, ihre Hände unter seine Jacke zu schieben. Mike hatte sein Gesicht in ihr Haar geschmiegt und so standen sie einen Moment, jeder die Nähe des anderen genießend.

»Wir sind wirklich verrückt, findest du nicht?«, flüsterte Phoebe. »Ich hab so was noch nie erlebt.«

»Auch nicht.« Mike zog sie näher an sich, falls das noch möglich war. Und dann küsste er sie, seine Hand an ihrem Hals, seine Fingerspitzen in ihrem Nacken, und Phoebe vergaß völlig, dass sie vor einem Café standen, bis johlende Rufe und Applaus von der anderen Straßenseite sie auseinanderfahren ließ.

»Wir haben Publikum«, sagte Mike und grinste. Er winkte den Jungs zu und einer aus der Gruppe zeigte ihm den Daumen nach oben.

»Komm.« Mike zog sie sanft zu dem Tisch und sie setzten sich, ohne ihre Hände loszulassen.

»Bestell, was du willst, mach den Laden leer«, sagte Mike und schob ihr die Karte rüber. »Ich lade dich ein.«

Phoebe lachte und drückte seine Hand.

»Du kennst mich nicht. Ich kann stundenlang Kaffee trinken.«

»Dann mach mich arm. Ich will es so.«

»Ok, dein Wille geschehe. Ich nehm mal nen Latte mit Karamell zum Einstieg.« Phoebe winkte der Kellnerin

und Mike orderte dasselbe. Dann saßen sie nebeneinander und schauten sich an. Phoebe kam sich vor wie ein Teenagergirl, das war albern, sie war erwachsen … aber dieses Gefühl war überwältigend und schön und sie wollte es so haben. Mike sah sie mit seinen besonderen hellgrauen Augen an, die merkwürdig aus seinem Gesicht herausstachen. Er war nicht übermäßig muskulös, eher schlank und jungenhaft, genau das, was sie mochte.
»Ich möchte unsere Sammlung abgedroschener Phrasen mal erweitern«, sagte sie. Mike grinste schief.
»Hau raus.«
»Du hast schöne Augen. Das mein ich ernst.« Phoebe glaubte, ein kurzes Lächeln durch sein Gesicht huschen zu sehen.
»Ist wirklich sehr abgedroschen, aber okay«, sagte er.
»Wie lange geht deine Mittagspause?«
»Noch eine Stunde.«
»Wie willst du es schaffen, mich in einer Stunde pleite zu trinken?«
»Vielleicht kann ich das ja auf mehrere Tage verteilen?«
»Sehr gern«, sagte Mike, und Phoebe lauschte dem angenehmen Klang seiner Stimme. Zwei Latte wurden vor sie auf den Tisch gestellt und sie hoffte, dass die kümmerliche Stunde Mittagspause ganz langsam vergehen würde, was sie natürlich nicht tat. Fast wie ein Flügelschlag verstrich die Zeit, aber Mike bot an, sie noch bis zur Praxis zu begleiten. Sie hielt seine Hand auf dem Weg und bevor sie hineinging, küsste sie ihn ausgiebig.
»Kommst du heute Abend zu mir?«, flüsterte sie.
»Gern, wenn du willst.«
»Wie könnte ich das nicht wollen. Ich bin komplett

unzurechnungsfähig und du bist schuld.« Sie küsste ihn auf den Hals.
»Okay. Einmal noch deinen Duft mitnehmen, gleich muss ich wieder irgendwelchen Tierchen die Pfoten halten.« Sie atmete tief ein und verdrehte gespielt verzückt die Augen. Mike musste lachen und es klang unglaublich süß.
»Bis später. Ich freue mich.« Er küsste sie auch noch mal auf die Wange. Widerstrebend ließ sie ihn los und ging in die Praxis hinein. Seufzend warf sie ihre Handtasche hinter den Tresen, als sie bereits von ihrer schreienden Kollegin überfallen wurde.
»Oh Gott, ist der süß!«, kreischte Leonie. »Wo hast du den her? Ich will auch so was!«
»War reiner Zufall«, sagte Phoebe mit einem schwindenden Rest Selbstbeherrschung. Am liebsten wollte sie selber rumkreischen und tanzen, aber das ging nicht. Schließlich hatte sie einen Ruf zu verlieren, oder?
»Was macht er beruflich? Komm schon, lass dir nicht alles so aus der Nase ziehen!«
»Schriftsteller«, sagte Phoebe und fällte damit ihre rundliche Freundin wie einen Baum.
»Oh Gott! Ich sterbe!«, stöhnte Leonie zu ihr hoch. Sie war auf eine Kiste gesunken und machte eine theatralische Geste gen Himmel. »Jetzt sag mir, dass er herzzerreißende Liebesromane schreibt, aber ruf vorher die Ambulanz!«
»Ich weiß nicht, was er schreibt. Wir haben nicht drüber gesprochen, er ist da empfindlich.«
»Ein sensibler Künstler! Oh Baby, ich werde weinen auf eurer Hochzeit! Weinen!! Ich liebe solche Geschichten!

Und wenn zwei schöne Menschen zueinander finden … ooohh … ich brauche einen Kaffee!« Leonie taumelte in die kleine Küche und Phoebe schüttelte lächelnd den Kopf. Dabei hoffte sie, dass sie und Mike schon sehr bald richtig zueinander finden würden.

8

Die Haustür schwang auf und kurz darauf flog eine Tüte Pfefferchips durch die Luft bis auf Berchs Schreibtisch.
»Hab ich nicht mit gerechnet, dass du es bis zum Supermarkt schaffst.« Berch riss die Tüte auf und griff hinein.
»Tja, ich werde zu Lebzeiten eben völlig verkannt«, sagte Mike und warf seine Jacke über den Garderobenständer.
»Rita ruft ständig an. Sobald du die ersten Werwölfe fertig hast, will sie schon mal was sehen.«
»Es gibt keine Werwölfe. Was ist mit deiner Umfrage?«
»Naja, ist so 60-40. Bringt uns nicht so viel, wie ich dachte.« Berch scrollte ein wenig.
Mike ging zu seinem Schreibtisch und ließ sich auf den Stuhl fallen.
»Wir machen das einfach nicht, das ist immer noch unser Verlag.«
»WIR machen sowieso gar nichts. Deine *Mondrose*, so war der Deal. Du bist jetzt der Werwolf.«
»Von Werwolf war nie die Rede. Ich mach's auf meine Art.« Mike öffnete sein Textprogramm und schrieb

MONDROSE
von Michael Storm

Er knackte die Finger und legte die Hände auf die Tasten. Er war ein Vollprofi und er würde das Ding stemmen.
Eine halbe Stunde später war Mike hochkonzentriert am Werk. Inzwischen hatte er an die Geschichte angedockt und sie lag klar vor ihm. Manchmal kam es ihm vor, als

hätte die Story irgendwo auf ihn gewartet und er war nur derjenige, der sie sich runterlud aus einem ätherischen Speicher von Geschichten, die es schon gab, bevor irgendein Autor an sie gedacht hatte. Man brauchte nur den Schlüssel, den richtigen Downloadcode.

Mike schaffte es, bis zum Abend durchzuschreiben. Er speicherte mehrere Sicherheitskopien, legte eine davon auf den Server. Dann ging er ins Bad, duschte ausgiebig und heiß, feilte seine Zähne zur Sicherheit nach und suchte sich ein Hemd heraus, in dem er gut, aber nicht zu elegant aussah. Es durfte nicht gezwungen rüberkommen. Seine Kopfhaare führten ein Eigenleben und beugten sich keinem Stylingversuch, also konnte er sie auch gleich so lassen.

Aufgeregt warf er sich die Jacke über und schlüpfte in die Schuhe. Die Vorfreude, sie wiederzusehen, füllte sein Herz aus. Diesen Zustand kannte er quasi nicht und er kam sich vor wie in einem Traum, nur dass dies die Wirklichkeit war, so oft er auch zur Verifizierung seinen Unterarm kniff.

Der Weg bis zu ihrer Wohnung erschien ihm endlos.

*

Als es klingelte, drückte Phoebe sofort auf den Öffner. Mike war superpünktlich. Ihr Herz schlug laut, während sie seine Schritte auf der Treppe hörte.

»Komm rein«, begrüßte sie ihn. Mike trat in den Flur und streifte sich die Schuhe ab. Er sah schon wieder unglaublich süß aus, am liebsten hätte sie sich auf ihn gestürzt.

»Hey, alles klar?«, fragte er und gab ihr einen Kuss. Sein

Aftershave roch umwerfend. Phoebe konnte sich nicht mehr beherrschen, packte Mike an der Jacke und zog ihn hinter sich her in ihr Zimmer. Sie vergaß alle Höflichkeitsfloskeln, sie bot ihm nichts zu Trinken an, sie wollte nur seine Lippen spüren und überprüfen, ob das alles wirklich geschah. Mike schien es ähnlich zu gehen, denn er dachte nicht mehr daran sie loszulassen. Minutenlang standen sie da, hielten sich, erforschten die Lippen des anderen, bis Phoebe sich mit einem Kuss auf seinen Hals von ihm löste.
»Willst du was trinken?«
»Ich will dich küssen.«
»Und zwischendurch was trinken?«
»Gelegentlich.«
»Okay. Warte hier.«
»Ungern.«
Sie lachte und verschwand in der Küche. Kurz darauf kam sie mit zwei Gläsern und einer Flasche Wein zurück.
»Ich hoffe, du magst den.« Sie stellte alles auf den kleinen Couchtisch, als Mike sie schon wieder zu sich aufs Sofa zog. Ehe sie sich versah, kniete sie über ihm und küsste ihn sanft. Sie nahm sein Gesicht zärtlich in beide Hände und bedeckte es mit Küssen. Wieder ließ Mike seinen Kopf in ihre Hände fallen. Es erschien ihr wie eine Vertrauensgeste, und es gefiel ihr. Sie bog seinen Kopf leicht nach hinten und liebkoste die empfindliche Haut an seinem Hals. Mike seufzte leise und schien ihre Zärtlichkeiten zu genießen.
»Hach. Ich könnte dich fressen, du bist so süß!« Phoebe biss sanft in sein Ohrläppchen.
Mike grinste und sie strich ihm durchs Haar.

»Wir können ja mal versuchen, den nächsten Schritt zu machen und den Wein zu öffnen, sonst findet uns Fox in drei Tagen hier verdurstet auf dem Sofa.« Phoebe drehte sich um und griff nach dem Korkenzieher.

»Was ist schlimmer, dass wir verdursten oder dass Fox uns findet?«, fragte Mike.

»Hmm …« Sie zog den Korken aus der Flasche und schenkte ihnen ein. »Ich lebe gerade im Jetzt, was bedeutet, Fox ist nicht da. Und Pete auch nicht.«

»Verstehe.« Mike nahm sein Glas entgegen.

»Schön, dass du hier bist«, sagte Phoebe.

»Finde ich auch.«

Sie tranken einen Schluck und Phoebe fiel auf, dass Mike praktisch nie den Blick von ihr nahm. Nicht, dass es sie gestört hätte.

»Meine Freundin ist voll ausgeflippt, als ich erzählt habe, dass du Autor bist«, sagte Phoebe leichthin. Sofort trat ein anderer Ausdruck in Mikes Augen, als hätte sie etwas Alarmierendes gesagt. »Keine Sorge«, setzte sie schnell nach. »Die liest nur diesen Liebeskasperquatsch.«

»Okay …«, sagte Mike. Es schien wirklich nicht sein Lieblingsthema zu sein.

»Tut mir leid«, sagte Phoebe. »Wenn du schon einmal frei hast, wirst du sicher nicht noch über die Arbeit reden wollen.«

»Ist schon gut«, sagte Mike freundlich und Phoebe fragte sich, wie es sein konnte, dass sie endlich mal Glück hatte mit einem Kerl. Sie konnte sich einfach nicht vorstellen, dass sich Mike plötzlich als Idiot entpuppte.

»Ich hab noch ne gute Nachricht für dich«, sagte sie. »Ich habe morgen frei.«

»Die Nachricht ist wirklich saugut.«
»Willst du noch eine gute Nachricht hören?«
Mike nickte.
»Ich hab eine Zahnbürste für Gäste. Ganz neu und noch originalverpackt.« Sie lächelte und hoffte, dass Mike keinen Rückzieher machte. Das war zwar nicht sehr wahrscheinlich, schließlich war er ein Mann, aber er wirkte manchmal etwas schüchtern. Phoebe zog ihn an sich und küsste ihn. Sie nahm das Glas aus seiner Hand und stellte es beiseite.
»Bleib heute Nacht hier«, flüsterte sie in sein Ohr.
»Bist du sicher?«, flüsterte Mike zurück. Als Antwort beugte sie sich über ihn und presste ihn sanft in die Sofakissen. Ihre Hand glitt unter sein Hemd, während sie ihn küsste. Mike erwiderte ihre Zärtlichkeiten, es kam ihr vor, als würde er spüren, was sie mochte. Seine Finger strichen sehr leicht über ihren Nacken, fuhren durch ihr Haar. Sie ließen sich Zeit, einander zu genießen und es dauerte nicht lange, bis Phoebe aufstand und ihn mit sich zog. Eng umschlungen fielen sie in das weiche Federbett.

*

Es war mitten in der Nacht, als Phoebe erwachte. Dunkelheit umgab sie und sie musste sich kurz orientieren, weil etwas anders war als sonst. Das Mondlicht und die Straßenlaternen erhellten ihr Zimmer genug, dass sie Mike neben sich im Bett liegen sehen konnte. Er schien zu schlafen. Phoebe betrachtete ihn eine Weile und legte sich dann dicht neben ihn, um seinen Körper zu spüren. Richtig warm fühlte er sich nicht an,

er trug im Gegensatz zu ihr kein T-Shirt, also zog sie die Decke etwas höher, er sollte nicht frieren. Zärtlich küsste sie ihn auf den Oberarm. Es war schwer sich zu beherrschen, aber sie wollte ihn nicht wecken.
Mike schien den Kuss doch gespürt zu haben, denn er regte sich und tastete nach ihr. Phoebe zog ihn in ihren Arm und bettete seinen Kopf an ihre Schulter. Liebevoll strich sie ihm durchs Haar und fühlte Mikes Hand, die sich an ihre Taille legte.
»Bist du richtig wach«, flüsterte sie an seiner Stirn.
»Halbwegs.« Mike seufzte zufrieden. Er rückte noch näher an sie heran.
»Kann es sein, dass du dich einsam fühlst?«, fragte Phoebe.
»Im Moment nicht. Wie kommst du darauf?«
»Du bist irgendwie verschmuster als andere Männer, die ich kenne. Die drehen sich nach dem Sex rum und pennen bis zum nächsten Mittag.«
»Ich bin eben nicht wie andere Männer.«
»Das würde jeder Mann über sich sagen.«
»Aber bei mir stimmt es.«
»Ach ja? Wie bist du denn?« Phoebe küsste seine glatte Stirn.
»Ich weiß nicht. Jedenfalls nicht wie andere Männer.«
»Du weißt nicht, wie du bist?«
»Nein. Oft weiß ich das nicht.«
Phoebe betrachtete ihn nachdenklich. Sie sah, dass er mit offenen Augen in ihrem Arm lag.
»Egal, wie du bist, du gefällst mir so.« Sie drückte ihn an sich und er drückte sie zurück.
»Nur manchmal schaust du so traurig.«

»Das war früher«, sagte Mike. »Jetzt bin ich glücklich. Sehr sogar.«
»Aber du schaust immer noch manchmal traurig.«
Mike schwieg einen Moment.
»Vielleicht habe ich Angst davor, dass das hier alles plötzlich wieder weg sein könnte.«
»Unsinn, warum sollte es?«
»Dafür kann es viele Gründe geben.«
»Oder keinen«, sagte Phoebe. »Wenn es ein Problem gibt, dann lösen wir es einfach. Wichtig ist, dass man sich dem anderen anvertrauen kann. Wenn du mir etwas sagen willst, dann sag es einfach.«
»Ich will nichts sagen.« Mike strich mit den Fingern über ihre Haut. »Es gefällt mir, wie es ist.«
»Ich hab mich total in dich verliebt.« Phoebe legte die Hand unter sein Kinn und hob es leicht an, um an seine Lippen zu kommen. »Ich verlasse dich nicht und nichts geht kaputt. Ich verspreche es dir.« Sie küsste ihn zärtlich. »Ich will, dass der traurige Ausdruck für immer aus deinen Augen verschwindet.«
»Ich hab mich auch in dich verliebt«, flüsterte Mike. »Eigentlich in der Buchhandlung schon. Aber ich kam mir so blöd vor, ich kann doch nicht einfach zu jemandem hingehen …«
»Menschen *sind* blöd. Überleg mal, wie viel Rumgeeiere man sich sparen könnte, wenn jeder gleich sagen würde, wie es in ihm aussieht.«
»Stimmt.« Mikes Lippen fanden ihre und sie versanken in einem leidenschaftlichen Kuss. Phoebe fühlte seine Hände unter ihrem Shirt und ihr fiel ein, dass sie morgen ausschlafen durfte. Praktisch.

*

Als sie das nächste Mal die Augen öffnete, schien die Sonne hell durchs Fenster. Mike blinzelte, als sie ihn berührte und sie schmiegte sich an ihn. So lagen sie eine Weile ohne zu sprechen. Phoebe hatte das Gefühl, dass Mike Zeit brauchte, Nähe zu tanken. Ab und zu seufzte er leise, als würde eine Last von ihm fallen.

»Du bist der süßeste Junge, den ich je gesehen habe.« Phoebe drückte ihn sanft. »Wie alt bist du eigentlich?«

»Vierundzwanzig. Und du?«

»Fünfundzwanzig. Ha! Ich bin älter als du«, triumphierte sie.

»Hmm«, machte Mike wohlig und drückte seine Stirn an ihren Hals.

»Willst du frühstücken, du Schmuser?«, fragte sie.

»Nein. Dann gehst du ja weg.«

»Aber nur kurz.«

»Auch das ist schon zu lang.«

»Du wirst es nicht bereuen, wenn du kurz auf mich wartest.« Phoebe küsste ihn noch einmal zärtlich und schlüpfte dann aus dem Bett.

*

Mike sah ihr nach, als sie aus dem Zimmer verschwand. Er konnte die Gelegenheit nutzen, um ein paar Kapseln einzuwerfen. Schnell zog er sich etwas über, angelte ein paar Kapseln aus seiner Jacke und ging barfuß in den Flur und dann ins Bad, wo er das Konzentrat mit Leitungs-

wasser runterspülte. Als er zurückkam, stellte Phoebe gerade ein kleines Tablett auf den Nachttisch, nicht ohne vorher den Bücherstapel auf den Boden zu verlagern. Sie war eindeutig eine Vielleserin.
Mike ließ sich wieder auf das Bett sinken. Phoebe lächelte ihm zu.
»Kaffee?«
»Gern.« Er schaute sie an, genoss jede ihrer Bewegungen. Was hatte er nur für ein verdammtes Glück, Mike konnte es immer noch nicht fassen.
Und dann kam ein Alptraum über Mike, ganz plötzlich und ohne Vorwarnung, wie in einem schlechten Film.
Phoebe bückte sich auf einmal und hob etwas auf. Der gelbe Zettel leuchtete in ihrer Hand. Unbedarft faltete sie ihn auseinander. Mike fühlte, dass seine Lunge verkrampfte. Sein Atem setzte aus, das Herz schlug in ihm, hämmerte bis in seinen Kopf hinauf. Ihr Blick, der ihn traf. Gelähmt sah er sie an, holte mühsam Luft.
»Mike«, sagte Phoebe und es klang, als würde sie durch Watte zu ihm sprechen. Zu spät, zerstört, es war vorbei. Antworten konnte er nicht. Er sah sie nur an.
»Du hast da was verloren. Mike? Was ist mit dir?«
Er konnte nicht sprechen. Dieser beschissene, dämliche Zettel. Er hatte ihn vergessen. Das war so ungerecht. Mike fühlte, wie sich Resignation in ihm breitmachte.
Ein schweres Gefühl der Gleichgültigkeit, das die Verzweiflung unter sich begrub und seine Seele betäuben wollte.
»Was hast du denn? Du bist leichenblass!« Phoebe kam um das Bett herum und setzte sich direkt vor ihn.
Ihre Hände legten sich auf seine Schultern, was sich

merkwürdig anfühlte, als ob er kein Recht mehr auf diese Berührungen hätte.
»Sieh mich an, Mike. Willst du mir etwas sagen?«
Mike schluckte. Eine kleine Übelkeitswelle glitt über ihn hinweg. Er hatte die Kapseln vielleicht zu spät genommen.
»Ich … ich …« Er atmete schwer. »Da war ich nicht. Ich habe sie … nie angerufen.«
»Ich glaube dir.«
»Wie?« Er sah sie an, als wäre sie eine Erscheinung.
»Ich glaube dir, und das geht mich auch nichts an. Wir kennen uns gerade mal seit zwei Tagen.«
Verunsichert schaute Mike ihr in die Augen.
»Das ist von einer Leserin, die stecken mir manchmal so was zu. Aber das heißt nichts. Wirklich.«
»Mike, hey!« Sie strich ihm zärtlich über das Gesicht. »Ich glaube dir das! Du siehst aus, als hätte ich dein Todesurteil gesprochen. Beruhig dich erst mal.« Sie schloss ihn in die Arme und Mike konnte es nicht fassen, dass er ihr Haar im Gesicht spürte. »Hattest du Angst, ich bin sauer deswegen?«
»Ja«, flüsterte Mike. Mehr konnte er nicht dazu sagen.
»Was haben wir letzte Nacht besprochen? Dass wir über alles reden.« Sie kraulte ihm den Nacken. »Du bekommst jetzt einen schönen Kaffee. Auch wenn du Zettel von deinen Verehrerinnen in meinem Zimmer verlierst.«
»Tut mir leid.«
»Macht doch nichts, so lange ich dich für mich alleine habe, finde ich das sogar cool.« Sie schob ihn sanft von sich, küsste ihn und stand dann auf, um ihm seinen Kaffee zu holen.

In Mikes Brust breitete sich ein warmes, angenehmes Gefühl aus.
»Du musst mit der Zeit lernen, mehr Vertrauen zu haben.« Sie reichte ihm seine Tasse.
»Danke«, sagte Mike und sein Tonfall zeigte nicht, ob sich das nur auf den Kaffee bezog.
»Alles wieder gut?« Sie saß neben ihm, ihre Hand an seinem Hals.
»Ja. Ich hätte diesen blöden Zettel entsorgen sollen. Es tut mir so leid.«
»Das ist nur ein Stück Papier.«
»Okay. Nur Papier.« Mike atmete durch.
»Du musst sehr enttäuscht worden sein, dass du so drauf bist.«
»Vielleicht«, sagte Mike ausweichend. Er trank einen Schluck und sah nach unten auf die Bettdecke.
»Die Nacht mit dir war so schön«, sagte Phoebe sanft und küsste seine Schläfe.
»Das kann ich nur zurückgeben«, sagte Mike. »Darf ich vielleicht heute Abend wieder hier schlafen?«
»Ich bestehe darauf. Was machst du denn heute?«
»Ach …« Mike winkte ab. »Ich muss einen Roman weiterschreiben, meine Geschäftsführerin steigt mir aufs Dach. Wir sind uns da noch nicht ganz einig.«
Sofort trat ein interessierter Ausdruck in Phoebes Gesicht.
»Wann wirst du mir mal ein Buch von dir zeigen?«
»Bitte … erspar mir das.« Mike grinste schief.
»Komm schon, so schlimm kann es doch gar nicht sein.« Sie stieß ihn leicht an, aber Mike schwieg. Phoebe nahm ihm seine Tasse aus der Hand und stellte sie beiseite.

Dann stieß sie ihn rückwärts aufs Bett und stürzte sich auf ihn.
»Ich lasse dich erst gehen, wenn du es mir verrätst!«, rief sie und versuchte ihn unten zu halten. Mike fasste sie um die Taille, hob sie hoch und legte sie neben sich aufs Bett. Dann war er über ihr und verschloss ihre Lippen mit einem Kuss.
Phoebe protestierte mühsam.
»Hey, wie hast du das gemacht? Du kannst mich doch nicht einfach von dir runterheben …« Er küsste sie wieder und sie schlang die Arme um ihn.
»Doch, kann ich«, grinste Mike.
»Du siehst gar nicht aus, als könntest du mich so leicht hochheben.«
»Ich werde eben immer unterschätzt.« Wieder küsste er sie, schmeckte ihre Lippen und fühlte, wie er mit dem ganzen Körper auf sie reagierte. Er musste sich zusammenreißen, sonst kam er heute gar nicht mehr nach Hause. Sie fühlte sie so weich an unter ihm, so gut. Mike glitt mit den Lippen über ihre Wange zu ihrem Hals. Er konnte das Blut unter ihrer Haut riechen. Er schloss die Augen und seufzte. Langsam wurde es wirklich Zeit, an die Arbeit zu gehen.

9

»Na, endlich Sex gehabt?«, fragte Berch aus dem Arbeitszimmer, als Mike seine Jacke in die Garderobe feuerte. »Rita hat sich gemeldet. Ob du heute schon was schicken kannst.«

»Schick ihr die Belege für das Essen im *Richards*, wenn sie was lesen will!«, antwortete Mike und verschwand im Bad. Er duschte lange und heiß, dann zog er sich einen superbequemen Jogginganzug über und machte sich einen schwarzen Tee mit Milch und Honig. Er würde richtig loslegen und dann heute früher wieder verschwinden.

»Du haust heute wieder ab, oder?« Berch hatte sich mit seinem Stuhl zu ihm rumgedreht.

»Ja. Wenn du dich einsam fühlst, dann geh aus. Ich schlafe bei Phoebe.«

»Naja, wenn ihr noch zum Schlafen kommt.«

»Spar dir dein Grinsen, fang lieber nen neuen Roman an.« Mike öffnete sein Dokument und suchte die letzte Zeile. Fast sofort kam er wieder in den Text.

Er schrieb und schrieb, registrierte kaum, wie Berch ihm einen Teller mit belegten Broten neben die Tastatur stellte. Einmal stieg ihm der Geruch von Menschenblut in die Nase und er war kurz abgelenkt, dann hatte er sich wieder im Griff, als Berch sich mit seinem Imbiss in die Küche verzog.

Mike speicherte wieder diverse Sicherungskopien und streckte sich dann. Er schaute auf die Uhr. Noch eine Stunde, dann konnte er … das Handy klingelte. Mike riss es nach oben und presste es sich ans Ohr.

»Hey, wie geht's dir?«, fragte er.
»Ich halte es kaum noch aus, so ohne dich. Wann kommst du her?«
Mike schloss kurz die Augen. Sein Herz schlug so schnell, dass er dachte, sie müsste es hören.
»Ich mach mich gleich auf den Weg.«
»Konntest du arbeiten?«
»Ja, erstaunlich gut sogar.«
»Schön.«
Ihre Stimme klang so warm. Mike fühlte, wie die Sehnsucht nach ihr ihn ganz ausfüllte.
»Ich bin schon unterwegs«, sagte er. »Bis gleich.«
Mike legte auf und sauste in sein Schlafzimmer, um sich was Vernünftiges anzuziehen. Berch stand plötzlich in der Tür, in seiner Hand die widerliche Rotwein-Bluteiswürfelmischung, die bei Mike Würgreflexe erzeugte.
»Ich frag mich, wie ich dich wieder hinbekomme, wenn sie mal mit dir Schluss machen sollte.«
Mike reagierte nicht, sondern riss Pullover und Jeans aus dem Schrank.
»Guck dich doch an, du bist völlig von Sinnen.« Berch schwenkte das Glas und sah zu, wie sich seine Eiswürfel langsam auflösten.
»Sie macht nicht Schluss mit mir.« Mike streifte sich einen schwarzen Pullover über.
»Aber wenn sie was rausfindet, musst du Schluss machen. Und wenn sie rausfindet, was du schreibst, macht sie Schluss. Meinst du, sie hat Bock mit dem Autor von *Leyla in den Fängen des dunklen Prinzen* gesehen zu werden? Das kannst du nicht mal als Jugendsünde abhaken.«

»Das darf nicht passieren, ganz einfach. Ich könnte ihr nicht mehr unter die Augen treten, das weiß ich auch.«
Mike schob sich an Berch vorbei in den Flur und schnappte sich seine Jacke. Dann ging er noch ins Bad und stopfte Handtücher, Zahnbürste und Duschgel in eine kleine Sporttasche.
»Ziehst du jetzt aus?«, fragte Berch.
»Lass mich doch einfach.« Mike ging, um seine Schuhe zu holen.
»Ich mach mir doch nur Sorgen um dich, Kleiner.«
Mike hielt inne. In Berchs Gesicht stand wirklich Sorge geschrieben, und Mike bedauerte, dass er ihn so abgeschmettert hatte.
»Ich weiß, ich passe auf mich auf«, sagte Mike.
»Wenn es schiefgeht, kommst du aber zu Onkel Berch und machst keinen Blödsinn.«
Mike sagte nichts. Er zog die Tür hinter sich zu und trabte dann schnell die Treppen hinunter.

*

Als Mike klingelte, war es leider Fox' Stimme, die ihm antwortete. Der Öffner summte und Mike schob die schwere Holztür auf. Phoebes zerzauster Mitbewohner erwartete ihn schon und geleitete ihn mit großer Geste in die Wohnung.
»Phoebe macht sich noch ihr seidiges Haupthaar schön! Tretet ein, Mylord!« Er verbeugte sich. Mike zuckte zusammen. Für eine Sekunde glaubte er, dass Fox ihn erkannt haben könnte, vielleicht hatte er recherchiert und rausgefunden, dass Mike diese Grafen-Romane … nein.

Das war wohl nur so eine Masche von ihm. Er folgte dem schwarzen Haarschopf ins Wohnzimmer, wo Pete wieder an seinem kleinen Basteltisch hockte.
»Kann man da überhaupt sitzen?«, fragte Mike. Pete sah auf und zuckte die Schultern.
»Ich lebe damit, in meinem Zimmer gibt's keine Glotze.«
»Was machst du denn da?« Mike ging vor Petes Tisch in die Knie und besah sich die Figuren genauer.
»Zweiter Weltkrieg, Maßstab 1:35.« Pete trug sorgfältig Kleber auf ein Plastikteil auf und drückte es dann an sein aktuelles Modell eines Tigerpanzers.
Mike starrte auf das Spielzeug in Petes Fingern und rührte sich nicht.
»Hast du was?«, fragte Pete.
»Nein«, sagte Mike trocken. »Nichts.« Er versuchte die Erinnerungen wegzudrücken. Das waren nur Modelle, nichts Echtes. Es war vorbei.
In diesem Moment umarmte ihn Phoebe von hinten, ihr Haar hüllte ihn duftend ein. Sie zog ihn hoch und hinter sich her in ihr Zimmer.

*

Die Tür schloss sich, sie waren allein. Sofort fiel Phoebe in seine Arme und sie versanken in einem Kuss, dass sie kaum noch auf den Füßen stehen konnte.
»Schön, dass du wieder da bist«, flüsterte sie und bedeckte seinen Hals mit Küssen.
»Ich hab dich schrecklich vermisst.« Mike fuhr mit den Fingern durch ihr Haar.

»Dabei waren es nur ein paar Stunden. Wie hast du es geschafft, in der Zeit zu arbeiten?«
»Ich hab nicht die geringste Ahnung«, gab Mike zu.
Phoebe zog ihn auf ihr Sofa, wo sie schon eine Flasche Wein und Gläser bereitgestellt hatte. Sie redeten, lachten, küssten sich. Phoebe holte eine Speisekarte und sie bestellten Pizza für sich und die Jungs. Mike gab das Essen für alle aus und schlug vor, mit Pete und Fox im Wohnzimmer zu picknicken.
Es wurde eine recht lustige Runde. Fox erwies sich als handzahm, sobald er gefüttert wurde, und Pete ließ seinen Panzer nicht aus den Augen, den er mit Hilfe von Pappkarton stabilisiert hatte. Phoebe und Mike saßen nebeneinander, sodass sich ihre Körper berührten. Sie konnte es kaum erwarten, Mike gleich mitzunehmen und ihn für sich allein zu haben. Gott, sie war verknallt wie ein Teenager und sie genoss es!
»Lady Phoebe ist verliehiiiiebt«, quietschte Fox. Seine Haare standen in alle Richtungen ab und er sah aus wie Rüdiger, der kleine Vampir. »Warum hat das mit uns beiden eigentlich nie geklappt?«
»Weil du ein Bekloppter mit Hang zum Mittelalter ohne Hintergrundwissen bist?«, mutmaßte Pete.
»Schon möglich.« Fox schob sich zufrieden ein Stück Salami in den Mund. »Pete ist in seine Dozentin verknallt«, plauderte er mit vollem Mund weiter. »Nur ich hab wieder niemanden.«
»Für dich richten wir ein Profil auf ner Partnersuchseite ein. Schenken wir dir zum Geburtstag«, sagte Pete. »Will einer ein Stück Vier-Käse tauschen?«
»Ich hasse Vier-Käse«, sagte Fox.

»Kannst meins haben. Mike und ich sind weg. Stimmt's?«, fragte sie ihn und glaubte ein Aufleuchten in Mikes Augen zu sehen. Er nickte.

»Halt die Klappe, Fox«, maßregelte Pete vorauseilend, als sie Mike vom Sofa hochzog.

»Hast du Lust auf einen kleinen Spaziergang draußen?«, fragte Mike leise.

»Ja, total gern.«

10

Minuten später gingen sie in der kühlen Nachtluft spazieren. Mike hatte den Arm um sie gelegt, was sich überaus angenehm anfühlte. Ab und zu drückte er sie oder küsste sie auf die Stirn, er konnte es einfach nicht lassen.

»Lebst du eigentlich allein?«, fragte sie und sah zu ihm hoch. Mike überragte sie um etwas mehr als einen halben Kopf.

»Ich kann auch mit einem schrägen Mitbewohner aufwarten.«

»Echt?«

»Ja … wirst du dann sehen. Er sieht auf den ersten Blick sogar extrem schräg aus, aber du gewöhnst dich an ihn.«

»Natürlich gewöhne ich mich! Ich habe Fox!« Phoebe lachte.

»Berch ist noch ne Nummer heftiger als Fox. Glaub mir.«

»Oh Mann, den muss ich sehen.«

»Lieber nicht.«

»Doch.«

Mike verschloss ihre Lippen mit einem Kuss. Phoebe merkte, dass er sie mit einem Arm hochhob.

»Lass mal, ich bin zu schwer für dich, du kannst doch nicht …«

Mike küsste sie wieder, ohne dass ihre Füße den Boden berührten. Dann stellte er sie sanft wieder ab.

»Bist ein Fliegengewicht«, sagte er.

»Und du bist stärker als du aussiehst.«

Mike zuckte die Achseln. Er legte den Kopf in den Nacken.

»Schau mal, ist der schon voll oder fast voll?«
Der Mond thronte über ihnen und es war schwer zu sagen, ob es wirklich ein voller Mond war.
»Ich weiß nicht. Wieso ist der Mond eigentlich mal größer, mal kleiner?«
»Keine Ahnung. Ist ne optische Täuschung, mein ich. Hab mich nie damit befasst.«
Mondrose
Mike seufzte. Rita würde mit dem Manuskript nicht einverstanden sein. Wie sie wohl gucken würde, wenn sie wüsste, dass seine Mondrose gerade neben ihm stand und kein einziger Werwolf weit und breit zu sehen war, weshalb sie auch keine Probleme mit dem Vollmond hatten. Aber Mike würde diesmal nicht nachgeben. Er würde das Buch durchsetzen und außerdem eine bessere Druckerei beauftragen. Die Mondrose verdiente ein Hardcoverbuch zu sein. Sein erstes Hardcover! Die Geschichte war völlig anders, es hatte nichts mit seinem alten Stil zu tun, und es floss einfach aus seinen Fingern wie von selbst. Phoebe schmiegte sich an ihn und Mike kam ein Gedanke, der ihm vielleicht weiterhelfen würde. Er würde Phoebe die Mondrose zum Lesen geben. Das konnte er sich leisten, es war kein blöder Schmalzroman. So kam er erst mal aus der Nummer raus und sie konnte sehen, dass er mehr drauf hatte als das ätzende Gesülze, auf das Rita so abfuhr. Irgendwann später konnte er dann mit der Wahrheit rausrücken … Schluss machen würde Phoebe wohl nicht, das wäre übertrieben, aber sie würde fürchterlich enttäuscht von ihm sein. Und das war fast schlimmer.
Bei dem Gedanken, dass sie heimlich enttäuscht von ihm

sein könnte, wurde ihm regelrecht schlecht. Er musste eine Kapsel einnehmen.

»Ist alles okay mit dir?«, fragte Phoebe. Mike nickte langsam, er drängte die düsteren Gedanken zurück. Warum konnte er nicht einfach Lehrer sein? Oder Straßenkehrer, irgendwas, nur kein Vampir, der grässliche Vampirromane schrieb und eine Frau treffen musste, die Vampirromane zum Kotzen fand? War einfach so! Mike fühlte, wie ihn diese unausgesprochene Sache belastete. Nicht, weil es ein weltbewegendes Problem war, es gab weiß Gott Schlimmeres, aber er fühlte sich unwohl und hatte Angst vor dem Moment, wenn Phoebe sein Geheimnis herausfand. Mike stellte fest, dass er eher bereit war, ihr seine unerklärliche Krankheit zu beichten, diese Anomalie, die sich mit keiner Recherche aufklären ließ. Weder Berch noch er selbst konnten sagen, was mit ihnen passiert war. Und sie fanden keine anderen, die so waren wie sie, obwohl es die mit Sicherheit geben musste, denn die Legenden hatten sich aufgrund ihrer Krankheit gebildet, davon war Mike felsenfest überzeugt, während Berch sein Schicksal akzeptierte und sich als andere Spezies sah. Aber Mike glaubte, dass er früher einmal ein normaler Mensch gewesen war, auch wenn er sich nicht erinnern und Berch deshalb nichts beweisen konnte. Tatsache war, dass er sich normaler fühlte, wenn sein Körper nur diese Kapseln erhielt. Ansonsten konnte er alles essen, aber er durfte die Kapseln nicht weglassen. Berch nannte die Dinger manchmal Mike-Insulin, und er selbst mochte flüssiges Blut und nahm es auch zu sich. Mike dagegen konnte sich ohne besser konzentrieren, aber Berch war der Ansicht, dass Mike auf diese Weise auf Sparflamme lebte. Davon wollte Mike nichts hören. Er kam zurecht, er fiel nicht auf und das war's.

Phoebe drückte sich an ihn und er spürte ihre Lippen an seinem Hals. Mike schloss die Augen. Wie sehr hatte er sich nach solchen Zärtlichkeiten gesehnt. Wie lange war er allein gewesen … er legte seine Hand an ihre Wange und suchte mit seinen Lippen die ihren. Vielleicht würde sein Bedarf nach Zuwendung weniger werden, wenn sie sich erst einmal eine Weile kannten, aber im Moment konnte er nicht genug von ihr bekommen. Sobald sie getrennt waren, vermisste er sie so, dass es schmerzte, dabei hatte er sie vor einer Woche noch gar nicht gekannt. Und dann war sie einfach dagewesen und hatte sein Leben verändert. Nichts war wie vorher, wo er meistens an Rita und Abgabetermine und Buchtitel gedacht hatte. Er hatte gearbeitet und geschlafen und Berchs Versäumnisse aufgefangen, Rita besänftigt und Termine koordiniert … die Fans ertragen … und schwachsinnige Bücher verfasst. Jetzt, aus dem anderen Blickwinkel, hatte er kaum eine Erklärung dafür, wie er da so hatte hineinrutschen können.

»Morgen muss ich leider arbeiten«, sagte Phoebe und legte die Hand auf seine Brust.

»Schade, aber ich auch. Wir können uns ja abends sehen. Ich lade dich zum Essen ein, wohin du willst.« Mike rieb zärtlich seine Stirn an ihrer.

»Sagte ich schon, dass du der süßeste Kerl überhaupt bist?«

»So was Ähnliches hast du gesagt.«

»Lass uns zurückgehen«, flüsterte sie in sein Ohr und biss ihn sanft in den Hals. Mike erschauerte. »Komm mit, süßester Kerl.« Sie nahm seine Hand und Mike ließ sich nur zu bereitwillig mitziehen.

*

Die Nacht verging viel zu schnell. Als Phoebes Wecker aufdringlich flötete, ließ Mike ein leises Knurren hören, aber es half nun mal nichts, sie mussten beide zur Arbeit. Phoebe tastete nach dem kleinen Plastikkasten und schlug mechanisch darauf. Ruhe. Sie sank zurück ins Bett und Mike beugte sich über sie, um sie gebührend zu wecken. Sie schlang ihre Arme um seinen Nacken.
»Ist es nicht ein Alptraum, dass wir gleich arbeiten müssen?«
»Mega-Alptraum!«
»Muss ein Fehler vom Universum sein.«
»Ich schicke eine Dienstaufsichtsbeschwerde«, sagte Mike und sog den verführerischen Duft an ihrem Hals ein. Überall unter ihrer Haut verliefen feinste Äderchen. Er spürte jeden Schlag ihres Herzens und eine merkwürdige Aufregung ergriff ihn. Sofort drängte er das Gefühl zurück und berührte ihre Lippen mit seinen. Wie sollte er es nur ohne sie aushalten bis heute Abend? Diese Vorstellung war schlicht surreal.
»Wir sollten aufstehen«, flüsterte sie und fuhr ihm zärtlich durchs Haar.
»Ich rufe die Träger. Wenn keiner kommt und uns rausträgt, müssen wir leider liegenbleiben.«
»Ja, leider.« Phoebe küsste ihn noch mal innig, dann schob sie sich seufzend aus dem Bett. Mike ließ sich gespielt resigniert in die Kissen fallen und Phoebe lachte. »Du Armer. Heute Abend päppele ich dich wieder auf!«

*

Mike saß an seinem PC und öffnete den Ordner mit dem Manuskript darin. Berch hatte ihn kurz belästigt und er hatte Rita angerufen und ihr zugesagt, in zwei Tagen etwas von der Mondrose zu schicken.

Jetzt machte er sich an die Arbeit. Der Roman gefiel ihm richtig gut, ein Gefühl, das er von seinen anderen Büchern nicht kannte. Es machte ihm Spaß, das zu schreiben. Einer der Gründe, warum er sensationell flott vorankam. Als sein Handy klingelte, hob er es fast abwesend ans Ohr, den Blick auf den Text gerichtet.

»Mike?« Phoebes Stimme. Und die hörte sich nach einem Problem an. Sofort war der Roman vergessen.

»Was hast du?«, fragte er, während sich sein Hirn in Alarmbereitschaft versetzte.

»Ich brauche Hilfe. Bitte, ich weiß niemanden, zu dem ich gehen kann!«

»Was ist denn, wobei brauchst du die Hilfe?«

»Ich … kann ich zu dir kommen? Ich kann hier nicht reden.«

»Oh … okay. Oder soll ich dich abholen?«

»Nein.« Phoebe klang etwas unbehaglich. »Es tut mir leid, aber ich weiß einfach nicht, was ich machen soll.«

»Natürlich kannst du herkommen. Was immer es ist, wir kriegen das hin. Hat dir jemand wehgetan?«, fragte Mike vorsichtig, und spürte in sich den Wunsch, diesem Jemand, falls es ihn geben sollte, einen Besuch abzustatten.

»Nein, mir nicht.«

»Ich schick dir meine Adresse. Bis gleich.«
»Ok, bis gleich.« Phoebe klang erleichtert.
Mike legte auf und sah zu Berch hinüber.
»Wir müssen aufräumen. SOFORT!«

*

Die nächsten Minuten verbrachten sie in heller Panik, Mike scheuchte Berch durch die Gegend, schaffte Heftchenromane in den Flurschrank, riss Zeitungsartikel von den Wänden. Er fuhr den PC runter, ließ alles verschwinden, was auf den Verlag hindeutete, während er Berch dazu verurteilte, die Küche auf Blutspuren zu untersuchen und die Beweismittel zu vernichten.
Mike warf mit zitternder Hand ein paar Kapseln ein und spülte sie herunter, als eine schwere Hand sich auf seine Schulter legte.
»Ruhig Blut, Kleiner. Es ist alles gut.«
»Sie kann jeden Moment hier sein.« Mike fuhr sich durchs Haar.
»Die muss ja echt ne Granate sein, deine Phoebe. Bin schon ganz gespannt.« Berch grinste und ließ spitze Eckzähne sehen.
»Oh Mann. Könntest du nicht noch schnell verschwinden?«, bat Mike ihn.
»Vergiss es. Ich wohne hier.«
In dem Moment klingelte es und Mike fuhr zusammen.
»Soll ich runter gehen und hallo sagen?«, fragte Berch.
»Nein!«, schrie Mike. Er stürzte zur Tür und drückte den Summer. Dann riss er die Tür auf und hörte bereits Schritte auf der Treppe. Kurz darauf kam Phoebe in sein

Blickfeld. Auf ihrem Arm trug sie eine Kiste, ihre Wangen leuchteten rot. Mike wollte auf sie zulaufen und ihr die Last abnehmen, aber sie schüttelte den Kopf.
»Ist schon gut, ist nicht schwer.« Sie trug den Karton die letzten Stufen hinauf. Mike fühlte Berch in seinem Rücken, der ihm neugierig über die Schulter sah.
»Was ist das?«, fragte Mike. Phoebe blieb stehen und sah ihn schuldbewusst an.
»Mein Problem.«
»Und was hast du für ein Problem? Eine Kiste?«
»Eine Kiste Kätzchen.« Phoebe senkte den Kopf, als würde sie sich schämen. Berch pfiff durch die Zähne.
»Komm erst mal rein«, sagte Mike.

11

Phoebe stellte die Kiste im Flur ab und jetzt hörte Mike auch die leisen kratzenden Geräusche. Er bückte sich und öffnete den Deckel. Fünf Augenpaare sahen zu ihm hoch. Die Kätzchen hatten alle die Köpfe in den Nacken gelegt und schauten aus der Tiefe des Kartons ins Licht.
»Mike, was soll das, wenn ich fragen darf?« Berch hatte die Augen zusammengekniffen und Phoebe starrte schüchtern zu dem großen blonden Mann hoch.
»Also erst mal ganz ruhig. Phoebe, das ist Berchtold. Berch, das ist Phoebe.«
»Hallo«, sagte Berch gepresst ohne Phoebe die Hand zu geben. »Du willst doch nicht ernsthaft eine Kiste voller Katzen hier abladen, oder?«
»Sie haben Recht. Entschuldigen Sie«, sagte Phoebe leise. Sie bückte sich und schloss den Deckel wieder. »Ich habe überreagiert und vergessen, dass Mike nicht allein hier lebt.«
»Halt!« Mike griff ihren Arm. »Du bleibst. Berch, gib uns mal ein paar Minuten.«
Berch brummte etwas und verzog sich dann in die Küche.
»Was ist passiert?«, fragte Mike sanft. Phoebe schluckte.
»Die Katzen standen in dem Karton vor der Tür der Praxis. Mein Chef ist manchmal echt ein Idiot. Er meinte, er wird sich nicht darum kümmern, es gibt keinen Platz mehr, wo er sie hintun kann, die Tierheime sind auch randvoll mit Katzen. Am Schluss hat er mich angeschrien …« Phoebe schlug die Hände vors Gesicht. »Manchmal würde ich am liebsten kündigen!«

Mike zog sie in seine Arme und wiegte sie sanft, bis sie sich beruhigt hatte.
»Wie kann ich dir helfen?«, fragte er. Phoebe wischte sich das Gesicht.
»Ich kann sie nicht zu mir nehmen. Fox ist hochallergisch. Ich muss sie ein paar Tage irgendwo unterbringen, bis ich sie vermitteln kann.«
»Das machen wir. Ist doch kein Problem«, sagte Mike. Erstaunt sah sie zu ihm auf.
»Kein Problem?«
»Kein Problem.« Mike lächelte sie an und küsste sie auf die Wange.
»Und dein Mitbewohner?«
»Mit dem rede ich. Sag einfach, was ich machen muss.«
Phoebe schlang die Arme um ihn und drückte ihn, dass Mike Angst bekam.
»Du bist der beste Mann der Welt. Ich kann nicht glauben, dass du das für mich machst.«
»Glaub es nur. Und jetzt stell mir die kleinen Racker mal vor.«

*

Berch saß in seinem Stuhl und trommelte mit den Fingerspitzen auf seinem Schreibtisch herum, während fünf kleine Tiere mit misstrauischen Schritten das Arbeitszimmer unter die Lupe nahmen.
»Das Rote ist ein Kater. Die beiden Schwarzen sind Mädchen und der Graue und der Gefleckte sind auch Kater«, erklärte Phoebe. »Ich habe eine kleine Erstausstattung unten im Auto. Ist natürlich alles improvisiert. Ich bringe

dann noch mehr Sachen vorbei. Ich komme auch täglich zweimal zum Füttern, wenn …«

»Hey«, unterbrach sie Mike. »Ist schon gut, ich mach das.«

»DU machst das? Aha. Und WER macht das, wenn DU nicht da bist?«, fragte Berch.

»Ich kümmere mich drum«, sagte Mike schlicht.

»Ich will euch wirklich keine Umstände machen.« Phoebe sah ganz unglücklich aus.

»Ach, das ist doch kein Umstand!«, sagte Berch sarkastisch. Phoebe starrte ihn an und Mike begriff. Sie hatte seine Zähne bemerkt.

»Du … Berchtold ist in so einer LARP-Gruppe. Die leben das richtig, weißt du …«, fing Mike an zu erklären.

»Das ist ja … so was hab ich noch nie gesehen«, flüsterte Phoebe. »Kann man damit essen?«

»Klar. Alles, was einem gefällt«, sagte Berch zweideutig. Mike warf ihm einen bösen Blick zu.

»Hol doch mal die Sachen aus dem Auto«, schlug Mike vor und Phoebe schien dankbar zu sein, dass sie die Wohnung kurz verlassen konnte.

»Also ich hab mir da mehr vorgestellt. Sie ist recht unscheinbar«, kommentierte Berch, nachdem Phoebe verschwunden war.

»Du redest so einen Stuss. Ich finde sie wunderschön. Such dir doch eine mit Riesentitten, wenn du magst.« Mike fühlte die Wut in sich hochkochen.

»Ja klar. Solange du sie gut findest … von mir aus. Mein Typ wär sie nicht.«

»Du bist auch nicht ihr Typ, also keine Sorge«, fauchte Mike. Eins der Katzenkinder überschlug sich und raste unter Berchs Schreibtischstuhl, als es Mikes Fauchen hörte.

»Jetzt verschreckst du schon deine neuen Mitbewohner«, sagte Berch. Mike ließ ein unterdrücktes Knurren hören.

»Ich warne dich. Lass Phoebe in Ruhe, sonst lernst du mich kennen.«

»Ich denke, ich kenn dich schon gut genug. Deshalb weiß ich auch, was passieren wird. Ihr macht eine Weile so weiter, irgendwann merkt sie, was du für ein schräger Vogel bist, womit sie nicht klarkommen wird. Dann macht sie Schluss und du wirst an Liebeskummer eingehen. Ich rette dich, und nach ein paar Monaten sitzt du wieder brav an deinem Schreibtischlein am Manuskript von Leyla – Teil 2.«

»Da halte ich dagegen.«

Es klingelte und Mike sprang auf, um Phoebe hereinzulassen.

Kurz darauf hatten sie ein Katzenklo, kleine Näpfe und mehrere Dosen Katzenfutter in der Wohnung untergebracht. Phoebe erklärte, dass die Kätzchen sieben bis acht Wochen alt seien und schon allein essen könnten. Trotzdem könne es nicht schaden, ihnen noch gelegentlich Welpenmilch anzubieten. Dann verabschiedete sie sich von Mike mit einem Kuss und von Berch mit einem scheuen Blick und flüchtete zu ihrer Arbeit.

»Toll. Das wird ein recht produktiver Tag werden.« Berch drehte sich zu seinem Arbeitsplatz um.

»Ganz bestimmt. Mindestens so wie deine anderen Tage«, sagte Mike und beobachtete ein Kätzchen, das sich an einen Fetzen Druckerpapier anschlich, der in der Ecke lag. Es holte aus, schlug mit der Pfote zweimal kräftig auf das Papier und ergriff dann die Flucht. Die beiden Schwarzen saßen verschreckt hinter dem Laserdrucker. Wahrscheinlich brauchten sie Zeit, um sich an ihre Umgebung zu gewöhnen. Der rote Kater schlich sich dicht am Boden an Berch heran. Er roch an Berchs Hosenbein, dann bäumte er sich auf, breitete seine kleinen Fellarme aus und machte den Eindruck, einen Angriff starten zu wollen. Berch bewegte sich und sofort verließ das Kätzchen der Mut. Mike sah es hinter dem Papierkorb verschwinden. Er musste lachen und Berch drehte sich zu ihm um.

»Was?«

»Nichts«, kicherte Mike. »Gar nichts.« Er wandte sich seinem PC zu und fuhr die Kiste wieder hoch. Er hatte das Gefühl, heute richtig viel schaffen zu können.

*

In der Tat kam er gut voran. Zwischendurch hatte er den Kätzchen Futter kredenzt, was dankend angenommen wurde, während Berch versuchte, die Tiere nach Kräften zu ignorieren. Das gelang ihm auch, bis der rote Kater senkrecht sein Hosenbein hochrannte. Berch fluchte und schüttelte das Tierchen ab. Inzwischen hatte der Graue eins der schwarzen Kätzchen in eine handfeste Keilerei verwickelt. Immer wieder fiel er über das Geschwisterchen her, biss in die Ohren und die kleinen Fellkörper kippten in inniger Umarmung auf den Teppich. Zwei andere lieferten sich eine wilde Verfolgungsjagd über Kabel und um Stuhlbeine herum. Das zweite schwarze Kätzchen sprang am Papierkorb hoch, krallte sich in das

Holzgeflecht und fiel mitsamt dem Korb um. Keine zwei Minuten später kämpften zwei Kätzchen in dem Papiermüll, tauchten durch zerknüllte Ausdrucke von Verträgen und Manuskripten und raschelten, was das Zeug hielt.
Berch stöhnte betont genervt. Dann stand er demonstrativ auf und ging in die Küche. Mike grinste und wandte sich wieder seinem Buch zu. Er hatte soeben einen sehr guten Einfall gehabt.

*

Phoebe kam am Abend wieder vorbei. Im Gepäck hatte sie allerhand Zubehör für die Kätzchen und erzählte Mike, dass sie bereits ein paar Zettel aufgehängt hatte, um neue Besitzer für die Tiere zu finden.
Dann saßen sie zusammen im Arbeitszimmer auf dem Boden und spielten mit den Katzen, die sich inzwischen eingelebt hatten. Bis auf ein kleines schwarzes Kätzchen, das sich in die hinterste Ecke verzogen hatte, waren alle begeistert bei der Sache. Phoebe hatte eine doppelte Socke über ihre Hand gezogen und ließ sich von den Kätzchen überfallen, die den Sockenfeind wild mit den Hinterfüßen bearbeiteten.
Mike bestellte was vom Chinesen und fragte Berch, ob er auch etwas wolle. Der brummte aus dem Wohnzimmer seine Zustimmung, ließ sich aber nicht bei ihnen blicken. Phoebe machte ein schuldbewusstes Gesicht, aber Mike winkte ab.
»Lass den einfach, der beruhigt sich wieder.«
»Okay …« Phoebe rangelte das graue Kätzchen. »Sag

mal, findest du das nicht komisch, dass er so ein Rollenspieler ist und sich verkleidet und alles? Ich nehme an, die machen da einen auf Vampirzusammenkunft oder so? Ich meine, ich find's krass, dass er sich extra Implantate einsetzen lässt dafür. Das ist doch nur ein Spiel.«

»Tja«, sagte Mike. »Er hat sich anscheinend dran gewöhnt.«

»Merkwürdig. Reagieren die Leute nicht komisch auf ihn?«

»Berch geht kaum vor die Tür.«

»Verstehe. Er tut mir irgendwie leid. Sicher hat er was, dass er das so krass kompensieren muss«, sagte Phoebe nachdenklich.

»Ich passe auf ihn auf.« Mike beugte sich vor und küsste sie auf den Mund.

»Danke, dass du die Katzen aufgenommen hast.« Ihre Finger strichen über seinen Nacken und Mike schloss die Augen, um das Gefühl zu genießen.

»Übernachtest du hier?«, flüsterte er.

»Ich war so dreist, alles Nötige ins Auto zu laden.«

12

Mike verbrachte die Nacht in Phoebes Armen. Er hatte das Gefühl, dass seine einsame Seele ein Wellnessbad nahm, wenn sie bei ihm war. Schon paradox, dass er nicht ohne Zuneigung auskam. Das würde bedeuten, dass falls Berch und er doch eigenständige Wesen waren, vielleicht sogar einer eigenen Rasse angehörten, dann handelte es sich um soziale Geschöpfe mit dem Bedürfnis nach Gesellschaft. Sie waren keine Einzelgänger. Mike überlegte, ob Berch ein wenig eifersüchtig war. Vielleicht fürchtete er jetzt um ihre traute Zweisamkeit, die sie beide gewohnt waren. Berch – fluchend und Forenbeiträge tippend am Computer; Mike – intensiv am Manuskript schreibend ihm gegenüber. Das hatte eine gewisse Tradition …

Mike blinzelte. Es wurde langsam hell und Phoebe schlief noch neben ihm. Leise stieg Mike aus den Federn. Er würde die Katzen versorgen, bevor Berch aufstand. Das war mit Sicherheit eine gute Idee.

Ohne einen Laut gelangte er bis zur Tür. Er schlüpfte hinaus, ging ins Bad, und stieg in eine Sporthose, die er aus dem Wäschetrockner fischte. Dann ging er barfuß ins Arbeitszimmer.

»Du?« Mike blieb kurz der Mund offenstehen, als er Berch mit einer Riesentasse Kaffee am PC sitzen sah. »Warum bist du so früh auf?«

»Einfach so«, sagte Berch, ohne sich umzudrehen. Mikes Blick fiel auf die Katzennäpfe. Zwei Kätzchen hingen noch darüber und fraßen gierig, die anderen sahen schon recht satt aus und tobten um den Papierkorb herum.

»Du hast sie gefüttert?« Mike griff sich in den Nacken und starrte auf die fast leeren Schälchen.
»Damit sie still sind. Ich muss mich konzentrieren.« Berch fixierte stur seinen Monitor.
»Verstehe.« Mike grinste und drehte sich wieder um. Da konnte er sich noch eine halbe Stunde in Phoebes Armen gönnen.
Sie blinzelte, als er den Raum betrat.
»Wo warst du denn?«
»Eigentlich Kätzchen füttern, aber hatte Berch schon gemacht.«
»Echt?«
»Jau.« Mike schlüpfte zu ihr unter die Decke. »Er scheint klarzukommen. Das verschafft uns etwas Zeit.«
»Von wegen, ich muss gleich wieder los.«
»Schlimm. Wann hast du eigentlich mal Urlaub?«
»Ach … » Phoebe schlug auf die Bettdecke. »Ich denke, ich kündige. Die Arbeit nervt voll.«
»Ich hole dich jetzt jeden Abend ab und gehe mit dir schick aus. Dann hast du ein Tagesziel.«
»Du bist echt der süßeste Kerl, der rumläuft. Komm her.« Phoebe zog ihn an sich. »Und du riechst immer so gut. Wahnsinn.« Sie küsste ihn auf den Hals, drückte ihn noch einmal und schlug dann die Bettdecke zurück.
»Ich werde dich freikaufen! Dann bleibst du für immer bei mir!«, rief Mike ihr hinterher.
Phoebe winkte ihm grinsend zu und verschwand ins Bad.

13

Die nächsten zwei Tage arbeitete Mike intensiv an seinem Manuskript. Phoebe übernachtete bei ihm. Berch schmollte, aber er fütterte morgens die Katzen. Tagsüber hielt er sich zurück und ignorierte die kleinen Tiere so gut es ging.
Am Mittag des dritten Tages klingelte das Telefon und Mike ging ran.
»Ja … okay. Ja, das wäre möglich. Dann bis gleich.« Er legte auf.
»Wer?«, fragte Berch.
»Jemand holt eine Katze ab. In fünfzehn Minuten.« Mike setzte sich wieder.
»Aha.« Berch tippte auf seiner Tastatur. »Welche denn?«
»Keine Ahnung. Ist doch egal.« Mike speicherte sein Buch auf der externen Festplatte und legte eine Kopie auf den Server.
»Ja, wird ja auch Zeit, dass hier wieder Ruhe einkehrt«, murmelte Berch.
Mike schielte zu seinem Freund. Den Tonfall kannte er.
Als es kurz darauf klingelte, ging Mike zur Tür. Das war meistens so, weil Berch sich möglichst wenigen Leuten mit seinen Zähnen zeigen wollte, um keine Verwirrung zu stiften.
Im Hausflur stand eine etwas verhärmte Frau mit graublonden Haaren, in der Rechten hielt sie einen Transportkorb.
»Guten Tag … Meininger. Haben wir telefoniert?«, fragte sie.
Mike nickte.

»Kommen Sie rein, die Katzen laufen hier überall rum.«
Etwas zögerlich kam die Frau näher. Berch nickte ihr zu.
»Tag.« Er sprach mit möglichst geschlossenem Mund.
»Wo sind denn die Katzen? Ich kann auch drei mitnehmen.« Sie sah sich mit hektischen, vogelähnlichen Bewegungen um.
»Die Katzen … sind schon vergeben. Tut mir leid.«
Mikes Kopf flog hoch. Berch hatte sich halb von der Frau abgewandt, so dass sie seine Zähne beim Sprechen nicht sehen konnte.
»Was?«, fragte Mike.
»Ich hab vergessen, dir das zu sagen. Die sind schon alle versprochen. Gehen Sie bitte.«
Die Frau stand wie erstarrt im Raum und machte keine Anstalten die Wohnung zu verlassen.
»Raus.« Berch drehte sich zu ihr und seine Stimme hatte einen bedrohlichen Ton angenommen.
»Kommen Sie mit«, sagte Mike. Er führte die Frau hinaus und Sekunden später fiel die Tür ins Schloss.
»Sag mal, hast du sie noch alle? Wir wären bis zu drei Katzen losgeworden!« Mike baute sich vor Berch auf.
»Du solltest langsam wieder anfangen, richtiges Blut zu saufen. Hast du die Nase verstopft? Die Frau hatte Angst!« Berch ließ sich auf seinen Stuhl fallen. »Die war nervös bis zum Geht-nicht-mehr. Angstschweiß. Riechst du das nicht?«
»Nee.«
»Weil du diese Scheiß Kapseln frisst. Deine Sinne funktionieren nicht mehr richtig. Die hatte was vor. Wenn Menschen sich auf was freuen, riechen sie anders. Viel-

leicht wollte sie die Katzen in ein Versuchslabor geben oder so was.«

Das graue Kätzchen setzte sich neben Berchs Stuhl und legte den Kopf in den Nacken, um zu ihm aufzusehen.

»Bist du sicher?«, fragte Mike.

»Natürlich. Zieh dir mal ein Glas vernünftiges Essen, dann kannst du auch wieder mitkriegen, was um dich herum passiert. Ist ja erbärmlich.« Berch faltete die Hände vor dem Bauch und schielte kurz zu dem Kätzchen auf dem Boden. »Kann man nicht verantworten, der Frau was zu geben. Bei anderen Leuten können wir ja noch mal gucken.«

»Aha.«

»Was heißt hier AHA. Ist es etwa falsch, dass ich mich um andere Lebewesen sorge und kümmere?«

»Nein«, sagte Mike. »Völlig okay, ich dachte nur gerade, bei Menschen bist du nicht so zimperlich. Der eine oder andere hat dein Kümmern nicht überlebt.«

»Das war doch ne völlig andere Situation. Du willst doch nicht im Ernst ne kleine Katze mit diesem Arschloch vergleichen.«

Mike winkte ab und ging in die Küche. Er brauchte eine Kapsel. Nachdem er sie mit einem Schluck Wasser runtergespült hatte, klapperte er extra laut mit Geschirr und stellte dann die Spülmaschine an. Auf Zehenspitzen schlich er zurück und lugte um die Ecke. Berch saß an seinem PC. Das Kätzchen immer noch neben ihm auf dem Boden.

»Mike, hör auf dich anzuschleichen, um zu überprüfen, ob ich heimlich mit den Katzen schmuse. Ich rieche und höre dich.« Berch klapperte auf der Tastatur.

»Ich schleiche nicht, ich wollte einkaufen, klar?«

»Na klar.«

»Brauchst du noch was?«

»Ich rufe an, wenn was ist.«

»Gut.« Mike nahm seine Jacke. Er würde verschwinden und Phoebe von der Arbeit abholen. Wenn Berch ja mit den Katzen so wunderbar klarkam, konnte Mike mit ihr auch noch zum Essen gehen.

*

Pünktlich fuhr er auf den nun fast leeren Kundenparkplatz und stieg aus. Phoebe war sicher noch in der Praxis und er würde einfach auf sie warten. Mike drückte die Tür auf und betrat den kleinen Vorraum.

»Oh, entschuldigen Sie, aber wir schließen gleich. Ist es ein Notfall?« Die etwas kräftigere Dame hinter dem Tresen sah ihn bedauernd an und ihr Blick wanderte routiniert an ihm entlang, ob er irgendwelche Katzenkörbchen trug oder ein Tier an der Leine führte.

»Schon gut, ich warte nur auf Phoebe. Ist sie drin?« Er trat in das Licht der Neonröhren und sah sich um. Die Frau am Tresen schaute ihn an, als wäre er eine Erscheinung.

»Sie … Sie sind Phoebes Freund?«

Mike nickte. »

Ja … wieso?«

Die Frau lief dunkelrot an und Mike schöpfte Verdacht. Hier stimmte was nicht. Er wünschte sich, so gut riechen zu können wie Berch oder dass Phoebe jetzt herauskam und mit ihm verschwand. Mike sah, wie die Frau sich ihr Handy schnappte und jemandem eine Nachricht schrieb.

In dem Moment ging die Tür auf und Phoebe kam im Sturmschritt in den Vorraum.
Die Tür ließ sie hinter sich ins Schloss fallen, eindeutiges Zeichen von endlich Feierabend.
Als sie Mike sah, breitete sich ein Lächeln über ihr Gesicht aus und im nächsten Atemzug flog sie ihm um den Hals und küsste ihn. Mike stellte sie zärtlich wieder ab.
»Bereit für ein leckeres Abendessen?«
»Ich bin so was von essbereit, das kann man keinem sagen. Schau mal, was ich habe.« Sie bückte sich und hob einen Sack hoch, der neben dem Tresen an der Wand gestanden hatte.
»Eine neue Sorte Katzenstreu. Soll der absolute Renner sein.«
»Okay. Ich vertraue dir«, sagte Mike. »Ich bringe den absoluten Renner dann schon mal zum Wagen.« Er übernahm den Papiersack, warf Phoebe noch einen liebevollen Blick zu und registrierte im Augenwinkel, dass die Empfangsdame in dem zu engen Pullover ihn anstarrte.
Mike trug das Katzenstreu hinaus. Kaum hatte er den Parkplatz betreten, hörte er ein merkwürdiges, schrilles Quietschen, das aus der Praxis zu ihm drang. Kurz darauf vernahm er Phoebes aufgeregte Stimme. Mike stellte den Sack auf den Boden und ging die zwei Schritte wieder zurück. Seine Ohren funktionierten vielleicht nicht so gut wie die von Berch, aber immerhin viel besser als menschliche Ohren, wobei die bei der Lautstärke vielleicht sogar ausgereicht hätten.

»Sei doch still, spinnst du? Mike kann jeden Moment wieder reinkommen!«
Das war Phoebes Stimme.
»Oh, Schätzchen, mein Neid kennt keine Grenzen! Du bist mit Michael Storm zusammen! Ich sterbe!«
Ein langgezogenes, schmerzliches Stöhnen war zu hören.
»Du musst mir alles erzählen! Wie ist er so, wo wohnt er, wie schmecken seine Küsse? Oh, du hast Michael Storm geküsst, ich muss mich setzen. Ich falle. Ohh.«
»Jetzt reiß dich mal zusammen! Wovon redest du überhaupt?« Phoebe rückte einen Stuhl, wie Mike hören konnte. Er stand hier draußen, bekam alles mit, erlebte, wie dort drinnen ein blöder Fan sein ganzes Glück zerschmetterte.
»Michael Storm ist kein Mensch …«
Mike musste sich an der Wand abstützen, als ihm schwarz vor Augen wurde. Er brauchte eine Kapsel.
»… er ist ein Gott! Ja, Liebes, ein Gott!! Niemand versteht die Frauen so wie er! Kennst du denn keinen einzigen Roman von ihm? Das ist ein Verbrechen! Ich geb dir gleich welche mit. Hat er dir denn nie gesagt, wer er ist? Aaahh, Liebes, ich brauche ein Autogramm von ihm, ich flehe dich an, auf Knien!«
»Leonie … hör auf. Du drehst ja völlig durch. Du hast Mike doch schon mal gesehen!«
»Jaaaaa, da kam er mir nur vage bekannt vor, aber jetzt hab ich ihn richtig gesehen! Jetzt sag mir bitte, dass du auch Berchtold von Weißenstein getroffen hast …«
»Nun ja … die beiden wohnen zusammen und …«
Phoebe klang nun verunsichert und das schnitt in Mikes Herz wie ein heißes Messer. Fast blind taumelte er zu

seinem Auto. Hinter ihm quietschte Leonie in der Praxis vor Begeisterung. Mike fiel hinters Steuer. Alle seine Bewegungen führte er rein mechanisch aus, Zündschloss, Kupplung, Schlüssel drehen, schalten … Straßen und Ampeln. Nur seine gnadenlose Routine verhinderte, dass er auf der Heimfahrt einen Unfall baute. Als er schließlich in die Wohnung kam, war er nur noch ein Schatten seiner Selbst. Berch saß vor dem Fernseher, die Kätzchen spielten um seine Füße herum mit einem Papierbällchen.
»Es ist vorbei«, flüsterte Mike, in der Tür stehend.
»Sie weiß Bescheid?«
»Sie weiß alles. Alles. Ihre Freundin … liest unsere Bücher.« Mike bemerkte, dass seine Stimme zitterte.
»Warte doch erst mal ab. Vielleicht ist es gar kein Problem«, sagte Berch und brachte noch einen weiteren Papierball ins Spiel. Sofort stürzte sich der rote Kater auf die neue Beute.
»Ich schäme mich so entsetzlich, Berch. Warum kann ich nicht einmal Glück haben?«
»Mike, geh ins Bett. Morgen wird schon alles besser sein.«
Mike schüttelte den Kopf.
»Hier.« Er kam näher und legte sein Handy auf den Couchtisch, das unterwegs schon pausenlos geklingelt hatte. »Ich will nicht drangehen. Bitte nimm es und wenn sie hier auftaucht … sag, ich bin krank. Ich muss jetzt allein sein.«
Mike ging aus dem Wohnzimmer, ohne Berch noch einmal anzusehen. Er ging in sein Schlafzimmer, wo er noch vor Stunden, erfüllt von unermesslichem Glück, in Phoebes Armen gelegen hatte. Mike streifte die Schuhe ab und fiel in die Kissen. Es klingelte an der Tür und er

fuhr zusammen vor Schreck. Er hörte Berch an der Tür, er redete mit jemandem, dann Schritte im Flur.

»Hey.« Berch steckte den Kopf ins Zimmer. »Das war sie. Ich habe gesagt, du bist spontan krank geworden, dir wäre kotzübel. Sie will morgen wiederkommen.«

»Dann sag ihr morgen dasselbe.« Mike sank wieder auf sein Kopfkissen.

»Du bist echt eine tragische Figur, Mike. Mach doch nicht so einen Scheiß. Das kommt von diesen Kapseln. Wenn du normales Blut zu dir nehmen würdest, könntest du mehr ab und wärst nicht so labil.«

»Das hat damit überhaupt nichts zu tun. Lass mich jetzt.« Mike hörte, wie Berch die Tür schloss, aber dabei konnte er regelrecht spüren, wie sein Mitbewohner den Kopf schüttelte.

*

Als Mike aufwachte, fror er erbärmlich. Er war eingeschlafen ohne sich zuzudecken und das Fenster stand offen. Mühsam richtete er sich auf. Schwindel erfasste ihn, als er die Beine auf den Boden stellte. Mike wankte ins Bad, vermied es, ins Wohnzimmer oder Arbeitszimmer zu schauen. Denn dort konnte sein Handy herumliegen und vielleicht schaffte er es dann nicht, die SMS alle zu ignorieren, die er inzwischen von Phoebe erhalten hatte. Wenn seine Neugier siegte … niemals würde er das verwinden. Sicherlich machte sie ihm inzwischen bittere Vorwürfe, denn trotz Krankheit hätte er wenigstens mal antworten können. Vielleicht ahnte sie auch, dass die Krankheit keine war. Er hatte sie belogen und da durfte sie sauer sein. Nur wollte er das nicht erleben, nicht aushalten müssen …

Mike wusch sich das Gesicht und sah dann in den Spiegel. Er brauchte eine Kapsel … seine Hände zitterten. Schatten lagen unter seinen Augen. Er ging zurück ins Schlafzimmer, streifte Hose und Pullover ab, die er achtlos auf dem Boden liegen ließ. Dann kroch er zurück ins Bett und zog sich die Decke bis zum Hals hoch.

Die Zeit schlich dahin. Manchmal schreckte er hoch und war sich nicht sicher, ob er geschlafen hatte oder nicht. Dann döste er wieder ein. Irgendwann zwischendurch kam Berch ins Zimmer und schüttelte ihn an der Schulter.

»Willst du was essen?«

»Nein«, murmelte Mike.

»Wie lange gedenkst du deine Identitätskrise noch auszuleben?«

»Lass mich.«

»Und was sage ich Rita?«

»Mir egal. Schick ihr das Manuskript, wenn du magst.«

»Nein … mach ich nicht. Aber schluck deine Kapseln, wenn du schon nichts isst.«

Berch verließ das Zimmer. Eine Weile lag Mike noch da und starrte die Wand an, in trübe Gedanken versunken. Dann schlief er wieder ein.

14

Berch schabte Katzenfutter aus einem kleinen und dafür irre teuren Döschen in den grünen Katzennapf. Heute würde er Mike aus dem Bett ziehen und in die volle Badewanne schmeißen, damit er zu sich kam. Zwar hatte er das Dilemma schon absehen können, aber jetzt war es genug. Mike würde zu seiner alten Form zurückfinden, wenn er die Trennung von Phoebe – und Berch hielt eine Trennung auf Dauer für das Beste – überwunden und sich seinen Alltag zurückerobert hatte.

Natürlich war es albern zu denken, dass das Mädel mit ihm Schluss machen würde wegen irgendwelcher mieser Vampirromane, die er schrieb. Meine Güte, in Berchs Augen gab es weit Schlimmeres, wie man sein Geld verdienen konnte. Aber vielleicht war es gut für Mike, wenn Berch nicht versuchte, etwas zu kitten, sondern den Dingen ihren Lauf ließ. Ohne Freundin erschien ihm Mike viel stabiler.

Die Türklingel. Berch schlurfte seufzend zur Gegensprechanlage.

»Wer ist da?«

»Ich bin es. Phoebe. Bitte mach auf.«

»Mike ist immer noch …«

»Ich WILL jetzt zu ihm, klar? Du wimmelst mich seit zwei Tagen ab!«

»Mike möchte das nicht. Es ist besser, wenn du gehst und ihn in Ruhe lässt.«

»Das würde ich gern von ihm selbst …«

Berch hängte den Hörer ein. Die Türklingel ging wieder. Und wieder. Phoebe klingelte Sturm und dann war es plötzlich ruhig. Berch vernahm Schritte im Treppenhaus, anscheinend hatte sie auch bei den Nachbarn geklingelt und sie gebeten, sie hereinzulassen.

Es klopfte an der Tür.

»Ich bleibe hier stehen, bis du aufmachst! Hörst du mich? Mach auf!« Phoebe klopfte wieder.

Berch riss die Tür auf und wollte sie anfahren, aber Phoebe schlüpfte geschickt unter seinem Arm hindurch in den Flur.

»Mike?«, rief sie und sah sich um. Sie lief zum Schlafzimmer, und Berch schloss resigniert die Tür. Dann nahm er ihre Verfolgung auf. Phoebe stieß einen leisen Schrei aus und Berch war in zwei Sekunden neben ihr an Mikes Bett.

»Oh mein Gott. Was ist mit ihm?«, rief Phoebe. Sie streckte die Hand nach Mike aus, aber Berch stieß sie zur Seite. Mike lag leblos in seinem Bett, sein Kopf war zur Seite gesunken. Das braune Haar fiel ihm in die Stirn auf seine kalkweiße Haut.

»Ich rufe den Notarzt!« Phoebe riss ihr Handy aus der Tasche. Mit einer schnellen Bewegung packte Berch ihr Handgelenk und wand das Telefon aus ihren Fingern.

»Bist du verrückt? Mike ist bewusstlos! Er hat vielleicht einen Herzinfarkt!« Sie stürzte sich auf ihn und versuchte an das Telefon zu kommen.

»Hör auf«, sagte Berch und der Ton seiner Stimme ließ sie tatsächlich innehalten. »Kein Arzt kann Mike helfen. Ich hab das im Griff. Es ist besser, wenn du jetzt nach Hause gehst. Lass ihn in Ruhe.«

»Berchtold, was ist hier los? Sag's mir. Hat Mike eine Krankheit?« Phoebe sah ihm fest in die Augen.

»So was Ähnliches. Ich habe keine Zeit, das mit dir zu diskutieren. Jedenfalls schadest du ihm erheblich, wenn du jetzt den Notarzt rufst. Wenn sie ihn ins Krankenhaus bringen, stirbt er. Die können mit ihm nicht umgehen.«
Sie standen sich gegenüber.
Klassisches Patt, dachte Berch. An Phoebes Gesicht sah er, dass sie nicht nachgeben würde.
»Ich muss jetzt handeln, das ist deine letzte Chance, zu verschwinden.«
»Und wenn nicht?« Phoebe reckte ihr Kinn.
»Dann musst du die Klappe halten, egal, was du hier siehst. Wenn du plauderst, muss ich dich leider umbringen.« Berch sah eine leichte Verunsicherung in ihrem Gesicht.
»Was tut ihr hier?«, flüsterte sie.
»Du hast eine Minute, dann bin ich zurück.« Berch ging in die Küche, nahm eine Blutkonserve aus dem Kühlschrank und gab etwas davon in einen coffee to go Becher. Er drückte den Deckel darauf und lief zurück ins Schlafzimmer. Phoebe saß auf Mikes Bett und klopfte ihm sanft auf die Wange.
»Aus dem Weg!« Berch drängte sich an ihre Seite.
»Ist das ansteckend? Oder eine Erbkrankheit?«
»Aus dem WEG, SAG ICH!« Berch pflückte sie vom Bettrand und schob sie einen Meter beiseite. »Hier, halt das fest.« Er drückte ihr die Tasse in die Hand. Dann schob er seinen Arm unter Mike und hob seinen Oberkörper leicht an. Mikes Kopf kippte gegen Berchs Schulter.
»Komm, mein Junge. Mach keinen Quatsch«, sagte Berch sanft. Er streckte die Hand nach der Tasse aus. Phoebe

reichte sie ihm und Berch ließ vorsichtig ein paar Tropfen in Mikes Mund laufen. Dann noch ein paar.
»Du musst das schlucken, Mike. Komm schon.« Berch massierte den Körper des Bewusstlosen, gab ihm noch etwas aus der Tasse.
»Ist das schon öfter passiert?«, fragte Phoebe.
»Schon ein paar Mal. Ich hätte früher nach ihm sehen und ihn kontrollieren müssen, aber ich dachte nicht, dass er schon wieder so dumm ist. Er ist ein recht labiler Typ. Diesmal lag es an dir. Eigentlich wusste ich, das geht so aus.«
»Was, wieso? Ich versteh das nicht.«
»Jetzt NICHT«, sagte Berch. Er flößte Mike noch etwas Blut ein, bis er eine Schluckbewegung spürte. »So ist es gut. Du machst auch nur Mist, Kleiner.« Berch seufzte.
»Was gibst du ihm da?« Phoebe beugte sich vor.
»Ihr Weiber seid unerträglich.«
»Bitte, wenn Mike krank ist, muss ich das wissen. Was hat er?«
»Er ist nicht krank. Zumindest seh ich das so. Es wäre besser, du lässt ihn einfach, er wird über dich hinwegkommen und irgendwann ist er wieder auf dem Damm. So leidet er nur unnötig.«
Phoebe setzte sich ans Fußende des Bettes und verschränkte die Arme vor der Brust.
»Sitzstreik bringt bei mir nichts.« Berch gab Mike noch etwas Blut in den Mund. Mike seufzte, schluckte, und Berch nickte zufrieden. »Das wird schon wieder, Mikey. Du bist so ein dummer Kerl.« Sanft legte er den Jüngeren wieder auf das Kissen. Mike schien davon nichts mitzubekommen.

»Ich gehe nicht, bevor ich weiß, was mit Mike ist«, sagte Phoebe.
»Überflüssig, das zu erwähnen«, meinte Berch. »Im Grunde ist es Mikes Problem, dass er dich hier eingeschleppt hat. Aber ich sehe nicht zu, wie du ihn fertigmachst. Verlass dich drauf.«
Phoebe zog die Brauen zusammen.
»Spinnst du? Ich mach doch gar nichts. Was hab ich ihm denn getan?«
»Nichts und alles. Das ist ja das Ding. Er weiß übrigens, dass du weißt, wer er ist.«
»Ja, ich weiß es. Habe im Netz recherchiert. Warum hat er mir nichts davon gesagt?«
»Ist es dir völlig egal, dass Mike diese miesen Vampirromane tippt?«, fragte Berch.
»Ich liebe ihn. Antwort genug?«
»Du bist ein bisschen verknallt in ihn, weil du ihn süß findest.«
»Nein.« Phoebe sah ihm direkt in die Augen. »Ich liebe ihn. Bitte sag mir, was mit ihm ist.«
Berch blieb neben Mike sitzen und lehnte sich an die Wand, während er die Frau vor sich abschätzend musterte.
»Mit ihm ist nichts anderes als mit mir. Das kannst du nicht verstehen.«
»Wieso nicht? Erklär's mir doch.«
Berch dachte nach. Phoebe wartete geduldig. Als er nicht sprach, fragte sie weiter.
»Wird er daran sterben? Bitte sag es mir.«
Ihr Tonfall hatte sich merklich verändert. Berch hörte echte Sorge heraus und trotzdem … es war so schwierig!

»Er wird nicht daran sterben. Im Gegenteil.« Berch legte seine Hand kurz auf Mikes Brust. »Es geht ihm schon besser. Er atmet ganz ruhig.«
»Ich versteh nicht, was du damit sagen willst. Berchtold, ich kann einiges ab. Und ich verspreche, mit niemandem ein Wort darüber zu reden, völlig egal, was es ist. Mein Ehrenwort. Blutschwur gefällig?«
»Würd' ich ganz toll finden«, sagte Berch. Er presste kurz die Lippen zusammen. »Was ich jetzt sage, meine ich auch ernst. Solltest du dein Versprechen nicht halten, mach ich dich fertig. In jeder Hinsicht. Ich lasse weder zu, dass du Mikes Leben kaputt machst, noch meins. Und ich hab auch keinen Bock, in eine andere Stadt flüchten zu müssen, wir hatten uns hier grad gemütlich eingenistet, bevor du aufgetaucht bist.«
»Akzeptiert«, sagte Phoebe ernst. Berch nickte einmal.
»Gut. Es war deine Entscheidung.« Er schob Mike eine Hand in den Nacken, hob seinen Kopf leicht an und flößte ihm noch etwas aus der Tasse ein. »Du hast also recherchiert, hast im Netz nach Informationen über uns gesucht.«
Phoebe nickte.
»Und dabei hast du diese schwachsinnigen Foren gefunden. Du hast von den Fans gelesen, die uns als Vampire sehen. Oder sehen wollen.«
»Genau.«
»Die denken, dass ich mir habe Zähne implantieren lassen, dass wir für die Fans eine Show machen.«
»Ja, denken sie. Wobei manche so bekloppt sind und glauben, du bist echt.«

»Tja. So bekloppt sind die gar nicht.« Berch warf einen Blick auf Mike.
»Aber Mike macht diesen Blödsinn nicht mit«, stellte Phoebe fest.
»Stimmt. Aber dabei geht er gegen seine Natur. Sieh her.« Berch hob Mikes Kopf leicht an und öffnete seinen Mund ein wenig. Phoebe beugte sich vor, um besser sehen zu können.
»Oh … Gott. Was ist das?«
»Er feilt sie sonst immer runter, aber jetzt kam er nicht dazu.« Berch legte Mike wieder auf dem Kissen ab. Dann sah er die Frau vor sich an. Phoebes Blick flog von ihm zu Mike und wieder zurück, als würde sie abschätzen wollen, was hier gespielt wurde.
»Bevor ich sage, dass du Schwachsinn redest, erzähl weiter«, sagte sie.
»Ich kann dir nicht viel darüber sagen. Wir wissen selbst nichts Genaues. Aber wenn es eine Krankheit, einen Zustand oder ein Wesen gibt, auf das das Wort Vampir passt …« Berch grinste. »… dann würde ich sagen, dass wir diese Krankheit haben. Oder dass wir solche Wesen sind. Wir müssen Blut zu uns nehmen, um zu überleben. Mike schluckt so ein Granulat in Kapseln. Das hält ihn am Leben, ist aber nicht das Wahre.«
Phoebe starrte ihn an und Berch stellte sich darauf ein, vorzuschnellen und sie zu packen. Er würde sie nicht in diesem Zustand aus der Wohnung entkommen lassen.
»Mike wollte nie, dass du das weißt. Überhaupt versucht er, sich wie ein normaler Mensch zu verhalten. Dabei ist das Schwachsinn. Wir sind, was wir sind und leben damit. Wir sind keine Untoten oder komische Viecher.

Und unsere Lebenserwartung ist eben höher als bei Menschen. Wobei Mike sich als Mensch mit einer seltenen Krankheit sieht.«

»Wie alt bist du?«, fragte Phoebe unvermittelt.

»Ich bin einhundertzwölf und Mikey ist süße siebenundachtzig.«

Phoebe nickte langsam. »So … dann dürfte es ja ein Leichtes für dich sein, mir ein paar alte Fotos von euch zu zeigen.«

Berch grinste.

»Kein Problem.« Er stand auf und registrierte, wie Phoebes überraschter Blick ihm folgte. Damit hatte sie wohl nicht gerechnet. Berch brauchte nur einen Moment, um den Schuhkarton mit den Fotos zu holen. Die Katzen hatten das Wohnzimmer eingenommen und zogen sich am Sofa hoch. Darum würde er sich später kümmern. Als er in das Zimmer zurückkam, saß Phoebe neben Mike und hielt seine Hand.

»Und? hast du in die Tasse reingeschaut, während ich drüben war? Schön, dass du bei dem Anblick von Blut nicht kotzen musst. Die Teppiche waren gerade neu.« Er stellte die Schachtel vor sie auf das Bett.

»Du glaubst das echt«, sagte sie, »ich seh es dir an.« Langsam griff sie nach der Schachtel und nahm den Deckel ab.

»Weißt du, Mädel, ich diskutiere nicht mit jemandem, der keine Ahnung hat, mein Leben. Und was echt ist und was nicht. Mach dir selbst ein Bild und glaub, was du willst. Ich will nur von dir in Ruhe gelassen werden, nichts weiter. Wir hatten einen Deal. Und wenn du dich nicht dran hältst, statte ich dir einen Besuch ab.«

»Du drohst mir.«
»Ja.«
Phoebe nahm einen Stapel Bilder heraus und betrachtete dann eines nach dem anderen.
»Mike kennt seine Eltern nicht«, kommentierte Berch. »Ich hab ihn in einem Waisenhaus in Irland kennengelernt. Die haben die Kinder da arbeiten lassen. Für Umme natürlich. Als Kinderheim getarnter rentabler Wäschereibetrieb. Mike war acht, als ich ihn zum ersten Mal gesehen habe.«
Phoebe starrte auf eins der vergilbten Photos und presste sich dann betroffen die Hand vor den Mund.
»Das ist er«, flüsterte sie.
»Ja, das ist er. Foto muss um 1937 herum gemacht worden sein. Da war er fast zehn. Ich hab mir das ne Weile angeschaut. Ich war da so ne Art Hausmeister, Junge für alles.«
»Wie ist er damals an das Blut rangekommen?«, fragte Phoebe.
»Noch gar nicht. Das hat sich erst mit der Zeit entwickelt. Als Mike zwölf wurde, hat er ein Mädchen gebissen. Sie ist fast daran gestorben und die Heimleitung glaubte, dass Mike ein besessenes Kind wäre. Sie haben ihn grün und blau geschlagen und dann eingesperrt. Vorher hatte ich ihn schon mal in der Küche erwischt, als er an blutigem Fleisch gesaugt hat. Bei mir war es schon weiter fortgeschritten. Ich hab mich selbst versorgt, aber keinen dabei umgebracht. Mike wurde krank und immer schwächer. Sie ließen ihn im Bett liegen und er durfte nicht aufstehen. Ist fast krepiert, weil keiner wusste, was ihm fehlte. Ich war mir längst sicher, was mit ihm los war.

Eines Abends ging ich in sein Zimmer und gab ihm Blut zu trinken. Er reagierte, wie ich es erwartet hatte. Am nächsten Tag ging es ihm deutlich besser, aber er hatte noch längere Eckzähne als vorher bekommen. Das ließ sich nicht mehr verbergen vor der Heimleitung. Ich selbst hatte schon größte Schwierigkeiten, nicht aufzufallen.«

Phoebe hielt ein Bild hoch. »Was ist das hier?«

»Da sind wir in England. Wir haben uns lange versteckt, sind durch die Gegend gezogen. Haben mal hier mal da gearbeitet. Wir wussten nicht, wo wir uns hätten niederlassen können. Mike hat auch viel recherchiert, weil er immer wissen wollte, was mit ihm passiert war. Deshalb sind wir von Stadt zu Stadt gezogen, haben die Bibliotheken abgeklappert. Mike hat in Klöstern alte Schriftrollen gewälzt. Er konnte einfach nicht akzeptieren, dass er so leben musste.«

»Aber Mike ist ganz normal weiter gewachsen?«

»Zunächst. Aber ab der Pubertät wurde es weniger, so wie bei mir. Wir blieben irgendwie stehen, wurden nicht wirklich älter. Nur sehr, sehr langsam eben. Aber das konnten wir ja nicht wissen. Wir konnten niemanden fragen.«

Phoebe schwieg und wartete, dass er weitersprach.

»Ich habe den Zustand irgendwann akzeptiert. Es hat ja auch Vorteile. Aber Mike hat bis heute Schwierigkeiten damit. In den 80er Jahren haben wir dann beschlossen, nach Berlin zu gehen. Eine große Stadt, viele Kulturen, viele Freaks. Hier fällt man nicht mal auf, wenn man als Batman verkleidet den Verkehr regelt. Und wir haben angefangen zu schreiben. Eine Arbeit, bei der man nicht so oft das Haus verlassen muss.«

Phoebe legte die Bilder zurück in den Karton und schloss den Deckel. Sie hob den Blick.
»Wann wird es Mike besser gehen? Ich will mit ihm reden.«
»Es geht ihm schon besser. Wenn er aufwacht, gebe ich ihm richtig was zu trinken und dann erholt er sich.«
»Wisst ihr, was in eurem Körper passiert, wenn ihr auf das Blut verzichtet?«
Berch deutete ein Kopfschütteln an. »Und ich brauche da nichts zu wissen. Es würde nichts ändern. Wir können niemandem vertrauen und es gibt einfach Dinge, die man niemals wissen wird. Das ist eben so.«
»Aber wie konnte es sein, dass du zu Mike gefunden hast? Purer Zufall?«
»Es gibt keine Zufälle.« Berch stand auf. »Ich muss nach den Katzen sehen.«

15

Mike tauchte aus einem verwirrenden Traum auf. Er lag in seinem Bett. Jemand musste ihn zugedeckt haben, denn eine gewisse Wärme umgab ihn. Aber die Schwere zerrte an ihm und wollte ihn mit zurück in die Dunkelheit nehmen. Seine Blutkapseln, er hatte sie einfach auf dem Tisch liegenlassen ... dieser Zustand war Mike vertraut; er wusste, wie es sich anfühlte, wenn sein Körper in diese merkwürdige Lähmung sank. Bedrohlich und angenehm zugleich. Man musste nicht mehr denken, nichts bedeutete etwas, man entfernte sich, ganz langsam, immer weiter. In einem Teil des Bewusstseins war Mike klar, dass er starb, wenn er keinen Weg fand, sich aus dem Absinken zu befreien. Er brauchte das Blut oder wenigstens seine Kapseln ... aber die Lider fühlten sich zu schwer an, um sie zu öffnen. Er versuchte sich zu bewegen. Es ging nicht.

Dann fühlte er einen kräftigen Arm, der sich unter seinen Körper schob und ihn aufrichtete. Ein Gefäß an seinen Lippen, der Geruch von Blut, Aufruhr in seinem Geist, obwohl er immer noch nichts tun konnte. Die lebensrettende Flüssigkeit gelangte in seinen Mund, Mike schluckte, seine Eingeweide brüllten nach mehr. Wieder schluckte er. Eine vertraute Stimme sprach zu ihm. Dann legte man ihn wieder ab und obwohl er sich nicht bemerkbar machen konnte, begann sein Körper zu arbeiten. Ein wohltuender lebendiger Strom floss durch seine Adern, ihm wurde warm. Mike hörte sich selbst seufzen und dann legte sich eine Hand auf seine Stirn. Jemand strich sanft über seine Haut, warme Hände umfassten sein Gesicht. Er blinzelte. Phoebe war da, er konnte sie riechen. Dieser vertraute Duft, nach dem er sich sehnte. Aber irgendwas in ihm wollte ihn warnen, ihn auf etwas hinweisen, das nicht in Ordnung war.

»… machst du hier?«, flüsterte er. Wieder ihre Hände, die ihn beruhigend streichelten.

»Es ist gut, Mike, reg dich nicht auf.«

»Ich …« Er musste ihr alles erklären. Sie war hier und sie sollte nicht hier sein … das Denken fiel ihm so schwer.

»Ich weiß Bescheid. Berch hat mir alles erzählt. Komm, trink etwas Wasser.«

Wieder berührte ein Glas seine Lippen, die kühle Flüssigkeit rann seine Kehle hinunter. Mike schluckte, dann tastete er automatisch mit der Zunge seine Eckzähne ab. Zu lang. Sie waren zu lang und Phoebe war irgendwo neben ihm.

»Es ist in Ordnung, Mike.« Ihre Stimme klang beruhigend und verstehend. »Ich weiß, dass du Blut trinken musst und diese Kapseln isst.«

»Nein«, seufzte er. Das sollte nicht passieren. Falsch! Es war falsch …

»Ich lege mich neben dich, wenn du willst.«

Mike blinzelte wieder und sah ihr Gesicht über sich schweben. Er hatte nicht die Kraft, ihr zu widersprechen. Kurz darauf fühlte er ihren Körper neben sich unter der Decke. Sie bettete seinen Kopf in ihren Arm und kraulte seinen Nacken, fuhr ihm sanft durchs Haar. Mike wollte sie vor Dankbarkeit an sich drücken. Er verstand nicht alles, was vor sich ging. Aber Berch hatte mit ihr geredet und sie war immer noch bei ihm. In diesem Moment zählte nur das. Ihre Gegenwart, die Wärme ihres Körpers.

»Schlaf jetzt. Ich bleibe bei dir«, sagte sie, und Mike versuchte auch etwas zu sagen, aber dann ließ er es. Kurz darauf glitt er in den Schlaf hinüber.

*

Als er das nächste Mal erwachte, fühlte er sich besser. Mike schlug die Augen auf und drehte den Kopf. Phoebe lag neben ihm, aber als er sich regte, öffnete sie auch die Augen.

»Wie geht's dir?«, fragte sie leise.

»Ganz gut«, sagte Mike. Sie strich ihm über die Wange.

»Mach so was nie wieder. Ich hab mir furchtbare Sorgen gemacht.«

»Warum bist du hier? Was weißt du?«

»Genug. Warum bist du einfach abgehauen? Nur wegen dieser Romansache?«

Mike glaubte, vor Scham vergehen zu müssen. Er hatte sich wie ein Zehnjähriger aufgeführt.

Phoebe strich ihm mit einem Finger über die Stirn.

»Ich hab zwei deiner Romane gelesen.«

Mike bedeckte sein Gesicht mit seinem Arm. Das durfte einfach nicht wahr sein.

Nicht Leyla … bitte, du hast nicht Leyla gelesen!

»Es ist wirklich grauenhaft, was da von dir verlangt wird. Das hast du nicht verdient.« Phoebe fasste sanft seinen Arm und zog ihn von seinem Gesicht weg, so dass er sie ansehen musste. Mike drehte den Kopf weg.

»Ich verstehe, was sich daran gut verkauft, aber du willst das nicht schreiben. Man spürt es in jedem Satz, das ist nicht deine Welt.«

Mike schaute zur Decke und bemühte sich krampfhaft, ihren Blick nicht aufzufangen.
»Ich weiß. Du findest Vampirromane zum Kotzen«, sagte er.
»Nicht nur ich. Du findest das auch. Gib es zu.«
»Es verkauft sich eben.«
»Aber du willst es nicht. SO willst du nicht schreiben.« Sie beugte sich über ihn. »Aber du kannst es. Du kannst schreiben.«
»Was?«
»Du bist ein guter Autor, Mike. Ich hab sogar Leyla fast gemocht. Und das ist echt ein Kunststück.«
»Oh Mann. Musstest du ausgerechnet das lesen?«
Phoebe kicherte.
»Naja, ich dachte, wenn schon, dann geb ich mir richtig die Kante.«
»Verstehe. Du musst so gelitten haben. Es tut mir so leid.«
»Diese Leyla ist die größte Zicke in ganz Blackstone Castle, und ausgerechnet die muss er sich aussuchen.«
»Das ist halt das Konzept.«
»Ich wollte sie klatschen. Ich konnte es kaum zu Ende lesen. Wie hast du das nur schreiben können?«
»Tja.« Mike stöhnte. »Mit sehr viel Keksen und Kaffee-Infusionen.«
»Armer Schatz.«
»Ja. Ich bin arm.«
»Sehr arm.« Phoebe küsste ihn sanft. Mike erwiderte den Kuss, halb überrascht, halb erleichtert.
»Du findest es gar nicht schlimm, was ich mache?«, fragte er vorsichtig.
»Doch. Aber nicht so, wie du denkst. Ich finde es

schlimm, weil du gegen dich selbst anschreiben musst. Das kann dir nicht gut tun.«

Mike schwieg einen Moment und dachte darüber nach. Sie hatte Recht. Es belastete ihn. Er konnte diesen Job nur machen, wenn er unter höchster Konzentration und Disziplin sein Ziel anstrebte. Der andere Roman hatte sich ¬– völlig ungewohnt – fast von allein geschrieben. In diesem Manuskript stand das, was wirklich in ihm war. Seine eigenen Gedanken, seine echten Gefühle.

»Aber weißt du, was mir viel mehr Sorgen macht?«, fragte Phoebe. »Dass du mir von dieser Vampirsache nichts gesagt hast. Und dass du dich umbringen willst wegen so einer Kleinigkeit.«

»Ich hab die Kapseln einfach … vergessen.«

»Nein. Berch hat mir das ganz anders erzählt. Das hat mit vergessen nichts mehr zu tun. Du hast dich aufgegeben. Warum hast du mir nicht vertraut? Warum bist du einfach abgehauen? Und diese Romane, die sind doch wirklich nicht schlimmer als die Tatsache, dass du so was wie ein Vampir bist.«

»Ich wusste, du wirst es schlimm finden!« Mike setzte sich auf und wollte die Decke zurückschlagen, aber ihm wurde schwindelig.

»Bleib liegen. So meine ich das nicht.« Phoebe zog ihn wieder zurück. »Ich meine für dich selbst. Für dich ist es schlimm. Du leidest unter deinem Vampirdasein.«

»Ja, ich hasse es. Ich verstehe das, wenn du jetzt nichts mehr von mir …«

»Hör auf!«, rief Phoebe streng. »Schluss damit! Du bist wie Leyla, ist ja nicht zum Aushalten! Ich liebe dich, kapiert? Ich liebe dich! Ist mir scheißegal, ob du gute oder

schlechte Vampirromane oder ne Neuauflage von Moby Dick schreibst, es ist mir EGAL! Klar?«
Mike schluckte. »Klar.«
»Ich will nur, dass du zufrieden und glücklich bist! Wenn es geht, mit mir. Okay?«
Mike nickte. »Okay.«
»Komm her.« Sie zog ihn in ihren Arm. »Tut mir leid, aber dir muss man echt mal den Kopf zurechtrücken. Du bist auf dem falschen Dampfer.«
»Meine Zähne sind länger geworden. Ich muss ins Bad, sie abfeilen.«
»Lenk nicht ab und lass die Zähne dran, mein Gott!« Phoebe zauste ihm die Haare. »Ich muss erst mal selbst verdauen, dass es so was wie Vampire gibt. Da kann ich keinen verwirrten Zahnabfeiler an meiner Seite vertragen.«
»Gut, aber wenn ich rausgehe, muss ich …«
Phoebe verschloss seine Lippen mit einem Kuss. »Du musst gar nichts, außer gesund werden, vernünftig sein und mir versprechen, so was nie wieder zu machen.«
»Ich verspreche es. Ich konnte nur nicht glauben, dass du mich noch leiden kannst, wenn du das alles weißt.«
»Du bist niedlich, wenn du ein schlechtes Gewissen hast. Wie geht es dir denn?«
»Besser. Kannst du mir noch welche von den Kapseln geben?«
»Nein. Warte mal.« Phoebe schlug die Decke zurück und ging aus dem Zimmer. Kurz darauf kam sie mit einem Glas zurück. »Hier. Leer machen.«
Mike griff nach dem Glas und trank es in einem Zug leer.
»Unglaublich. Du trinkst das echt freiwillig. Ich hatte

zwischendurch gedacht, Berch flößt dir das einfach so ein … Wahnsinn.« Phoebe schaute ihn fasziniert an und Mike fühlte sich ein bisschen unwohl.
»Ich versuche mal, es bis ins Bad zu schaffen«, sagte er. »Eine heiße Dusche bringt vielleicht meinen Kreislauf in Schwung.«

*

Mike duschte und zog sich um. In der Zwischenzeit deckten Phoebe und Berch den Tisch im Wohnzimmer, damit sie zusammen essen konnten. Berch hatte angeordnet, dass Mike danach wieder ins Bett gehen sollte. Morgen, so meinte er, müsste Mike wieder ganz normal funktionieren.
Das gemeinsame Essen verlief entspannt und recht lustig. Die Kätzchen jagten sich über den Teppich und Mike langte ordentlich zu. Er schien hungrig zu sein.
»Tut mir leid, dass ich euch die Katzen untergemogelt habe«, sagte Phoebe. »Ich hoffe, sie stören nicht zu sehr.«
Eins der schwarzen Kätzchen kletterte Berchtolds Bein hoch bis auf seinen Schoß und versuchte zu schauen, was es auf dem Tisch zu essen gab.
»Gouda isst sie am liebsten«, kommentierte Berch und schnitt einen schmalen Streifen Käse ab. Das schwarze Kätzchen stellte sich auf zwei Beine und umklammerte mit den Vorderpfoten Berchs Finger.
»Du fütterst die Kleinen vom Tisch?«, fragte Mike. »Das ist bestimmt nicht gut. Da lernen sie zu betteln.«
»Die konnten schon vorher betteln. Hat ihnen schon irgendein Vollpfosten beigebracht. Das muss ich jetzt

nicht für den Idioten korrigieren.« Berch schnitt noch ein wenig Käse für das Kätzchen ab. »Hier, Leyla. Kannst du doch nichts dafür, wenn die Menschen so blöd sind, oder?«

»Die heißt Leyla?«

»Irgendwie muss ich sie ja anreden«, sagte Berch. »Sonst haben sie später keine Identität, wissen nicht, wer sie sind. Auch Tiere müssen ein Selbstbewusstsein entwickeln. Ist doch so!« Er sah Phoebe auffordernd an, die sich beeilte, dazu zu nicken. Ein zweites Kätzchen rannte an Berchs Jeans nach oben und legte dann den Kopf in den Nacken. Es war das Graugetigerte.

»Der hier heißt Käfer«, erklärte Berch.

»Käfer«, wiederholte Mike.

»Das ist sein Indianername. Er hat schon vier Maikäfer erlegt, seit er hier ist. Das hat ihm den Namen brummender Käfer eingebracht.«

»Alles klar. Da ist man einmal bewusstlos und du verziehst die Katzen und gibst ihnen bekloppte Namen.«

»Ich will ihn nur in seinem Jagdtrieb bestätigen.« Berch schnitt für Käfer eine Scheibe Wurst ab. Dieser nahm sie ins Maul, sprang auf den Teppich und trug seine Beute knurrend davon. Das rote Kätzchen näherte sich ihm und kassierte für diese Unverblümtheit eine saftige Ohrfeige. Immer noch brummend, verzehrte Käfer seine Fleischscheibe, während ihn drei Augenpaare neidisch beobachteten.

»Ich verlass mich bei der Erziehung auf meinen Instinkt«, sagte Berch. »Hab ich bei dir auch so gemacht und ich hab dich mit geraden Knochen groß gekriegt.«

Phoebe kicherte, Mike verzog das Gesicht.

»Ich bin nicht dein Sohn.«

»Dann benimm dich wie ein Erwachsener und trink deine Blutrationen. Ich hab keinen Bock, dich in absehbarer Zeit wieder mit der Schnabeltasse aufzupäppeln.« Berch griff nach Leyla und streichelte das schwarze Fell. Das Kätzchen klammerte sich an sein Hemd und zog sich dann zu seiner Schulter hinauf, wo es ihn schließlich ins Ohr biss. Berch grinste.

»Ein echtes Raubtier, die Leyla.«

16

Mike verbrachte die Nacht in Phoebes Armen. Vorher hatten sie noch lange geredet. Es gab viele Fragen und Mike konnte nicht alle davon beantworten. Schließlich schliefen sie aneinandergekuschelt ein. Die Erleichterung in Mike erschien ihm grenzenlos. Seine Ängste hatten sich in Luft aufgelöst, es gab keine Geheimnisse mehr. Er konnte es sich leisten, offen zu ihr zu sein.
Am nächsten Morgen verabschiedete sich Phoebe zur Arbeit, sie konnte nicht noch länger frei nehmen. Aber es war Freitag und sie trösteten einander mit dem Gedanken an das bevorstehende Wochenende.
Bevor sie ging, gab Mike ihr einen Schnellhefter in die Hand.
»Was ist das?«, fragte sie.
»Mein neues Buch. Es ist anders als die vorherigen. Aber es ist auch ein Vampirroman.«
»Hast du es schon jemandem gezeigt?«
Mike schüttelte den Kopf. Sie sah ihm in die Augen.
»Danke. Ich liebe dich.«
»Ich liebe dich«, erwiderte Mike. »Bis später.«
»Ja, bis später.« Sie lächelte ihm noch mal zu, dann war sie verschwunden und er hörte ihre schnellen Schritte im Treppenhaus. Mike warf erst einen Blick auf die Uhr und dann einen in den Kühlschrank. Sie mussten einkaufen. Berch hatte das wohl vernachlässigt. Wegen Berchs beachtlichem Gebiss fiel im Normalfall Mike diese Aufgabe zu. Mike begab sich ins Badezimmer und feilte seine Zähne herunter. Komischerweise kam er sich heute dabei lächerlich vor. In den nächsten Tagen würde er

darüber nachdenken, ob er die Zähne vielleicht sogar stehenließ. Rita würde vor Begeisterung Flick Flack schlagen. Und Phoebe machte es nichts aus. Dann konnte er sich den Aufwand sparen … Rita … er musste mit ihr Kontakt aufnehmen. Es würde nicht einfach werden, das neue Manuskript bei ihr durchzuboxen. Leider hielt sie Anteile an ihrem gemeinsamen Verlag und durfte mitentscheiden.

»Ich gehe einkaufen«, verkündete Mike. Berchtold saß an seinem Rechner. Käfer schaute hinter dem Monitor hervor und Leyla thronte auf Berchs Schulter. Das rote Kätzchen war damit beschäftigt, dem Papierkorb den Rest zu geben. Die kleinen Armmuskeln spannten sich, während es mit einem wichtigen Gesichtsausdruck Holzspäne aus dem Geflecht zog.

»Super«, sagte Berch. »Ich hab einen Zettel gemacht. Am besten fährst du zuerst zum Zoogeschäft. Wir brauchen diese kleinen Futterschalen, die sind alle. Hab ich dir aufgeschrieben, wie die heißen. Nimm Geflügel Junior, das sind die gelben Packungen, am besten gleich diese Kisten, da sind zwölf Stück drin.«

»Woher weißt du das? Das haben wir noch nie gekauft.« Mike schaute irritiert auf den Einkaufszettel.

»Hab im Netz recherchiert. Außerdem Trockenfutter Junior mit diesen Crackern mit Milchfüllung. Und wenn du schon da bist, bring so eine Angel zum Spielen mit, dann machen die hier nicht alles kaputt. An der Kasse gibt's bestimmt auch so Kleinkram und Spielmäuse. Schau mal da, ob du noch was siehst.«

»Okay … ich schau mal.« Mike steckte den Zettel ein.

»Halt. Warte.« Berch scrollte ein bisschen und deutete auf

den Bildschirm. »Hier, guck mal. Wenn die einen Kratzbaum haben in dieser Art, dann kannst du den auch noch einladen. Am besten mit mehreren Etagen, damit sie alle Platz haben. Die zerkratzen uns sonst hier die Möbel.«

»Dir ist aber schon klar, dass wir die Katzen nicht behalten, und dass das nur als Übergang gedacht war?«, fragte Mike vorsichtig.

»Jaja … und deshalb soll ich unsere Möbel opfern und kein Futter kaufen? Wie logisch ist das denn bitte? Herzog hat das graue Sofakissen an der Ecke aufgefetzt. Was meinst du, wie das hier in einer Woche aussieht?«

Mike sah nach unten. Das rote Katerchen

Herzog?

hatte sich den Teppich vorgenommen und hielt die Fransen fest umklammert, während es wild mit den Hinterbeinen auf das Gewebe einprügelte.

»Okay, ich schau mal, was sich machen lässt.« Mike nahm seine Jacke und die Autoschlüssel.

Kaum hatte er den Parkplatz erreicht, piepste sein Handy in der Jackentasche. Die SMS kam von Berch.

Noch vergessen: Malzpaste, Vitaminpaste und Katzenstreu Premium Whiteclean

*

Drei Stunden später parkte Mike mit einem brechend vollen Kofferraum wieder vor der Wohnung. Er rief Berch an, damit er ihm wenigstens half, den ganzen Kram nach oben zu tragen. Während Mike den Kühlschrank einräumte, sammelte Berch die Katzen ein und brachte sie alle ins Wohnzimmer. Dann machte er sich daran, bei geschlossener Tür, den Kratzbaum auszupacken und aufzubauen, während Mike sich an seinen Rechner setzte. Er würde Rita das Manuskript mailen, soweit es schon fertig war. Es brachte nichts, das Unvermeidliche hinauszuzögern.

Berch hantierte mit sisalumwickelten Stangen und plüschbezogenen Brettchen.

»Wenn am Schluss Schrauben übrig sind, hast du was falsch gemacht«, kommentierte Mike. Er grinste. »Warum baust du das nicht im Wohnzimmer auf? Und wieso sperrst du die Katzen aus?«

Berch sah ihn an, als ob er nicht für fünf Cent nachdenken könnte. »Ich will sehen, was sie treiben. Im Wohnzimmer hab ich keine Kontrolle. Und es soll eine Überraschung sein. Wenn sie den Baum vorher schon sehen, dann ist es kein Revier mehr für sie zum Erobern.«

»Wie du meinst. Soll ich dir helfen?«

»Bloß nicht. Sonst bleiben am Ende garantiert Schrauben übrig.«

Mike wandte sich seiner Arbeit zu, aber er konnte sich nicht gut konzentrieren, da Berch hinter ihm fuhrwerkte und die ausgesperrten Katzen im Wohnzimmer miauten.

»Ich bin gleich soweit!«, rief Berch. »Wartet noch kurz!«

»Und du meinst, die verstehen dich?« Mike warf einen Blick über die Schulter.

»Sperr mal deine Lauschlappen auf. Sie sind ruhig oder etwa nicht?«

In der Tat war das Miauen aus dem Wohnzimmer verstummt.

»So. Fertig.« Berch richtete sich auf. »Wie findest du ihn?« Mike drehte sich mit seinem Stuhl herum. Berch hatte die Kratzbaumkonstruktion in dunkelblau streng nach Plan zusammengeschraubt. Es gab sogar eine Hängematte, drei Etagen und zwei miteinander verbundene Türme samt mehrerer Liegehöhlen.

»Kannst du sie reinlassen? Ich filme das mit.« Berch zog sein Handy aus der Tasche.

»Sag mal, ganz ehrlich. Du magst die Kätzchen«, stellte Mike fest.

»Quatsch nicht rum, lass endlich die Tiere aus dem Wohnzimmer.« Berch stellte sich in Position zum Filmen. Mike ging in den Flur und öffnete die Tür, woraufhin die Kätzchen befreit aus dem Zimmer schossen, als hätte man sie seit Tagen dort eingesperrt. Sofort wurde der neue Kratzbaum in Augenschein genommen. Herzog umklammerte als Erster einen Sisalstamm, während Leyla vorsichtig an dem Plüschfell roch.

»Wie hast du die anderen genannt? Nur um mich auf dem neuesten Stand zu halten.« Mike schaute zu, wie das andere schwarze Kätzchen mit erhobenem Schwänzchen in einer Plüschhöhle verschwand. »Berch?«

»Ich kann grad nicht.« Berch zoomte auf den Höhleneingang, wie es aussah. »Das andere schwarze heißt Krallowa.«

»Das ist strange.«

»So heißt irgendeine Ballett-Trainerin aus der Ukraine«, behauptete Berch. »Und Krallowa hat eine besonders elegante Art und Krallen zugleich.«

»Schön. Und das bunte …«

»Georg. Er hat was von nem Drachentöter, findest du nicht?«
»Absolut. Voll der Killer. Ich mach mir mal nen Kaffee.« Mike wandte sich ab und ging zur Küche hinüber.
»Trink ein Glas Flüssiges«, rief Berch ihm nach. »Ich hab keine Zeit, um dich nochmal wiederzubeleben!«

*

Mike arbeitete bis zum Abend, Berch spielte mit den Katzen. Je später es wurde, desto mehr achtete Mike auf Geräusche von parkenden Autos. Seine Sehnsucht nach Phoebe war kaum noch zu ertragen. Er wollte sie in die Arme schließen, küssen und ihre Wärme spüren. Außerdem stieg seine Nervosität, das Manuskript betreffend. Was würde sie sagen? Hatte sie schon hineingesehen? Von Rita gab es noch keine Reaktion.
Endlich meldete sich die Türglocke. Mike musste über Berchtold steigen, der am Boden saß und Georg auf den Rücken gerollt hatte. Der kleine Kater hatte sich in Berchs Daumen verbissen.
Mike drückte den Summer und riss dann die Wohnungstür auf. Phoebe winkte ihm, als sie die Treppen hochstieg und er griff nach ihr und zog sie in seine Arme. Dann versanken sie in einem intensiven Kuss, der Mike die Welt um ihn herum kurz ausblenden ließ.
»Ich konnte es kaum noch ohne dich aushalten«, flüsterte er.
»Ging mir auch so«, sagte sie dicht an seinem Ohr. »Aber ich dachte, ich reiß mich jetzt mal zusammen. Bin schließlich kein alberner Teenager mehr.«

»Und? Funktioniert?«
»Nicht die Bohne. Lass uns kurz in dein Zimmer gehen.«
»Okay.«
Sie zog ihn hinter sich her, die Tür fiel ins Schloss und gemeinsam sanken sie auf Mikes Bett.
Er genoss ihre Liebkosungen, ihre Hände, die sich unter seinen Pullover schoben. Phoebe fuhr ihm zärtlich durchs Haar.
»Dir scheint's ja wieder gut zu gehen.«
Mike nickte.
»Gut«, flüsterte sie. »Wäre Berch nicht nebenan, ich würde dir jetzt gerne die Klamotten vom Leib reißen.«
»Das würde mir gefallen. Ich kann Berch bitten, einmal durch den Park zu joggen.«
»Super Idee.« Phoebe ließ ihre Lippen über seinen Hals wandern. »Du riechst so gut. Würde Berch das denn für uns tun?«
»Nein, er hat leider die Katzen. Langsam denke ich, er will sie behalten.«
»Dann lass ihn doch, vielleicht tun ihm die Tierchen gut. Sag mal …« Sie fasste ihn ans Kinn. »… hast du dir etwa die Zähne abgeschliffen?«
»Naja. Ich bin's so gewohnt und einer muss ja das Haus verlassen können.« Mike hatte fast ein schlechtes Gewissen, obwohl das Blödsinn war.
»Was ist denn ein Vampir ohne Zähne?«, fragte Phoebe.
»Du … weißt du, ich denke nicht so darüber. Das ist wahrscheinlich ein Gendefekt oder eine Krankheit. Aus der sind dann die ganzen Legenden entstanden.«
»Eine Krankheit stell ich mir anders vor. Vielleicht solltest du aufhören, dich so herumzuquälen und es einfach

annehmen. Dann passiert dir auch nicht so was wie mit deinen Kapseln.«
Mike fühlte einen Stich in der Brust. Am liebsten hätte er das Thema gewechselt. Phoebe schien das zu spüren. Sie beugte sich plötzlich über ihn und küsste ihn liebevoll auf die Stirn.
»Ich hab einen Teil von deinem Buch gelesen in der Mittagspause.«
Mikes Herz schlug augenblicklich schneller. »Und?«
»Du bist so süß. Ist es das, was du für mich empfindest?«
»Merkt man das?«
»Das ist unsere Geschichte. Zum großen Teil.«
»Nun ja.«
»Ich finde es zauberhaft. Es ist witzig und süß und scharfsinnig. Man merkt, dass du clever denken kannst. Das kam bei Leyla weniger rüber. Und der Vampir in der Geschichte will keiner sein. Das bist du auch.«
»Nein, bin ich nicht. Du weißt ja noch nicht, wie's ausgeht«, wand sich Mike heraus.
»Stimmt.« Sie küsste ihn auf den Hals. »Jedenfalls bist du ein Super-Autor, wenn man dich einfach in Ruhe lässt.«
»Du müsstest meine Verlegerin sein«, flüsterte Mike an ihrem Ohr und seufzte dann. Was das Thema betraf, hatte er noch einen harten Kampf vor sich.

17

Rita saß hinter ihrem Schreibtisch, leicht zurückgelehnt, was bei ihr höchste Alarmstufe bedeutete. Das Manuskript lag vor ihr auf dem Tisch. Sie druckte immer alles aus, obwohl das längst nicht mehr üblich war. Mike vermutete, sie wollte das Buch in der Hand halten, um es zu beurteilen.

»Setz dich.« Rita wies auf den Stuhl vor ihrem Schreibtisch.

»Schon gut, ich stehe lieber.«

Rita verzog das Gesicht. So sah sie sonst nur aus, wenn sie Shawn abends in weiblicher Begleitung in die Nacht verschwinden sah.

»Mike, das ist nicht dein Ernst. Sag mir, dass du mich verarschen willst. Was soll das sein?«

»Die Mondrose. Steht oben drüber, Rita.« Mike lehnte sich an die Wand. Er hatte keine Lust vor ihr zu sitzen wie ein unartiger Schuljunge, der zur Direktorin gebeten wurde.

»Das hat NICHTS, aber auch gar nichts mit unserem Konzept zu tun.«

»Ich weiß.«

»Und?«

»Nichts und. Ich mache was Neues.«

»Wo sind die Werwölfe, Mikey?«

»Es gibt keine Werwölfe, Rita. Das hab ich dir schon gesagt. Ich habe meine Meinung dazu nicht geändert.«

»Was ist los mit dir?«

»Nichts. Was soll sein?«

Rita fuhr sich durch die Haare, was ihre Frisur vogelscheuchengleich nach allen Seiten abstehen ließ.
»Mike, ich kenne dich. Das ist nicht normal, was du hier machst. Wir hatten eine Absprache.«
»Nein, DU hattest eine Idee. Das ist nicht dasselbe. Zu den Werwölfen hab ich von Anfang an nein gesagt. Du warst zu betrunken, du weißt das nicht mehr.«
»Ist mir völlig egal!« Rita wurde lauter. Früher hatte ihn das nervös gemacht und er hatte stets versucht, sie dann wieder runterzubringen, aber heute würde er das nicht tun. »Das geht so nicht raus und fertig.«
»Was willst du dagegen tun? Es wird genau so rausgehen, wie es jetzt ist«, sagte Mike ruhig.
»Ich bin die Geschäftsführerin, Mikey, mein Süßer, das vergisst du manchmal.«
»Ich bin Verlagsmitinhaber und Autor, das vergisst DU manchmal.«
Rita legte ihre Hände flach auf den Tisch. Mike wunderte sich, wie gut er sie inzwischen kannte, er konnte ihre Signale lesen wie ein Buch.
»Das geht nicht, Mike und du weißt es. Wir machen uns alles kaputt, wenn wir so was veröffentlichen.«
»Was soll daran kaputtgehen?«
»Unsere Leserinnen wollen so was nicht. Muss ich dir wirklich unsere Zielgruppe erklären? Sag mir lieber, wie du auf diese Schwachsinnsidee kamst.«
»Das ist kein Schwachsinn, Rita, das sind echte Gefühle. Das ist eine echte Geschichte. Und wer sagt dir, dass unsere Leserinnen keine echten Gefühle wollen?«
Rita zog ein Gesicht, als hätte sie es mit einem Anfänger der ersten Stunde zu tun.

»Selbstverständlich wollen sie keine echten Gefühle! Darauf baut sich unser ganzes Geschäft auf! Auf Träumen, Mikey! Sie wollen träumen! Nichts weiter!«
»Ich denke, es ist Zeit für was Neues.«
Rita schaute ihn prüfend an, als suche sie nach einer Lücke in seiner Deckung.
»Also gut, Kompromissangebot …« Rita bückte sich und kramte neben ihrem Schreibtisch herum. Sie zog ein Buch hervor und legte es auf den Tisch. »Hier, schau da mal rein, Mike. Nur zur Inspiration. Du kannst gerne einen kleinen Ausflug in den Jugendbuchbereich machen, da hab ich gar nichts dagegen. Hauptsache, die Werwölfe sind drin und sie sehen gut aus. Deinen Roman legen wir in die Schublade und denken darüber nach.«
Mike warf einen Blick auf den Einband.
»Carina Mueller, Moonlit Nights. Noch nie gehört.«
»Eben. Weil du vom Jugendbuchbereich keine Ahnung hast, Mikey. Du liest das jetzt und dann machst du mir eine schöne Werwolfstory. Ein Mädchen kommt neu an eine Schule und da ist ein geheimnisvoller Junge, in den sie sich verliebt. Das kann ja wohl nicht so schwer sein. Du kannst dann von mir aus die Handlung in dieses Jahr verlegen und wir versuchen es mal damit. Die Zielgruppe bei den Jugendbüchern ist genauso groß wie unsere. Mindestens. Berch kann die historischen Vampirromane schreiben und du machst mal einen modernen Jugend-Dreiteiler mit attraktiven Fellbiestern. Das ist dann fast dasselbe wie dein Buch hier.«
Mike nahm das Buch und warf einen Blick hinein.
»Du hast die Mondrose gar nicht wirklich durchgelesen, hab ich Recht?«

»Wir versuchen es mit den Werwölfen, mein letztes Wort.«
»Die Mondrose geht so raus. Mein letztes Wort.« Mike stieß sich von der Wand ab und wandte sich zum Gehen.
»Nein.« Rita sprang auf und war vor Mike an der Tür. »Du bleibst jetzt hier und wir diskutieren das aus!«
»Vergiss es.«
»So lasse ich dich hier nicht raus, mein junger Freund.« Rita baute sich vor ihm auf, als wäre sie seine Mutter, die Hausarrest verordnete.
Ein tiefes Knurren löste sich aus Mikes Kehle. Rita wurde bleich und wich ein Stück zurück.
»Mikey, was ist nur mit dir? Nimmst du jetzt Drogen?«
Ohne ein Wort schob er sie beiseite und war eine Minute später draußen bei seinem Wagen. Bevor er einstieg, merkte er, dass er das Werwolfbuch immer noch in der Hand hielt.
Schnell ging er hinüber zur Bushaltestelle, wo ein Mädchen von etwa fünfzehn Jahren saß und las.
»Hey«, sprach Mike sie an und sie hob den Kopf. »Liest du auch Jugendbücher?«
»Ja, schon«, sagte sie und musterte ihn misstrauisch. »Wieso?«
»Findest du Vampire oder Werwölfe besser?«
Sie starrte ihn an und sah sich kurz um, als sei sie auf der Suche nach der versteckten Kamera.
»Vampire«, sagte sie schließlich.
»Ok, vielen Dank«, sagte Mike. »Dann lies das hier und bilde dich weiter. Schenk ich dir.«
Er gab ihr das Buch in die Hand und wandte sich dann zum Gehen.

»Danke!«, rief sie ihm hinterher. »Sie schenken mir das einfach so?«
»Ja, einfach so!«, rief Mike über die Schulter.
Er musste jetzt schleunigst nach Hause und das mit Berch besprechen.

*

»Sie stellt sich quer.« Mike warf die Tür hinter sich zu und feuerte seine Jacke auf den nächstbesten Stuhl.
»Wer?«
»Rita. Sie wird's nicht rausbringen. Was haben wir uns nur dabei gedacht, ihr Anteile zu übertragen?«
Berch pflückte ein Kätzchen vom Regal und setzte es auf den Boden.
»Weil wir damals dachten, das wäre ne super Idee. Später ist man immer schlauer. Außerdem hat es jahrelang funktioniert.«
»Ich ändere das nicht mehr, Berch. Das bleibt so.«
»Dann schreib was anderes und leg's in die Schublade, bis Rita sich beruhigt hat.«
»Nein. Ich hab's jetzt fertig und bringe es jetzt raus. Mit oder ohne Rita.«
»Klar …«
Berch beugte sich über die Sofalehne und angelte nach Käfer. »Ohne Rita bringst du das ganz alleine raus. Ohne Verlagssiegel, einfach so.«
»Ja.« Mike wusste, dass er Unsinn redete, aber er war wütend. Und er würde Ritas Dickschädel nicht nachgeben.

»Am meisten ärgert es dich doch, dass sie nicht sagt, dass es geil ist, was du da getippselt hast. Dass sie nicht erkennt, was du kannst.«
»Red keinen Quatsch, mir egal, was sie denkt.«
»Es ist dir nicht egal. Ich kenn dich doch. Es ärgert dich, dass sie dich wieder zu ihrem üblichen Zeug zwingen will. Und dass sie das, was du gut findest, für schlecht hält.«
»Ich wette, sie hat nicht mehr als die ersten fünf Seiten gelesen«, murmelte Mike und zog Leyla von seiner Jeans. Die kleinen Krallen verursachten ein kratzendes Geräusch, als er das Kätzchen hochhob und es sich an seinem Pullover festhielt.
»Wenn du mich fragst … setz dich hin, schreib einen von deinen neuen Titeln für Rita zu Ende, dann ist sie versöhnt. Und dann gehst du mit der Mondrose einfach wieder zu ihr. Wirst sehen, das wird schon.«
»Ich bettele nicht!«, knurrte Mike. »Ich bringe es selbst raus, wenn sie es nicht macht.«
»Mach, was du willst, aber setz dich an ein neues Buch. Tu ein paar Werwölfe rein, das wird sie weichspülen.«
»Eher spring ich aus dem Fenster«, sagte Mike. »Kommt nicht in Frage. Ich schwöre, dass ich niemals in meinem Leben das Wort WERWOLF irgendwohin schreiben werde. Ab jetzt!«
Berch lachte, aber Mike konnte sich nicht mitreißen lassen. Er musste was tun, mit jemandem reden.
»Ich bin noch mal weg«, sagte er.
»Wo gehst du hin?«
»Zu Phoebe. Ich ruf dich an. Wenn Rita sich meldet, ich bin nicht interessiert, egal was es ist!« Mike nahm seine

Jacke und warf sie sich über. Diesmal würde er nicht nachgeben.

*

Als Mike auf den Klingelknopf drückte, konnte er sich nicht erinnern, wie er es bis hierhin geschafft hatte. Die ganze Fahrt kam ihm wie ein verblasster Filmstreifen vor. Der Summer ging und Mike stieß die Tür auf. Kurz darauf lag er in Phoebes Armen und ließ sich von ihr trösten. Sie tat das einzig Richtige, zog ihn hinter sich her in ihr Zimmer, wo sie ihn auf das altersschwache Sofa drückte, damit Mike sich aussprechen konnte. Sie unterbrach ihn kein einziges Mal, ließ ihn seinen Kummer abladen, küsste seine Wangen und hielt seine Hand.
Fast eine Stunde später brachte sie ihm ein Glas Wasser, das Mike in einem Zug herunterstürzte.
»Könntest du es denn allein rausbringen oder brauchst du Rita unbedingt dafür?«, fragte sie.
»Ich weiß nicht. Es ist halt so, dass es dann nicht das Verlagsemblem trägt.«
»Aber es ist ja auch kein Roman wie deine anderen.«
»Stimmt.« Mike sah auf seine Hände.
»Hey.« Phoebe legte sanft ihre Hand an seine Wange. »Hast du schon mal an Selfpublishing gedacht?«
»Du meinst einfach selbst hochladen als Ebook? Im Leben nicht«, wehrte Mike ab.
»Wieso nicht? Und du kannst es doch zusätzlich noch als Buch drucken lassen und selbst vertreiben.«
»Rita lacht mich aus. Sie wird sich bestätigt fühlen, dass ich ohne sie aufgeschmissen bin.«

»Nicht, wenn es ein Riesenerfolg wird.«
»Das wird es nicht. Der Roman ist gut, aber nichts Besonderes.«
»Wie immer stellst du dein Licht unter den Scheffel. Das Buch ist wirklich gut.« Phoebe schlang ihre Arme um ihn. »Du musst aufhören, an dir zu zweifeln. Und selbst wenn es nicht der Supererfolg wird, es ist dein Buch. Und das darfst du machen, wie du willst. Das ist keine stupide Auftragsarbeit. Ich helfe dir dabei.«
»Wirklich?« Mike drückte sein Gesicht an ihren Hals und sog den Duft ihrer Haut ein.
»Natürlich.«
Ein melodisches Klingeln ertönte im Flur. Mike hob den Kopf.
»Lass nur, Pete und Fox sind auch da. Die können gehen.« Phoebe kraulte ihm den Nacken. Das liebte er. Und sie hatte Recht. Dies war sein Buch und er konnte damit tun, was er wollte.
Jemand klopfte an die Zimmertür und sie hörten Petes Stimme durch das Holz.
»Da ist jemand für Mike. Die steht im Treppenhaus.«
»Die?« Phoebe hob die Brauen. Mike stand auf.
»Ich geh mal besser nachschauen.«

*

Sie hatte getrunken. Der Alkoholgeruch stieg Mike so scharf in die Nase, dass er einen Schritt zurückwich.
»Ich wusste, dass ich dich hier finde, Mikey«, sagte Rita. Ihre Frisur befand sich in einem desolaten Zustand, genau wie ihre Besitzerin.

»Rita. Geh nach Hause. Du bist betrunken.« Mike stellte sich so in die Tür, dass sie nicht an ihm vorbeitaumeln konnte. Das fehlte noch, dass Rita Phoebe in ihrer Wohnung belästigte.
»Nein.« Rita lehnte sich schwer in den Türrahmen. Ein paar blondierte Strähnen hingen ihr ins Gesicht. »Du machs mir alles kaputt, Mikey … alles … alles kaputt …« Sie schlug die Hände vors Gesicht und schluchzte.
Mike seufzte und zog sein Handy aus der Tasche. Er wählte Berch an.
»Jo?«, meldete sich die vertraute Stimme.
»Hast du Rita gesteckt, wo ich bin?«
»Ich dachte, ihr sprecht euch besser mal aus«, sagte Berch. Etwas schnurrte in das Handy. »Leyla, nein, Schätzchen, hör auf.«
»Kannst du mal kurz die Katzen aus dem Spiel lassen?«, fragte Mike.
»Naja, das ist leicht gesagt. Käfer hat seine wilden fünf Minuten.«
»Kannst du herkommen und Rita abholen? Ich denke nicht, dass sie es nach Hause schafft.«
»Wie denn? Du hast den Wagen. Käfer! Runter da!«
»Komm mit der Bahn, ich geb dir dann den Schlüssel.«
Berch stöhnte genervt.
»Der soll bleibn … wo er is!«, mischte sich Rita ein. »Ich brauch ihn nich! Brauch euch alle nich …« Sie wandte sich ab und schwankte den Flur entlang.
»Hat sich erledigt, Berch. Ich kümmer mich selbst drum.« Mike steckte das Telefon weg. Er wandte den Kopf zu Phoebe, die hinter ihm stand. »Ich fahre schnell Rita nach Hause. Die ist im Stande und rennt frontal vor die Tram.

Ein Wunder, dass sie es bis hierher geschafft hat.«
»Okay«, sagte Phoebe. »Aber du kommst doch wieder?«
»Na klar«, sagte er. Er küsste sie zärtlich auf den Mund und schnappte sich dann seine Jacke.
Mike zog die Tür hinter sich ins Schloss und beeilte sich, Rita einzuholen.
Diese hatte es bis auf die Straße geschafft, wo sie desorientiert herumstand, mal nach rechts, mal nach links blickend.
»Rita«, sagte Mike sanft. »Ich bring dich jetzt nach Hause. Dann kannst du dich hinlegen.«
Sie drehte sich zu ihm um.
»Warum tust du mir das an, Mike?«
»Was tu ich dir denn an.« Mike bemühte sich um einen geduldigen Tonfall.
»Du nimms mir alles weg.« Wieder weinte sie. »Du schreibst jetzt so komische Geschichten … und du hasst Werwölfe, obwohl diese verdammten Fellkrampen viel Geld einlaufen würden! Du bist so stur und gemein!«
»Komm, Rita«, sagte Mike. »Ich bring dich zum Auto.«
Sie machte eine abwehrende Bewegung und Mike griff kurzerhand zu und hob sie auf seine Arme.
»Neiiiin, lass mich«, stöhnte sie.
»Hey! Was machen Sie mit der Frau!« Mike sah aus dem Augenwinkel ein Pärchen um die sechzig. Der Mann hatte sich nach vorn geschoben, während seine mutmaßliche Gattin verschüchtert hinter ihm wartete.
»Halten Sie sich raus«, sagte Mike. Er stellte Rita kurz auf die Füße, drückte den automatischen Türöffner und hob Rita dann in seinen Wagen.
»Der entführt die Frau, Herbert. Jetzt mach doch was.«

Die mutmaßliche Ehefrau zog den Mann am Ärmel.
»Ich bringe sie nur nach Hause, machen Sie sich keine Sorgen«, sagte Mike und schlug die Tür zu, nachdem er sich vergewissert hatte, dass Rita halbwegs vernünftig auf dem Beifahrersitz hing.
Als er endlich den Motor anlassen konnte und die Rentner im Rückspiegel kleiner wurden, atmete er durch. Ganz kurz spielte er mit dem Gedanken, Shawn zu bezahlen, damit er mit Rita ausging und sie bessere Laune bekam. Aber auf lange Sicht bekam er dann noch mehr Schwierigkeiten, das war keine Lösung. Und bevor Rita nicht nüchtern war, konnten sie sowieso nichts klären.
Die Fahrt zu ihrer Wohnung dauerte etwa zwanzig Minuten und Rita schnarchte neben Mike im Auto. Es blieb ihm nichts anderes übrig, als sie in ihre Wohnung zu tragen. Er fand den Schlüssel in ihrer Handtasche. Niemand sah ihn diesmal, wofür Mike dankbar war. Und er musste sich eingestehen, dass er ohne das Flüssigblut größere Schwierigkeiten gehabt hätte, Rita in den dritten Stock zu schleppen. Berch hatte schon irgendwie Recht, wenn er sagte, dass Mike mit diesen Kapseln seine Leistungsstärke runterriegelte. Als er die halbwache Rita vor ihrer Tür vorsichtig auf die Füße stellte, war er nicht mal außer Atem. Das fühlte sich verdammt gut an.
»So. Und jetzt ab aufs Sofa. Schlaf dich mal aus und wir reden morgen darüber«, sagte Mike.
»Will nich«, murmelte Rita. »Ich kann dich zwingen zu schreiben, Mikey. Ich kann … du bis mein Autor.«
»Schon gut. Jetzt leg dich hin.« Mike bugsierte sie aufs Sofa, sein Blick streifte leere Flaschen und diverse Gläser

für die unterschiedlichen Sorten Alkohol. Er zog ihr die Schuhe aus und legte eine Decke über sie.

»Du darfst nicht gehn, Mikey. Hast du das Buch schon gelesn? Has du schon angefangn? Ist der nich süß, der Liam? Diese Werfüchse, die können auch ganz flauschig sein … oder, Mikey? Die werden dir … gefalln.« Rita packte seinen Ärmel und hielt ihn fest. Behutsam pflückte er die einzelnen Finger von seinem Pullover. »Ich kann dich zwingen … dann musst du wieder für mich schreibn …«

»Du solltest dich jetzt ausruhen.« Mike drückte sie auf die Kissen zurück. »Ich gehe jetzt. Wir reden morgen.«

Rita gab ein Geräusch von sich, das man irgendwo zwischen Schnarchen und verzweifeltem Seufzen ansiedeln konnte. Die Tür fiel hinter ihm ins Schloss. Geschafft.

Jetzt würde er zurück zu Phoebe fahren und einfach nicht mehr an den ganzen Mist denken.

18

Als Mike klingelte, sauste Phoebe zur Tür. Kurz darauf sah sie ihn leichtfüßig die Treppe hochkommen und dieser Anblick tat ihr gut. Ihn krank zu sehen, hatte ihr zugesetzt. Und diese ganze Vampirsache ließ ihr auch keine Ruhe, auch wenn sie Mike gegenüber das nicht zugab. Sie hatte heimlich recherchiert, aber nichts Konkretes herausgefunden.

»Alles geregelt. Die pennt erst mal«, sagte Mike und hängte seine Jacke an den Haken.

»Dann hab ich dich jetzt für mich allein?«, fragte sie.

»Für dich ganz allein.« Er zog sie an sich und sie ließ die Hände in seinen Nacken gleiten. Sie liebte ihn und das Gefühl war so viel stärker als bei ihren beiden Freunden, die sie vorher gehabt hatte. Aber jetzt, da sie wusste, dass Mike anders war, spürte sie diesen Unterschied. Und sie fragte sich, wie sehr dieser Umstand für ihre Gefühle mitverantwortlich war. Eigentlich wollte sie das nicht … ihre Liebe sollte damit nichts zu tun haben. Aber wenn sie ehrlich war, reizte sie seine Andersartigkeit. Und dafür schämte sie sich insgeheim. Ein ganz verrückter Teufelskreis.

»Aaaaaachchch, die verliebten Rumknutscher sind dahaaa!«

»Verschwinde, Fox.« Phoebe küsste Mike auf die Wange und zog ihn hinter sich her in ihr Zimmer.

»Hast du Rita ins Bett gebracht?«, fragte sie leichthin.

»Aufs Sofa.« Mike sah sie an. »Was ist los mit dir?«

»Mit mir? Nichts. Was soll denn sein.«

Mike ließ sich auf die kleine Couch fallen und musterte sie.
»Dich beschäftigt etwas. Sag es mir.«
Phoebe fühlte sich erwischt. Sie betrachtete diesen jungen Mann, der ihr Freund war und durch den sich ihr Leben geändert hatte. Ihre Gedanken auszusprechen, wollte sie gern vermeiden. Vielleicht würde sie Mike damit kränken. Sie ließ sich neben ihm nieder, aber Mike schaute sie weiter mit seinen seltsamen hellgrauen Augen an.
»Es hat mit mir zu tun. Mit dieser blöden Vampirsache«, sagte er.
Phoebe schwieg und ihr Herz zog sich zusammen, als sie sah, wie ein trauriger Ausdruck sich ins Mikes Gesicht schlich. »Jetzt, wo du davon weißt, ist es anders zwischen uns. Das ist dein Problem.«
»Nein.« Sie schüttelte den Kopf. »Nicht direkt. Es ist schwer zu sagen.«
»Du findest das eklig mit dem Blut und so. Ich werde wieder diese Kapseln nehmen.«
»Nein, das sollst du nicht.«
»Du denkst, dass ich irgendwie gefährlich bin«, sagte Mike und klang beinahe beleidigt. »Ich habe seit vielen Jahren niemandem was getan.«
»Ich weiß. Das hat nichts damit zu tun … ich versuche mal, es dir zu erklären.« Phoebe konzentrierte sich auf ihre Hände, weil sie Mikes Blick nicht aushielt. »Bevor ich davon wusste, hab ich mich unglaublich von dir angezogen gefühlt. Ich hab dich gesehen und war sofort ein bisschen verschossen in dich. Ich konnte mir das nie erklären. Aber jetzt, wo ich weiß, was mit dir ist, merke ich deine Andersartigkeit, und die ist … sehr anziehend.

Aber das will ich eigentlich nicht.« Scheu sah sie zu ihm hoch und las Verwirrung in seinem Gesicht.
»Wie, du willst das nicht?«
»Ich will in dich verliebt sein, weil du einfach du bist. Nicht weil du irgendein besonderes Wesen bist.« Phoebe holte Luft. Besser konnte sie es nicht ausdrücken. »Verstehst du das?«
Zu ihrer Überraschung nickte Mike langsam.
»Ich denke schon. Aber denkst du nicht, dass das fließende Übergänge sind?«
»Ja. Wahrscheinlich.«
»Weißt du, was ich mir schon überlegt habe?« Mike rückte näher an sie heran. »Ich bin inzwischen froh, dass du Vampirromane zum Kotzen findest. Wenn du nämlich so ein schlimmer Fan von uns wärst, das wäre schrecklicher für mich als alles andere. Ich weiß nicht, ob ich mich dann in dich wirklich verliebt hätte. Das wäre viel schlimmer, als würdest du mich wegen dem, was ich bin, interessant finden.«
»Echt? Das wäre schlimmer für dich?«
Mike nickte. »Du hast diese Furien ja noch nie erlebt.«
»Nur meine Kollegin. Die würde sterben, wenn du ihr die Hand küsst. Sie träumt davon, dass Berch ihr in einer lauen Sommernacht in den Hals beißt.« Phoebe kicherte.
»Daran könnte sie wirklich sterben. Ihr Menschen habt doch ein Rad ab. Echt.«
»Ahaaa«, sagte Phoebe gedehnt. »Hat der Herr Vampir wohl gerade zugegeben, kein Mensch zu sein?« Sie griff in seinen Nacken und zog ihn zu sich heran.
»Ist mir so rausgerutscht. Ich bin ein Mensch mit einigen Abwandlungen. Mehr nicht.«

»Das muss ich erst genauer überprüfen«, flüsterte sie an seinem Ohr. Mike seufzte wohlig und schmiegte sich in ihren Arm.

»Jedenfalls riechst du umwerfend gut und es ist mir völlig egal, warum das so ist«, sagte sie und vergrub ihr Gesicht in seinem Haar. Sie fühlte, wie Mike sie sanft in den Hals biss und zuckte zusammen.

»Das war ein Test«, sagte er. »Ich wollte sehen, ob du dich erschreckst.«

»Hab ich gar nicht«, widersprach sie und ärgerte sich, dass er sie erwischt hatte.

»Hey, du denkst doch nicht, dass ich dir was antue oder so?«

Phoebe nahm sein Gesicht in ihre Hände und sah ihm ernst in die Augen.

»Das denke ich nicht. Überhaupt nicht. Verstanden? Ich will, dass es zwischen uns so normal wie möglich läuft.«

»Das will ich auch«, sagte er.

»Schön, dass sich der Herr Vampir da mal sicher ist.«

»Du bist nur sauer, weil ich dich erschrecken konnte.« Mike grinste.

»Lächerlich. Mit deinen abgefeilten Zähnchen jagst du keine Omi über die Straße.«

»Wenn Rita mein Manuskript verweigert, lasse ich die Zähne wachsen und arbeite in der Geisterbahn. Willst du die Freundin eines Jahrmarktgauklers sein?«

»Sehr gern.«

Phoebes Mund berührte den seinen. Für Minuten versanken sie in einem innigen Kuss, dann zog sie ihn vom Sofa hoch und hinüber zum Bett. Sie wollte ihn jetzt ganz für sich haben. Keine Rita, die sie störte, kein

Manuskript, das in seinem Kopf herumspukte und kein Berchtold, der ihn überwachte.

*

Das Klingeln seines Handys riss Mike aus dem Schlaf. Er tastete danach und hoffte, dass Phoebe nicht aufwachte, aber es war zu spät. Sie regte sich bereits neben ihm.
»Was ist denn?«, murmelte sie.
»Keine Ahnung.« Mike sah den tanzenden Bär. »Berch? Was ist?«
»Das wüsste ich auch gern. Die Polizei steht bei mir im Flur und ich hab gesagt, ich rufe dich an.«
»Wieso steht sie im Flur?« Mike richtete sich im Bett auf. »Wie spät ist es?«
»Kurz nach zwölf. Die sagen, du hättest eine Frau entführt. Zwei Leute hätten dich beobachtet und dein Kennzeichen notiert.«
Mike stöhnte auf. »Rita! Die haben mich gesehen, wie ich Rita nach Hause gebracht habe! Kannst du das nicht aufklären?«
»Die wollen aber mit dir reden.«
»Ich komme nach Hause. Sag, ich bin gleich da.« Mike legte auf und ließ sich in die Kissen zurückfallen.
»Was ist denn?«, fragte Phoebe.
»Nichts weiter. Ein Missverständnis, aber ich muss schnell nach Hause. Ist wegen Rita, da hat irgendwer was falsch beobachtet und die Polizei gerufen.«
»Das gibt's doch nicht.«
»Doch, tut mir echt leid. Ich komm dann nicht noch mal zurück. Sonst wecke ich dich auf.«

»Das ist mehr als schade. Soll ich mitkommen?«
»Nein, schlaf einfach. Ist keine große Sache.« Mike stand auf und zog sich an. Dabei dachte er ein paar unfreundliche Dinge über ein gewisses Rentnerpaar.
Während er durch die Nacht zu seiner Wohnung fuhr, besserte sich seine Laune nicht im Geringsten. Das war – abgesehen von seiner Zeit mit Phoebe – einfach nicht sein Tag gewesen.
Mike parkte und trabte die Stufen nach oben. Die Polizisten waren tatsächlich noch da.
»Ich habe Rita schon angerufen, sie geht nicht ans Telefon«, empfing ihn Berch an der Tür.
Die beiden Beamten befragten Mike noch einmal, wahrscheinlich um zu überprüfen, ob sich seine Aussage mit Berchs deckte. Er erfuhr, dass zwei weitere Beamte zu Ritas Wohnung gefahren waren. Noch während des Gesprächs meldeten sie sich und sagten, dass nach vehementem Klingeln Rita die Tür geöffnet hätte und wohlauf sei. Nun müsse man noch überprüfen, ob es sich bei Rita wirklich um die Frau gehandelt habe, die man mit Mike am Auto gesehen hatte.
»Wo haben Sie sich heute Abend aufgehalten?«, fragte der größere und anscheinend dienstältere Polizist.
»Ich war bei meiner Freundin. Adresse kann ich Ihnen geben, wenn Sie mir nicht glauben. Meine Verlegerin ist betrunken vor der Tür aufgetaucht. Ich habe meinen Mitbewohner angerufen, weil ich gern bei meiner Freundin bleiben wollte, aber dann habe ich Rita selbst nach Hause gebracht.«
»Und was wollte Ihre Verlegerin von Ihnen?«

»Mit mir über ein Manuskript reden. Das hielt ich in ihrem Zustand allerdings für sinnfrei.«
»Verstehe.« Der Mann schrieb sich etwas auf und Mike fragte sich ernsthaft, was daran so interessant war, dass die beiden dermaßen hartnäckig dranblieben.
»Gut …« Er sah von seinem Block hoch und Mike hoffte, dass er jetzt langsam genug Infos hatte, um in die Nacht zu verschwinden. Für diesen Mist hatte er Phoebe alleinlassen müssen.
»… eine letzte Sache wäre da noch. Es gab noch einen Anruf und dabei ging es um Sie. Also um Sie beide.«
Mike und Berch wechselten einen Blick.
»Nämlich?«, fragte Mike. Langsam wurde er ungehalten.
»Eine Frau hat sich gemeldet und behauptet, dass einer von Ihnen beiden als Vampir leben würde und der andere das zwar dulden, aber nicht mitmachen würde. Wenn ich mir Sie so ansehe …« Er deutete auf Berch. »… dann kann ich mir vorstellen, wer von Ihnen beiden das ist. Wollen Sie dazu etwas sagen?«
In Mikes Kopf flogen die Gedanken kreuz und quer. Was sollte das? Wer hatte …
»Ich würde gern zunächst mal wissen, warum jemand so etwas bei der Polizei meldet«, sagte Mike.
»Das Warum ist erst mal nicht wichtig. Uns fiel nur auf, dass so ein Anruf kam und dann wirft Ihnen jemand am selben Tag vor, eine hilflose, halb ohnmächtige Frau in ein Auto getragen zu haben.«
»Das hatten Sie doch bereits aufgeklärt«, sagte Mike.
»Sie brauchen sich nicht zu verteidigen, ich fragte lediglich, ob Sie etwas dazu sagen wollen.« Der Polizist sah ihn mit einer überlegenen Ruhe an, die Mike wahnsinnig

machte, während der andere Berchtold anglotzte, als wäre er ein seltenes Zootier.

»Ich sage etwas dazu«, meldete sich Berch. »Wir sind Schriftsteller, und zwar nicht gerade unbekannte Schriftsteller. Dieses Vampirimage gehört zum Marketingkonzept. Mein Kollege hier ist da weniger ambitioniert als ich. Mein Gebiss ist ein Implantat, kommt bei den Fans sensationell an.« Er grinste breit.

»DAS glaube ich«, sagte der jüngere Polizist. »Darf ich mit Ihnen ein Foto machen? Das wäre großartig. Meine Freundin glaubt mir das niemals, dass ich Sie getroffen habe. Ich glaube, ich habe Sie schon mal im Fernsehen gesehen.«

»Na klar!«, sagte Berch.

»Du machst jetzt hier nicht im Ernst Selfies?«, herrschte ihn sein älterer Kollege an.

»Wieso nicht, ist doch nicht verboten. Würden Sie mal?« Der jüngere Polizist gab Mike sein Smartphone in die Hand. »Einfach hier drücken.«

»Okay«, sagte Mike überrascht.

Berch legte den Arm um den jungen Beamten und grinste in voller Schönheit in die Kamera.

»Bitte noch eins, zur Sicherheit«, bat der Mann, während sein Kollege sich anscheinend fremdschämte und vorgab, seine Notizen durchzugehen. Mike machte ein zweites Foto und gab dann das Handy zurück.

»Wissen Sie, wer Sie angerufen hat und was dieser Anruf sollte?«, lenkte Mike das Thema wieder zurück.

»Das wird gerade überprüft, aber ich darf es Ihnen auch nicht sagen, wenn wir die Person feststellen können.«

»Ich meine, ist das ein Verbrechen? Wie kommt denn so was?«

»Zunächst mal ist es kein Verbrechen. Nur ein bemerkenswerter Zufall.« Der Blick des Polizisten ruhte auf Mike, der sich fühlte, als würden ihm unterschwellig irgendwelche Dinge unterstellt.

»Das wäre ja jetzt geklärt«, sagte Berch in einem Tonfall, der das Ende der Debatte einläutete. »Wenn Sie noch Fragen haben, wir sind fast immer zu Hause. Ansonsten, gute Nacht.«

»Gute Nacht!«, sagte der Jüngere und grinste dabei, als hätte er einen Hunderter auf der Straße gefunden. Die Beamten verließen die Wohnung und Berch schloss die Tür.

»Was … war … das?« Mike hob die Hände und zog die Schultern nach oben.

»Keine Ahnung, aber es ist vorbei. Es wäre schön, wenn du in solchen Situationen nicht so schuldig aussehen würdest.« Berch schaute sich um. »Die haben die Katzen total verschreckt.«

»Jetzt lass mal die Katzen! Wer ruft bei den Bullen an und sagt so was Blödes und zu welchem Zweck?«

»Ich habe nicht die geringste Ahnung.«

»Meinst du, diese Rentner waren das? Vielleicht haben die sich ins Netz gehängt und recherchiert und dann einfach noch mal angerufen? Die wollten sich wichtigmachen. Vielleicht haben sie mich erkannt.«

»Wenn es so war, dann hat es sich erledigt«, meinte Berch. »Darauf ein erfrischendes Schlückchen. Für dich auch?«

»Jetzt grad nicht.« Mike überlegte, kam aber zu keinem logischen Ergebnis.

»Doch, für dich auch«, sagte Berch bestimmt und goss Mike etwas Blut in ein Glas. »Jetzt reg dich ab. Wir haben nichts falsch gemacht und das ist lächerlich. Der eine lebt als Vampir, da lachen die doch drüber. Ich hab dir gesagt, irgendwann haben wir auch nen Stalker an der Backe. Verwunderlich, dass nicht längst mal so was passiert ist.«
Mike nahm das Glas und stürzte alles in einem Zug herunter. Er genoss das Prickeln in seinem Körper und beruhigte sich tatsächlich. Berch hatte Recht, es gab keinen Grund, sich aufzuregen. Eigentlich war er nur verärgert, weil ihn diese überflüssige Aktion um seine restliche Nacht mit Phoebe gebracht hatte.
»Wir müssen die Katzen suchen«, sagte Berch. »Ich das Wohnzimmer, du das Arbeitszimmer.«

*

Kurze Zeit später hatten sie alle Kätzchen gefunden und Berch öffnete eine Dose Nassfutter zur Beruhigung.
»Krallowa ist richtig verstört«, behauptete Berch und barg das kleine schwarze Katzenkind in seinen Händen.
»Bist du sicher?«, fragte Mike.
»Ja, schau nur, wie sie guckt. Sie will nicht mal was fressen.«
»Wie soll sie fressen, wenn du sie auf dem Arm hältst?«
»Auch wieder wahr.« Berch setzte das Kätzchen auf den Boden und nach kurzem Zögern schloss sich Krallowa ihren Geschwistern an. Berch grinste zufrieden.
»Ich geh dann mal«, sagte Mike resigniert.
Kurz darauf lag er allein in seinem Bett und brauchte eine ganze Weile, bis er endlich einschlief.

19

»Mike. Steh mal auf.« Berchs Stimme. Unwillig drehte sich Mike herum und blinzelte.
»Was?«
»Komm mal rüber ins Schreibzimmer.« Berch stand neben Mikes Bett. Das war mehr als ungewöhnlich.
»Ist was passiert?«
»Japp, könnte man so sagen. Ist zwar keiner tot, aber schön ist es auch nicht. Komm.«
Verwirrt setzte Mike sich auf und angelte nach seiner Jogginghose.
Kurz darauf kam er barfuß ins Arbeitszimmer und kratzte sich den Nacken.
»Was ist denn?«, fragte er.
»Schau aus dem Fenster. Was siehst du?«
Mike trat näher und schaute hinaus.
»Nix. Da stehen ein paar Leute.«
»Über uns steht was in der Zeitung.« Berch wies auf seinen Monitor. Mike kniff die Augen zusammen.

SCHRIFTSTELLERDUO –
LEBEN SIE ALS VAMPIRE?

Die Schlagzeile prangte in fettem Rot auf dem Bildschirm und Mike fühlte, wie ihm schlecht wurde. Er trat näher heran und las:

Leben die beliebten Schriftsteller Michael Storm und Berchtold von Weißenstein wie Vampire? Das zumindest wollen sie ihren Fans weismachen. Berchtold von Weißenstein trägt sogar ein

implantiertes Vampirgebiss. Aber gestern gerieten die beiden Autoren erstmalig ins Visier der Polizei. Angeblich steht der Verdacht im Raum, dass die Schriftsteller den Vampirmythos auch privat praktizieren. Haben Michael Storm und Berchtold von Weißenstein den Bezug zur Realität verloren?
Lesen Sie weiter

»Will ich wissen, was unter dem Link steht?«, fragte Mike.
»Spar's dir. Ein netter Typ hat unsere Mülltonne durchwühlt und leere Blutkonserven gefunden. Wir beide sind jetzt perverse Freaks, die hier irgendwelche Orgien mit Frauen abhalten, die auf uns stehen und sich beißen lassen.«
»War das nicht erst gestern, dass die hier bei uns waren?« Mike fühlte sich wie unter Schock, das Denken fiel ihm schwer. »Wie konnten die den Artikel jetzt schon …«
»Ist ein Online-Magazin. Die hatten genug Zeit. Die gedruckte Version folgt«, sagte Berch.
»Einer muss ihnen was gesteckt haben. Entweder haben die einen direkten Draht ins Polizeirevier oder derjenige hat auch die Presse angerufen.«
»Aber wieso?«, fragte Mike verstört. »Wieso sagt jemand so was? Da hat doch keiner was von.«
»Keine Ahnung. Ist wahrscheinlich halb so wild.« Berch nahm Herzog auf seinen Arm und drehte das Katerchen auf den Rücken. Sofort begann es begeistert um sich schlagend Berchs Finger zu fangen.
»Wir müssen was dagegen tun«, sagte Mike. Berch deutete ein Kopfschütteln an.
»Never complain, never explain. Wir sitzen das aus. In

ein paar Tagen sind die verschwunden und keinen interessiert das mehr. Mach dir erst mal einen Kaffee.«

*

Den Tag verbrachten sie in der Wohnung. Mike hatte Phoebe eine Nachricht geschickt, dass sie nicht vorbeikommen sollte, bis sich die Lage beruhigt hatte. Irgendwann mussten auch mal die Journalisten nach Hause gehen, die vor der Tür umherstreunten.

Das Telefon klingelte gefühlt jede Viertelstunde und irgendwann zog Berch den Stecker aus der Wand. Sie spekulierten, wie es zu dieser Meldung gekommen sein könnte. Mike hatte bei Rita angerufen, aber sie nahm nicht ab. Phoebe meldete sich nach der Arbeit besorgt auf Mikes Handy, aber er beruhigte sie, dass das alles ein großer Unsinn sei und wieder vorbeigehen würde.

Gegen Abend stöpselte Berch das Telefon wieder ein und Mike rief Rita ein weiteres Mal an.

Nach endlosem Tuten in der Leitung nahm jemand ab.

»Ich bin's«, sagte Mike. Er hörte ein Seufzen am anderen Ende. »Ich nehme an, du hast alles verfolgt. Berch und ich sitzen in der Wohnung fest.« Mike lauschte. Sie war am Telefon, das fühlte er, aber sie sagte nichts.

»Rita … sag jetzt bitte nicht, dass du was damit zu tun hast.« Mike schaute zu Berch, der die Stirn runzelte.

»Das verstehs du nich, Mikey«, kam Ritas Stimme aus dem Hörer. »Und die habn mich auch voll falsch verstandn …«

»Hast du bei der Presse angerufen?«, fragte Mike vorsichtig.

Er hoffte, sie würde nicht auflegen. »Was hast du denen gesagt.«
»Nix … Schlimmes. Das is Marketing, Mikey. Wirst du schon sehn.«
»WAS hast du denen gesagt?«, hakte Mike nach. Rita grummelte etwas vor sich hin.
»Ich hab nur … ein bisschen was angeschoben. Ein bisschen Werbung schadet nich. Jetz, wo du nicht mehr für mich schreibst …« Rita schluchzte auf.
»Rita, hör mir zu …« Mike wechselte einen Blick mit Berch. »Du sagst denen jetzt NICHTS mehr. Egal, was! Hast du das verstanden? Kein Gerede von Vampiren und gar nichts! Das schadet mehr, als es Werbung ist. Nicht immer ist schlechte Presse besser als gar keine. Kein Wort mehr, bis die sich beruhigt haben, klar?«
»Du has absolut keine Ahnung, Michael«, sagte Rita ernst. Sie schniefte in den Hörer. »Weißt du, was ich alles für dich gemacht hab? In den Foren war ich. Ja. Da hab ich mich eingeloggt und Sachen über dich geschrieben. Dass du eine Affäre mit Kate Winslet hattest, das war von mir, das Gerücht. Das hat die Buchverkäufe von Freibeuter der Nacht nach oben gepeitscht! Ja! Und dass Berch aus einem alten Adelsgeschlecht stammt, das ist auch von mir!«
»Rita, Berch stammt aus einem alten Adelsgeschlecht. Das hast du nicht erfunden.«
»Aber aus verarmtem Adel. Du bist so ein Miesmacher, Mikey.« Rita schnäuzte sich.
»Pass auf, du streust jetzt keine Gerüchte mehr, hast du das verstanden? Hörst du zu? Keine Geschichten bei der Polizei, kein Wort zu der Presse. Leg dich ins Bett und

schlaf dich aus. Hast du wieder getrunken?« Die Frage war rein rhetorisch.
»Geht dich nichts an«, sagte Rita. Es klang wie ein JA.
Mike fuhr sich mit der Hand über das Gesicht.
»Okay. Halb so schlimm, die kommen schon wieder runter. Mach's gut, Rita, ich ruf dich wieder an, wenn du nüchtern bist.«
Mike schloss die Augen, beendete das Gespräch und massierte sich die Schläfen.
»Sie war's. Epic facepalm.«
»Hab's mitbekommen. Was machen wir jetzt? Mike, überleg dir das doch noch mal. Schreib Rita was, damit sie runterkommt.«
»Nein.«
»Dann sag ihr, du würdest was schreiben. Musst du ja nicht wirklich machen.«
»Berch, nein. Ich gebe diesmal nicht nach. Phoebe hat Recht, das macht mich kaputt, wenn ich mich zu diesem Schrott zwinge. Und wenn ich Flüssigblut trinke, geht es schon gar nicht mehr, weil …«
Berch grinste. »Weil der Herr dann so feurig in den Adern ist?«
»Grins nicht so blöd! Ich KANN dann einfach diesen Mist nicht runterleiern. Das geht nur, wenn ich auf Sparflamme laufe und mir fast alles egal ist. Früher war es schon schwer, aber jetzt geht nichts mehr. Rita kann mich mit keiner Aktion dazu zwingen.«
Mikes Handy piepste. Sicher hatte Phoebe ihm geschrieben. Er ließ Berch stehen und schnappte sich das Telefon, um seine Freundin auf den neuesten Stand zu bringen.

*

Es dauerte zwei Tage, bis die Journalisten langsam aufgaben. Die Meldungen über die beiden Vampirismus praktizierenden Schriftsteller wanderten von Seite 1 auf Seite 5. In den BBV-Foren redeten sie über nichts anderes und die Fans bildeten eine geschlossene Front gegen die Gerüchte.

Da keine Anzeige vorlag, meldete sich die Polizei nicht. Rita war zu sich gekommen und versuchte ihre Tat halbherzig mit dem Argument zu überspielen, dass die Verkäufe seit dem angezogen seien wie verrückt. Die Verkaufszahlen der Ebookausgaben in den Onlineshops gingen durch die Decke, es gab die eine oder andere geschmacklose Rezension, unter der dann kilometerlange Debatten mit den Fans entstanden.

Mike hatte Phoebe zu sich eingeladen, damit die Paparazzi sich nicht vor ihre Wohnung klebten. Auf keinen Fall wollte er sie da mit reinziehen.

Bei einem selbstgekochten Abendessen erklärten sie die Krise als fast überstanden. Die Leute würden sich beruhigen und Berch hatte in der Tat Recht. Es war am besten, einfach nichts zu sagen. Jedes Statement machte es noch schlimmer, weshalb Mike Rita beschworen hatte, bloß die Klappe zu halten. Sie war ihnen was schuldig und diese Karte spielte er jetzt aus. Sollte sie sich doch allein an ihren Amazonrängen erfreuen, er wollte seine Ruhe.

Zum späten Abend hin wurde es noch einmal lauter auf der Straße und das Telefon klingelte mehrmals. Berch zog es aus der Wand und sie beschlossen, das Licht zu

löschen und ins Bett zu gehen. Das vertrieb die Geier am zuverlässigsten.
Mitten in der Nacht schreckte Mike einmal kurz hoch, als draußen jemand irgendwelche Schimpfworte brüllte, aber Phoebe zog ihn in ihre Arme und bald sank er wieder in Schlaf.

20

Das buchstäblich böse Erwachen folgte am nächsten Morgen.
Berch saß schlechtgelaunt am PC und reagierte überhaupt nicht auf Leyla, die auf seiner Schulter saß und ihn ins Ohr biss.
Mike lehnte verschlafen in der Tür und hoffte, dass es nur ein kleiner Nachschlag der Gerüchteküche war.
»Wie schlimm auf ner Skala von eins bis zehn?«, fragte Mike und wünschte sich sehnlichst einen Kaffee.
»Acht. Grob geschätzt.« Berch scrollte ein wenig.
»Was ist denn?« Phoebe war hinter Mike aufgetaucht und schaute ihm über die Schulter. Dann nahm sie Käfer hoch und küsste das Katzenkind auf den Kopf. »Du riechst nach Milch, du Süßer.« Käfer schnurrte und ließ sich von ihr kraulen.
»Der erste Trittbrettfahrer«, sagte Berch. »Wir haben eine Teppich-Amsel an der Hacke.«
»Ach du Scheiße.« Mike bedeckte das Gesicht mit der Hand.
»Was? Kann mich einer aufklären?«, fragte Phoebe.
»Wir haben ne Teppich-Amsel, das sind diese Mädels, die hoch hinaus wollen, dabei nichts können und ihre ganze Karriere darauf aufbauen, sich an Prominente dranzuhängen.« Berch öffnete ein neues Fenster. »Die heißen so, weil sie auf roten Teppichen landen, dort bisschen rumwippen, mal rechts mal links gucken und irgendwann haben sich alle so an sie gewöhnt, dass sie mit reindürfen und keiner mehr weiß, warum die überhaupt dabei sind. Irgendwann finden sie dann entweder einen bekannten

Typen für Bett- und Moderatorenjob oder sie dementieren eine Affäre mit nem Promi.«
»Die dementieren ne Affäre?«
»Japp, die dementieren was und wehren sich«, sagte Mike. Er hob die Stimme: »Nein! Wirklich nicht! Ich hatte niemals eine Affäre mit Berchtold von Weißenstein! Niemals!«
»Das Geile ist, dass außer ihnen selbst nie einer was von ner Affäre gesagt hat. Aber beim Publikum bleibt irgendwas von ner Affäre hängen und das reicht oft schon. Hier, schaut mal!« Berch lud ein Video, Mike und Phoebe traten näher. Das Kreiselsymbol verschwand und das Kamerabild zeigte eine junge Frau im knappen Oberteil.
»Nach den Meldungen über den angeblich praktizierten Vampirismus der bekannten Schriftsteller Michael Storm und Berchtold von Weißenstein, hat uns in der Redaktion eine Flut von Emails erreicht«, plapperte eine gelangweilte Frauenstimme.
»Komm zum Punkt«, knurrte Mike.
»Das bekannte It-Girl Shana Sunshime …"
Berch stöhnte genervt auf.
»… behauptet, dass Michael Storm sich ihr in einem Hotelzimmer genähert hätte und versucht habe, sie in den Hals zu beißen.«
»Wenn es noch platter gehen sollte, sagt Bescheid«, meinte Berch und kraulte Leyla den Kragen.
Die Kamera nahm erst die Brüste und dann das Gesicht der jungen Frau ins Visier. Vor diesem Interview hatte sie ihr Konterfei offensichtlich einem Visagisten vier Stunden lang als Übungsfeld überlassen. Shana tupfte sich rechts und links mit einem Kleenex die Augenwinkel ab,

blinzelte und wedelte dann mit manikürten Acrylnägeln durch die Luft, um potenziell losrollende Tränen zu trocknen.
»Vorsicht, Auge«, sagte Berch.
»Kennst du die?«, fragte Phoebe.
»Blödsinn.« Mike hielt den Blick auf den Monitor gerichtet.
»Ich wollte gar nicht mit ihm mitgehen«, schluchzte Shana. »Er hat dann gesagt, er würd nur mal mit mir reden wollen, ich wär ihm aufgefallen und es würde um ein Covershooting gehen …«
Berch hüstelte.
»Und da sind Sie mitgegangen«, fragte eine verständnisvolle Stimme irgendwo neben der Kamera. Shana nickte. Ihre Unterlippe schob sich kurz vor und das Mädchen holte sie aber sofort wieder ein, als würde sie merken, dass das vielleicht ein wenig zu viel war.
»Ja, ich bin mitgegangen, hab mir doch nichts dabei gedacht. Zuerst war auch alles okay. Wir haben Champagner getrunken und so … und dann meinte er, ich würde so gut riechen.«
Shana schluchzte einmal künstlich auf.
»Das ist doch eine lächerliche Vorstellung«, kommentierte Berch.
»Schon gut, Mann«, sagte Mike leise.
»Dann hat er mich plötzlich gepackt und festgehalten … ich konnte gar nichts machen, das ging so wahnsinnig schnell.«
»Und dann hat er Sie gebissen?«
»Er hat's versucht.« Shana weinte wieder und hob dann den tränenverschleierten Blick. »Aber ich konnte ihn

wegstoßen. Ich war so geschockt, ich habe immer noch Albträume.«
»Warum haben Sie nicht Anzeige erstattet?«
»Weil die Fans mich hassen würden! Er hat doch so viele Fans! Wer würde mir glauben? Niemand!«
»Und warum haben Sie es jetzt gesagt?«, fragte die unsichtbare Reporterin.
»Weil ich jetzt das nicht mehr für mich behalten kann. Was ist, wenn es noch mehr Opfer gibt, die sich nicht trauen, was zu sagen? Ich bin jetzt hier für all die Frauen, denen es so geht wie mir!« Fast trotzig hob sie das Kinn.
»Das kann doch nicht wahr sein! Warum kann die so einen Scheiß erzählen!« Phoebe drängte sich nach vorne. »Speicher das ab! Und dann müsst ihr euren Anwalt anrufen!«
»Nein.« Berch hielt die Ausspielung an, drehte sich mit dem Bürostuhl zu ihnen um und zupfte dabei Leyla von seiner Schulter. »Kein Wort zu irgendwem. Egal, was man tut, es wird schlimmer. Nichts sagen, das ist das Einzige, was funktioniert.«
»Hast du nicht zugehört, was die über Mike gesagt hat?«, ereiferte sich Phoebe.
»Die will nur ins Fernsehen, da ist sie jetzt und demnächst meldet sie sich bei dieser Dschungelsendung an, frisst Würmer und Tierhoden und dann sind wir sie los.« Berch streichelte das Kätzchen.
»Das wollt ihr so stehenlassen? Ich fass es nicht!«
Mike legte von hinten seine Arme um sie. »Beruhige dich. Jetzt machen wir uns erst mal einen Kaffee. Das ist zwar schon ziemlich blöd, aber das vergeht auch wieder. Den Rest von dem Geplapper schau ich mir gar nicht erst an.

Mach die Kiste aus, Berch.« Mike küsste Phoebe auf den Hals.
»Ich verstehe nicht, wie du so ruhigbleiben kannst«, sagte sie.
»Man gewöhnt sich dran. So was kommt immer mal auf.« Mike zog sie hinter sich her in die Küche.
»Aber die unterstellt dir eine Straftat!«
»Seit wann ist es eine Straftat, jemanden nicht zu beißen?« Mike füllte den Wasserkocher und stellte ihn an. »Wir warten jetzt einfach ab. In einer Woche redet auch da keiner mehr drüber. Kann sein, es kommt noch ein Trittbrettfahrer, aber dann ist auch gut.«
»Sicher?«
»Na klar.« Er legte die Hände um ihre Taille und zog sie an sich. »Ich könnte dich fressen, du bist so süß.« Mike biss ihr sanft in die Schulter, Phoebe seufzte.
»Wenn du damit nicht aufhörst, dann muss ich …«
»Spucken.« Berch stand in der Tür. »Könnt ihr mal mit eurem Gesabber aufhören. Wir sollten lieber überlegen, wie wir das die nächsten Tage machen. Hab grad mal rausgeschaut. Die belagern uns. Phoebe sollte auch nicht aus der Wohnung, wenn möglich.«
»Geht nicht. Ich muss echt zur Arbeit.« Phoebe warf Mike einen hilflosen Blick zu.
»Okay. Frühstückt ihr mal was, ich checke die Nachrichten. Und später bring ich dich dann mit dem Auto hin«, schlug Berch vor.
»Du?«, fragte Mike.
»Ja. Du warst doch der, der unschuldige Teppich-Amseln beißt. Wie schlau ist es da, wenn du dich draußen mit einer Frau zeigst, nachdem die Polizei schon notiert hat,

dass du Rita in ihre Wohnung verschleppt hast?« Berch warf ihm einen entsprechenden Blick zu und verzog sich dann ins Wohnzimmer. Mike hörte, dass er den Fernseher einschaltete und schickte sich an, erst mal für Phoebe und sich selbst Frühstück zu bereiten.

Eine halbe Stunde später schnappte sich Phoebe ihre Sachen und gab Mike noch einen Kuss. Berch hatte sich seine Jacke übergeworfen.

»Bring sie mir heil bis zu Praxis«, sagte Mike.

»Wird schon.« Berch nahm die Autoschlüssel und die Papiere.

»Wenn die sich an euch dranhängen, musst du sie erst abschütteln.« Mike hörte die Sorge in seiner eigenen Stimme.

»Ich weiß.« Berch wandte sich an Phoebe. »Du solltest lieber ein paar Tage in deiner Bude bleiben, oder, wenn ihr euch so gar nicht trennen könnt und Mike depressiv wird, dann nimm dir frei. Ich hab grad diese Boulevardsendungen gesehen. Die gehen richtig auf die Vampirnummer ab und es gibt auch scharfe Gegner. Die Amsel hat den Herd richtig aufgedreht. Könnte zwei Wochen dauern, bis die sich abkühlen.«

»Warum fahrt ihr nicht in eine Ferienhütte, weg aus Berlin, bis das vom Tisch ist?«, fragte Phoebe.

Berch nickte langsam. »Wäre gar nicht so schlecht. Mike, vielleicht schaust du mal im Netz und mietest uns was an der Nordsee oder so, irgendwas Kleines, Abgelegenes. Und achte darauf, dass die auch Haustiere akzeptieren. Dann könnten wir vielleicht sogar schon heute Nacht fahren. Ich bring auf dem Rückweg noch einen zweiten Katzenkorb mit.«

Mike atmete durch. Weglaufen war nicht sein Stil, aber man konnte Berchs Überlegungen nicht viel entgegensetzen.
»Gut, ich kümmer mich drum. Ich ruf dich an, wenn sich die Lage hier über Tag verschlechtert und sag dir Bescheid, ob wir wegfahren.« Mike zog sie in seinen Arm. Auf einmal wollte er sie nicht mehr loslassen, obwohl das albern war. Schon heute Abend konnten sie sich wiedersehen.
»Wenn ihr dann mal fertig seid …« Berch klimperte mit dem Schlüsselbund. Phoebe küsste Mike zärtlich auf die Lippen.
»Bis später.«
»Okay. Wartet, ich checke noch eben das Treppenhaus.« Mike öffnete die Tür und warf einen Blick in den Hausflur. »Geht noch, ich seh keinen. Haut ab.« Er ließ die beiden hinaus und schloss die Tür hinter ihnen. Kurz lehnte er sich dagegen. Er hoffte, dass diese Krise bald überstanden war und für einen Moment kam der Ärger auf Rita in ihm durch. Sie hatte sich zwar entschuldigt, aber Mike kannte sie. Unterm Strich war es ihr so ganz recht.
Die Aufmerksamkeit und die Verkaufszahlen waren ihr das alles wert.
Mike ging in die Küche, um die Spülmaschine einzuräumen. Herzog hatte sich in den Flickenteppich gewickelt. Leise Kratzgeräusche drangen aus dem Inneren des Teppichklumpens, während Mike den Tisch abräumte. Draußen grölte jemand und Autoreifen quietschten. Kurz sah er auf, dann ignorierte er die Geräusche, das musste nichts mit ihm zu tun haben.

Und Berch saß mit Phoebe sicher schon im Auto.
Dann klopfte jemand gegen die Tür. Schnell und nicht zu laut.
Phoebe?
Mike lief zur Tür und riss sie auf. Etwas traf ihn im Gesicht, er taumelte rückwärts und fiel. Überrascht registrierte Mike, dass er auf dem Boden lag. Irgendein schwarzer Schemen erschien über ihm, dann stieß etwas mit voller Wucht seine Seite. Der Schmerz schoss durch seinen Körper und für Sekunden wurde es dunkel um ihn.
»Du perverses Dreckschwein«, keuchte eine Männerstimme über ihm. Mike rollte sich zur Seite, immer noch benommen, bevor der nächste Schlag ihn erwischen konnte. Verschwommen sah er Krallowa vor sich, die einen Buckel machte, das kleine Schwänzchen gesträubt wie eine Klobürste.
Er kam auf die Beine. Eine Faust sauste auf ihn zu, Mike schlug sie beiseite. Dann versetzte er seinem Gegner einen Stoß vor die Brust, dass der Mann drei Meter rückwärts geschleudert wurde. Überraschung stand in den Zügen des Fremden. Mike hatte ihn noch nie gesehen, versuchte irgendetwas Bekanntes in dem gleichmäßigen Gesicht mit dem dunklen Dreitagebart zu finden, aber dafür blieb keine Zeit, denn der Kerl war nicht allein gekommen. Mike wirbelte herum und riss reflexartig den Arm hoch, konnte den Angriff aber nur halb abfangen. Er prallte gegen die Wand. Ein Schlag traf ihn in die Magengrube und Mike keuchte nach Luft. Die Männer sahen für ihn alle gleich aus, kamen wie Schatten auf ihn zu. Irgendwo in seinem Gehirn meldete sich der

vernünftige Gedanke, dass er sich ihr Aussehen einprägen musste. Später würde doch die Polizei eine Beschreibung …

Wieder traf ihn ein Faustschlag, aber diesmal war Mike vorbereitet. Er wich blitzschnell aus und die Faust seines Gegners krachte in die Wand hinter ihm. Der Mann jaulte auf und Mike rammte ihn mit der Schulter, so dass er gegen das Schuhregal geschmettert wurde.

»Was wollt ihr?«, schrie Mike die Männer an. Der Typ mit dem Dreitagebart kam wieder auf die Beine. Die schwarzen Haare trug er rechts und links raspelkurz, nur oben auf dem Kopf fand sich so was wie eine angelackte Haarplatte.

»Halt die Fresse, du perverser Sack«, sagte der dritte Typ, der jetzt von links auf ihn zukam. »Hast du dich nur an Frauen vergriffen oder waren auch ein paar kleine Jungs dabei, he?«

In Mike keimte eine Ahnung und bevor der Mann ihn erreicht hatte, griff er an. Er schmetterte ihm den Unterarm vor die Kehle, so dass der Kerl keuchend in die Knie ging. Dann wirbelte er herum und seine Faust traf irgendwas Weiches hinter ihm. Der Unrasierte hielt sich die Nase, aus der Blut in seine Hand lief. Mike stieß ihm den Ellbogen vor die Brust, der Mann taumelte, in seinen Augen lag Erstaunen.

Ein kräftiger Arm legte sich vor Mikes Kehle und drückte zu. Mike packte den Arm von unten, beugte sich vor und warf den Mann über seine Schulter. Der schlug krachend mit dem Rücken auf den Boden und blieb dort stöhnend liegen.

Der Schwarzhaarige grinste mit blutverschmiertem

Gesicht, dann traf etwas Mikes Schläfe und er fühlte, wie seine Beine nachgaben. Sein Körper gehorchte nicht mehr. Schmerz schoss in seine Seite, er durchlebte es wie in einem Nebel. Schläge prasselten auf ihn ein, jemand schrie. Durch all das hörte Mike Sirenen, ganz merkwürdig …

Mühsam öffnete er die Augen. Schuhe standen nahe an seinem Gesicht.

»Hör auf, der hat genug«, sagte eine Stimme.

»Ich entscheide, wann er genug hat.«

Mike versuchte sich zu bewegen, gab es aber gleich wieder auf. Vielleicht war es besser liegenzubleiben, bis die Typen verschwunden waren.

»Komm schon, hör auf mit dem Scheiß.«

»Lass mich!«

»Ey, komm, die Bullen sind schon da.«

Ein zischendes Geräusch. Der Geruch von Feuer. Etwas bewegte sich neben Mike, dann explodierte der Schmerz in seiner Seite.

*

Phoebe trommelte auf dem Armaturenbrett herum.

»Ich komme noch zu spät mit dem blöden Stau hier. Ich rufe lieber mal in der Praxis an.«

Ein Streifenwagen fuhr in der Gegenrichtung an ihnen vorbei. Dann noch einer.

»Das ist komisch, Berch.« Phoebe verrenkte sich den Kopf, um den Wagen nachzusehen. »Meinst du, die fahren zu euch?«

»Weiß nicht.« Berch warf einen Blick in den Rückspiegel.

»Ich rufe erst mal Mike an und dann die Praxis«, sagte Phoebe. Sie hielt sich das Handy ans Ohr und wartete.
»Bestimmt ist nichts. Oder die Journalisten kloppen sich untereinander.« Berch wechselte die Spur und musste schon wieder stoppen. Rote Ampel.
»Nur Mailbox.« Phoebe drückte das Gespräch weg.
»Versuchs auf dem Festnetz«, sagte Berch.
Phoebe wählte die Festnetznummer und wartete. Berch warf ihr einen Blick zu.
»Er müsste doch längst rangehen«, sagte sie. »Komm schon, geh ran.«
Berch bog in eine Seitenstraße ab.
»Ich versuch mal, den Stau zu umfahren.«
»Er nimmt nicht ab. Ich hab ein schlechtes Gefühl, Berch.«
»Und das heißt?«
»Fahr zurück.«
»Nicht dein Ernst.«
»Doch. Fahr zurück. Ich kann mein eigenes Auto nehmen, ich parke um die Ecke. Aber wir müssen einmal nachsehen, ob alles klar ist.«
»Was soll denn schon sein?«, fragte Berch, suchte sich aber eine Wendemöglichkeit.
»Ich ruf ihn noch mal an.« Phoebe versuchte es wieder auf dem Handy, aber Mike meldete sich nicht. »Da stimmt was nicht. In dieser Situation, wenn du mich gerade durch die Gegend fährst, würde er auf jeden Fall rangehen.«
»Ja, ist schon ein bisschen komisch.« Berch hatte gewendet und fuhr den Weg zurück zur Wohnung, während Phoebe weiter versuchte, Mike zu erreichen. Erfolglos. Sie rief in der Praxis an, aber niemand nahm ab. Möglich,

dass Leonie auch noch nicht da war. Die Praxis öffnete erst in zwanzig Minuten. Sie wählte Leonies Handynummer und ihre Kollegin ging sofort ran. Phoebe schilderte die Situation in kurzen Sätzen.
»Mein Gott, da machst du ja was mit! Ist Michael Storm etwas passiert?«, fragte Leonie besorgt.
»Wahrscheinlich ist gar nichts«, sagte Phoebe, »aber Berchtold und ich fahren zurück, um nachzusehen. Ich komme dann bestimmt über eine Stunde zu spät. Nur, dass du Bescheid weißt. Es geht nicht anders.«
»Du … du sitzt gerade mit Berchtold von Weißenstein im Auto?«, hauchte Leonie voller Ehrfurcht.
»Leo, ich muss Schluss machen.«
»Kann ich dir irgendwie helfen? Soll ich zu der Wohnung kommen? Inzwischen weiß ja jeder, wo das ist … Oh Gott, die beiden werden bestimmt umziehen nach dieser Sache.«
»Nein, ich denke nicht … warte mal kurz.« Phoebe starrte aus dem Fenster. »Das ist die Feuerwehr. Ich ruf dich später wieder an, Leo!«
»Aber …«
Phoebe würgte das Gespräch ab.
»Da ist was passiert, Berch. Mein Gott, ihm ist was passiert, ich fühle es.«
»Bleib ruhig. Und mach keinen Mist jetzt.« Berch lenkte den Wagen hinter dem Feuerwehrauto her, das eben zu ihnen in die Straße einbog.
»Da! Es brennt! Siehst du den Rauch?«, schrie Phoebe.
Berch schlug auf die Hupe und die Gaffer, die sich inzwischen vor dem Haus versammelt hatten, sprangen zur Seite.

»Los – raus hier! Zu Fuß!« Berch stoppte den Wagen und riss die Tür auf. »Komm!« Er rannte los, in einer unfassbaren Geschwindigkeit. Für eine Schrecksekunde sah sie ihm nach, dann rannte Phoebe hinterher. Berch wurde bereits von Polizisten aufgehalten, während Feuerwehrleute aus dem Einsatzfahrzeug sprangen.
»Sie können hier nicht rein. Bleiben Sie bitte alle zurück.« Phoebe erreichte Berch, der sich vor ihr einen Weg durch die Umherstehenden bahnte. Er griff nach ihrer Hand und dann ging alles sehr schnell. Berch stieß die Menschen einfach beiseite und riss Phoebe mit sich. Ihre Beine berührten kaum den Boden, er raste die Treppen hinauf.
»Hol die Katzen!«, schrie Berch sie an. Er stieß die halboffene Tür auf und Phoebe sah den leblosen Körper sofort. Mike lag dort im Flur. Sie fühlte durch den Schock hindurch, wie Berch sie schüttelte.
»Geh raus, atme, dann Luft anhalten und die Katzen holen!«, schrie er sie an. Phoebe sah, wie Berch neben Mike in die Knie ging und ihn scheinbar mühelos auf seine Arme lud. Phoebe hustete, das Feuer loderte in der Küche. Die Eckbank, die Vorhänge, alles stand in Flammen. Phoebe rannte ins Bad. Der Flur war ohnehin voller Qualm, dort konnte sie nicht Atem schöpfen. Sie schloss die Tür wieder und riss kurz das Fenster auf. Dreimal tief Luft holen, Fenster zu. Dann schnappte sie sich den Wäschekorb, schüttete die Wäsche aus. Flop. Käfer und Georg landeten auf ihren Schuhen, sie hatten sich hier versteckt. Geistesgegenwärtig griff Phoebe nach den Kätzchen und steckte sie in den Wäschekorb. Deckel drauf, dann rannte sie los, durch die Wohnung. Sie fand

Herzog und Krallowa im Wohnzimmer zusammengekauert hinter dem Sofa. In höchster Atemnot und mit brennenden Augen raste Phoebe zurück. Das Bad war dank geschlossener Tür noch nicht so verqualmt. Sie steckte die Kätzchen zu den anderen, als sie Geräusche im Flur hörte. Die Feuerwehrleute kamen in die Wohnung. Phoebe packte den Wäschekorb und lief in den Flur. Sofort fasste einer der Männer sie am Arm.
»Vorsicht!«, schrie Phoebe. »Da sind Katzen drin! Und hier ist irgendwo noch eine kleine Katze!«
»Sie müssen sofort hier raus. Und die Katzen auch!« Der Mann zog sie Richtung Tür.
»Suchen Sie die Katze!«, schrie Phoebe und bekam einen Hustenanfall, der gar nicht mehr aufhören wollte. Der Mann führte sie nach unten, dabei hielt sie den Wäschekorb fest umklammert. Dann war sie endlich draußen, wo sie Berch in die Arme taumelte.
»Mike«, brachte sie hustend hervor.
»Er lebt. Sie beatmen ihn gerade. Hast du alle Katzen?«
»Nein!«, stöhnte Phoebe. »Leyla fehlt.«
»Ich hole sie!« Berch wollte an ihr vorbei, als der Feuerwehrmann sich ihm in den Weg stellte.
»Sie können keinesfalls da wieder rauf …«
Berchs Kopf flog hoch.
»Leyla!«, brüllte er. »Da ist sie!«
Phoebe folgte seinem ausgestreckten Finger mit den Augen. Das schwarze Kätzchen saß auf dem Balkon und schrie jämmerlich. Als sie wieder nach unten sah, war Berch verschwunden.
»Wo ist der hin?«, fragte der Feuerwehrmann vor ihr.
»Den halten Sie nicht auf. Können Sie mal kurz auf die

Katzen achtgeben?« Phoebe drückte dem Mann den Korb in die Hände, während sie zu der Stelle eilte, wo Mike eben auf eine Trage gelegt und festgeschnallt wurde. Er sah aus, als würde er tief schlafen, wäre da nicht das Blut in seinem Gesicht …

»Was ist mit ihm?«, fragte Phoebe einen der Sanitäter.

»Wer sind Sie?«, kam die Frage zurück. »Treten Sie bitte zurück!«

»Seine Freundin. Bitte lassen Sie mich mitfahren.«

»Wenn Sie keine Verwandte sind, geht das leider nicht.« Sie begannen, Mike auf der Trage festzuschnallen, als eine Frau aufschrie. Phoebes Kopf flog herum. Berchtold! Er stand auf dem Nachbarbalkon zu seiner Wohnung und setzte einen Fuß auf das Geländer. Jemand griff an Phoebes Arm und sie erschrak.

»Leonie, du? Was machst du hier?«

»Dir beistehen, was sonst? Hab sofort ne Kursänderung gemacht nach deinem Anruf. Ich war nicht weit weg. Und ich bin nicht allein …« Sie quietschte kurz auf. »Das ist Berchtold von Weißenstein! Mein Gott, jetzt sterbe ich! Was tut er denn da?«

Berch setzte zum Sprung an und überbrückte den Abgrund zwischen den beiden Balkonen. Er landete sicher mit einem Fuß auf dem anderen Geländer, trotzdem ging ein erschrockener Aufschrei durch die Menge am Boden. Berch stieß sich ab und landete auf seinem Balkon. Er bückte sich, griff nach etwas und stand mit einem Satz wieder auf dem Rand des Geländers. Im nächsten Moment sprang er und landete auf dem Balkon seines Nachbarn. Berch verschwand im Inneren der Wohnung und Phoebe stöhnte vor Erleichterung auf.

Die Sanitäter hatten Mike inzwischen transportfähig gemacht und schoben die Trage auf den Krankenwagen zu.

»Das ist Michael Storm!« Neben Leonie war eine unbekannte Frau erschienen, ebenso wie Phoebes Freundin von etwas fülligerer Statur, im schwer zu schätzenden Alter zwischen vierzig und fünfzig. Sie trug einen eleganten grauen Hosenanzug und einen Schal. »Ist er schwer verletzt?«, fragte die Frau weiter.

»Ich weiß es nicht.« Phoebe spürte, wie die Handlungsunfähigkeit sie verzweifeln ließ.

»Phoebe!« Berch kam aus der Haustür auf sie zugerannt. Das schwarze Kätzchen hielt er an seine Brust gedrückt, wo es sich panikartig festkrallte. »Hier, nimm Leyla! Ich muss Mike da wegholen.« Er löste das Kätzchen von seinem Hemd und übergab ihr das ängstliche Tier.

»Sie wollen mich nicht mit Mike fahren lassen!«

»Mike darf nicht ins Krankhaus«, zischte Berch. »Die bringen ihn dort um. Wir müssen ihn wegschaffen. Ich kümmere mich um ihn, hol du die Katzen!«

Mit diesen Worten verschwand Berch wie weggezaubert.

»Hey, Liebes, was ist hier los?« Leonie zog Phoebe am Ärmel.

»Ich weiß nicht. Berchtold wird verhindern, dass sie Mike ins Krankenhaus bringen. Ich muss die Katzen holen …« Wie betäubt sah sie sich nach dem Wäschekorb um. Stand sie unter Schock? Wie fühlte sich so was an?

»Bleib einfach hier stehen. Ich hole die Katzen«, sagte Leonie. Phoebe nickte automatisch. Ihr Blick hing an der Krankentrage. Berch stand neben den Sanitätern und diskutierte. Der Schmerz breitete sich ganz langsam in ihrer Brust aus. Mike lag da, als wäre er tot und sie konnte nichts für ihn tun. Sie hätte nicht wegfahren dürfen. Sie hätte Berch bei ihm lassen müssen, dann wäre nichts von allem geschehen …

»Ich hab die Kätzchen«, keuchte Leonie. »Können wir los?«

»Wir können«, sagte die fremde Frau in dem Hosenanzug. Sie schob sich eine Sonnenbrille über die Augen. Leonie nahm Leyla an sich und setzte sie zu den anderen in den Korb.

»Folgt mir.«

Mit entschlossenen Schritten bahnte die fremde Frau sich ihren Weg durch die Schaulustigen.

»Hey, das dürfen Sie nicht, lassen Sie den Mann in Ruhe.« Der Sanitäter versuchte Berch von Mike fernzuhalten. Berch schlug seine Hände beiseite und löste die Gurte, die Mike auf die Trage fesselten.

Ein anderer Sanitäter packte Berch an der Schulter. Ein lautes Knurren löste sich aus Berchs Kehle und Phoebe hörte, wie Leonie neben ihr nach Luft schnappte.

»Zurück!«, fauchte Berch und seine Fangzähne traten hervor. Erschrocken wich der Sanitäter zurück und der andere ließ von ihm ab, als Berch erneut knurrte wie ein gereizter Tiger. Er hob Mike von der Trage auf seine Arme. Die Menschen um ihn herum murmelten, Fotoapparate blitzen und Phoebe sah unzählige Smartphones auf die Szene gerichtet. Eine Katastrophe.

»Kommen Sie mit, Herr von Weißenstein, folgen Sie mir«, sagte die Hosenanzugfrau.

»Verschwinden Sie«, knurrte Berch. Er versuchte mit Mike auf dem Arm von dem Krankenwagen fortzukommen, aber die Menge um ihn herum formierte sich zu einer undurchdringlichen Wand aus Menschenleibern.

»Platz machen!«, rief die resolute Frau. Drohend ging sie auf die Menge zu. »Aus dem Weg, gehen Sie weg! Los, du auch, ich stopf dir gleich dein blödes Handy in den Hals!«

Ein Junge nahm tatsächlich das Telefon runter, ein anderer filmte der Frau ungeniert ins Gesicht und grinste dabei. Sie griff nach dem Telefon und riss es dem erstaunten Jungen aus der Hand. Im nächsten Moment flog das Teil in hohem Bogen über die Menschenmenge hinweg.

»Sind Sie irre?«, schrie der Junge.

»Ich lass mich nicht filmen. Persönlichkeitsrecht! Noch einer, der sein Telefon los sein will?« Die Menschen wichen tatsächlich weiter zurück. »Herr von Weißenstein, kommen Sie mit! Vertrauen Sie mir, na los!«, rief sie und machte eine auffordernde Geste. Als Berch zögerte, nahm Phoebe ihn am Ärmel.

»Komm, wir müssen Mike wegbringen. Sie ist eine Bekannte von Leonie, meiner Freundin. Komm!«

Berch grollte wie ein Raubtier, das sein Junges verteidigt, aber er ließ sich von ihr mitziehen. Phoebe versuchte einen Blick auf Mikes blasses Gesicht zu erhaschen, die Menschen um sie herum nahm sie nur wie durch einen Schleier wahr.

Vor ihr keifte Leonies Bekannte den Weg frei, hinter sich hörte sie das ängstliche Miauen der Katzen.

»Wir gehen zu meinem Auto. Legen Sie ihn auf die Rückbank.«

Rigoros schob die Dame die letzten Gaffer beiseite und

riss die Tür eines großzügigen schwarzen Wagens auf.
»Wer sind Sie?«, fragte Berch misstrauisch. Die Frau lächelte.
»Ihre Freundin. Steigen Sie ein. Ihr Freund braucht Hilfe.«
Berch stellte keine weiteren Fragen mehr und legte Mike sanft auf die Rückbank.
»Leonie, du nimmst die Katzen mit. Liebes, du steigst vorne ein, zack, zack!« Sie deutete auf den Vordersitz und eilte selbst um das Auto herum. Berch saß hinten und hielt Mike fest.
»Beeilen Sie sich! Da kommen die Reporter schon wieder!«, rief Phoebe und zog die Tür zu.
»Darauf kannst du Gift nehmen, Kindchen. Festhalten! Ich bin übrigens Heidi.« Sie grinste und schlug auf die Hupe, dass die Gaffer vor dem Auto in die Höhe sprangen. »Aus dem Weg, ihr Idioten!« Heidi ließ den Motor aufheulen und fuhr an.
Die nächsten Minuten kamen Phoebe vor wie ein Film. Heidi sauste durch den Berliner Stadtverkehr wie ein Rennfahrer. Sie hängte zwei Autos mit Reportern ab und fuhr dann Richtung Grunewald. Leonie hatte gleich am Anfang den Anschluss verpasst, aber sie hatte Phoebe eine SMS geschickt, dass die Katzen sicher im Auto waren.
Als der Wagen endlich friedlich dahinrollte, ergriff Berch wieder das Wort.
»Ich würde jetzt wirklich gern wissen, wer Sie sind.«
Heidi schaute ihn über den Rückspiegel an.
»Heidemarie Sonnenberger. Ich bin die Vorsitzende den BBV-Fanclubs Deutschland. Eigentlich müssten Sie mich

kennen, aber Sie leben ja sehr zurückgezogen.« Sie schaute wieder auf die Straße und lächelte dabei. Phoebe konnte sehen, wie Berch die Gesichtszüge entgleisten.

»Was haben Sie mit uns vor? Wohin fahren wir?«, fragte er.

»Keine Sorge, Herr von Weißenstein. Ich helfe Ihnen. Sie sind in den besten Händen. Wie geht es ihm, hält er noch durch?«

»Ich denke schon. Er atmet, das ist das Wichtigste.«

Phoebe hatte sich auf ihrem Sitz umgedreht und streichelte Mikes eiskalte Hand.

»Was haben die mit ihm gemacht, Berch? Wer tut so was nur?«

»Jemand hat ihn zusammengeschlagen«, antwortete Berch.

»Und ich weiß auch, wer«, tönte Heidi vom Fahrersitz. »Der Freund dieser kleinen Schlampe, die die Lügen über Sie beide verbreitet. Ist als eifersüchtiger Schläger bekannt. Keine Sorge, die Polizei hat den sofort. Er hat seine Drohung, es Michael Storm heimzuzahlen, vor laufender Kamera hinausposaunt. Das dürfte sich recht schnell erledigt haben.«

Sie lächelte wieder. »Wir haben alles genau in den Medien verfolgt. Herr von Weißenstein, Sie ahnen nicht, was für eine Ehre es für uns ist, Sie kennenzulernen. Wir sind gleich da.«

Heidi bog in eine der ruhigen Grunewalder Straßen mit ihren verschiedenen schmucken Häusern und Villen ein und reduzierte das Tempo. Sie griff nach einem kleinen Gerät neben sich und drückte einen Knopf. Phoebe sah, wie ein großes Tor aufschwang und den Blick auf eine

kiesbestreute Einfahrt freigab. Der Wagen glitt durch das Tor, dann schloss es sich hinter ihnen wieder.
Heidi hielt vor einem villenartigen Haus, das in weiß und cremegelb gestrichen war. Es gab sogar eine kleine Freitreppe. Schlanke Säulen, an denen Efeu emporrankte, säumten den Eingang.
»Wir bringen ihn in eins der Gästezimmer«, sagte Heidi. »Können Sie ihn tragen?«
»Ja«, sagte Berch.

21

Als Mike die Augen öffnete, spürte Phoebe, wie ihr die Tränen über das Gesicht liefen.
»Hey«, flüsterte sie. Mike lag auf dem großzügig bemessenen Gästebett und sie hatten eine leichte Decke über ihm ausgebreitet. Sein Blick wirkte noch verschleiert und irrte suchend umher. Schnell reichte ihr Berch einen Becher mit Wasser. Phoebe hielt ihn Mike an die Lippen.
»Trink was. Du musst jetzt viel trinken.«
Mike schluckte und bekam daraufhin einen heftigen Hustenanfall. Dann sank er wieder erschöpft in die Kissen.
»Wir haben ein kleines Problem«, sagte Berch leise. Heidi hatte sie alleingelassen, was Phoebe als sehr rücksichtvoll empfand, aber trotzdem mussten sie vorsichtig sein.
»Wir haben keine Blutkapseln für ihn. Ich weiß.« Phoebe sah zu ihm hoch. »Was tun wir?«
»Ich muss was für ihn besorgen, damit er auf die Beine kommt. Das ist nicht so leicht. In unsere Wohnung kann ich jetzt sicher nicht rein. Und die Küche dürfte ziemlich ausgebrannt sein. Ich gehe heute Nacht los und hoffe, dass die Blutkonserven noch nicht entdeckt wurden. Das muss nicht auch noch in der Zeitung stehen. Die werden aber vielleicht hinüber sein.«
»Kann ich ihm nicht helfen?«, fragte Phoebe.
»Nett von dir, aber Mike würde das nie machen. Er beißt dich nicht, ich kenne ihn. Verdammter Sturkopf.« Berch fuhr sich durchs Haar.
»Komm mal kurz mit raus.« Phoebe winkte Berch zu sich und gemeinsam traten sie auf den Flur hinaus.

»Okay. Wir machen das so. Du bleibst bei ihm und ich gehe kurz runter zu Leonie. Sie und ich, wir haben beide einen kleinen Notfallkoffer im Auto, wegen der Tiere, wenn wir mit auf Hausbesuche gehen und so. Da ist alles drin, was wir brauchen. Lass mich nur machen.«

*

»Wie gut, dass du irgendwas mit Medizin bist.« Berch beobachtete, wie Phoebe Blut in Röhrchen abfüllte.
»Starr nicht so. Gib ihm lieber schon mal was«, sagte Phoebe.
»Zu Befehl, ehrenwerte Spenderin!« Berch schnappte sich eins der durchsichtigen Röhrchen und ging zu Mike hinüber. Er flößte ihm das Blut ein. Phoebe hörte ihren Freund irgendetwas murmeln.
»Schnell, gib mir noch eine, bevor er kapiert, was Phase ist!« Berch streckte die Hand aus und Phoebe warf ihm ein weiteres Röhrchen zu.
»Wieso, was ist das Problem?« Sie zog sich die Kanüle aus dem Arm und drückte auf die Einstichstelle. Merkwürdige Situation. Ihr kam das Ganze irgendwie verrückt und vertraut zugleich vor.
Mike richtete sich auf und schaute sich verwirrt um.
»Was macht ihr?« Er griff fahrig nach der Bettdecke und schlug sie zurück.
»Hey, Kleiner, was willst du denn schon aufstehen? Bleib lieber, wo du bist.« Berch versuchte Mike in die Kissen zu drücken, aber der schlug seinen Arm beiseite.
»Scheiße, Berch, was hast du gemacht? Ich …« Der Rest des Satzes ging in einem zünftigen Hustenanfall unter.

»Dich gerettet. Wie so oft.« Berch reichte ihm ein Glas Wasser. Mike nahm es und trank. Phoebe sah, dass seine Finger zitterten. »Ja, das Blut ist von ihr. Ich will kein Wort von dir hören. Stell dich nicht so an.«
Mike sah aus, als wolle er eine scharfe Antwort dagegensetzen, aber Phoebe wechselte sofort das Thema.
»Mike, du musst zur Polizei. Du musst die anzeigen. Wer hat dich zusammengeschlagen? Heidi sagt, das war der Freund der Teppich-Amsel.«
»Ich … keine Ahnung, ich kannte die nicht. Freund wäre möglich. Passt zur Wut.«
»Aber die müssen doch irgendwas gesagt haben«, drängte Berch.
»Lass ihn mal.« Phoebe ging um das Bett herum und setzte sich neben Mike. In dem Moment klopfte es an der Tür. Kurz darauf streckte Heidi den Kopf ins Zimmer.
»Ich will nicht stören, aber ich habe ein paar frische Kleider für Sie organisiert. Im Bad sind Handtücher und alles, was Sie brauchen … äh … nun also, den Katzen geht es gut. Die erobern das Esszimmer. Wenn Sie möchten, könnten wir dann etwas … essen?« Sie zog die Brauen hoch, als erwartete sie einen Einspruch.
»Sehr gern, das ist großzügig von Ihnen.« Berch ging zu Heidi und nahm ihr den Kleiderstapel ab.
»Gut, dann … geh ich mal.« Heidi verschwand und zog die Tür hinter sich zu.
»Was geht denn mit der ab? Wo sind wir hier, Berch? Gott, ist mir schlecht.« Mike stützte den Kopf in die Hände.
»Die Frau sollten wir eigentlich kennen, die führt unseren Fanclub an.«

Berch warf Mike ein paar Klamotten entgegen.
»Bist du verrückt? Ist das hier die Höhle der Fan-Löwen?« Mike rieb sich die Schläfen.
»Es ging nicht anders, du darfst ihm keinen Vorwurf machen«, sagte Phoebe.
»Soll ich dich beim nächsten Mal ins Krankenhaus bringen? Wir hatten keine Wahl, ich musste dich schnell wegschaffen. Und jetzt geh ich vor dir duschen. Bis dann.« Berch trollte sich ins Bad und Phoebe strich Mike sanft das Haar aus dem Gesicht.
»Was haben die nur mit dir gemacht? Was ist los mit den Menschen? Sind die alle verrückt?« Es fiel ihr schwer, die Wut auf diese Männer zurückzuhalten. Die ganze Zeit hatte sie sich beherrscht und getan, was nötig war, aber jetzt …
»Hey, ist gut.« Mike bemühte sich um ein Lächeln. »Ich werde wieder. So schnell killt mich nichts. Aber das mit dem Blut, mach das nicht nochmal. Damit fühl ich mich richtig schlecht.«
»Danke.«
»So mein ich das nicht. Ich will es nicht von dir … ich meine, ich komm mir vor, als nutze ich dich aus oder so.«
»Schatz?«
»Hm?«
»Klappe.« Phoebe küsste ihn sanft auf die Wange. »Es wird getrunken, was ins Röhrchen kommt. Ende der Diskussion.«
»Du bist so streng mit einem schwer Misshandelten. Ich weiß nicht, ob das rechtens ist.« Mike schob die Bettdecke beiseite. »Ich rieche wie ein Rauchschinken. Unsere Wohnung ist am Arsch, oder?«

»Die dürfte erst mal frei von Geistern sein, so wie die ausgeräuchert ist, ja«, bestätigte Phoebe.
Mike stöhnte auf, als er die Füße auf den Boden stellte.
»Himmel, das soll aufhören, bitte.« Er hustete wieder.
»Du brauchst einfach Ruhe und dann eine Dusche. Wir schaffen das. Und diese Schweine kriegen die auch. Wirst du schon sehen.« Phoebe strich ihm sanft über den Rücken und Mike verzog schmerzhaft das Gesicht.
»Sicher, dass du keinen Rippenbruch hast?«, fragte sie besorgt.
»Ja, ziemlich. Es wird schon wieder. Auch wenn ich heute kaum noch Kraft für Kniebeugen hätte.«
Wenige Minuten später kam Berch aus dem Bad und Mike nahm sein Kleiderbündel, während er Phoebe fortwährend versicherte, dass er nicht vorhatte, im Bad ohnmächtig zu werden.
Phoebe roch an ihrem eigenen Pullover.
»Okay. Ich werd dann auch mal. Und Berch?«
»Hm?« Der blonde Vampir schaute unter seinem Handtuch hervor.
»Auf dem Bett liegen noch welche von den Röhrchen. Schnapp sie dir, bevor Mike zurückkommt. Ich geb einen aus.«

*

Phoebe beeilte sich in der Dusche. Heidi hatte ihr ein schönes helles Gästezimmer zugeteilt. Die Villa besaß drei Stockwerke, Zimmer mit den höchsten Decken, die Phoebe je in einem Wohnhaus gesehen hatte und altmodische große Waschbecken, deren Wasserhähne pausbäckige Engel zierten. Die Kleider, die man ihr reingereicht hatte, saßen mehr als locker, aber darauf kam es nicht an. Ihre eigenen würden mindestens zwei Wäschen brauchen, bis sie nicht mehr nach Rauch stanken.

Phoebe lief die Stufen hinunter ins Erdgeschoss und öffnete die Tür zu der großen Wohnküche. Fünf Augenpaare sahen sie an, eins davon durch Brillengläser, aber nach der ersten Schrecksekunde entspannten sich die Frauen wieder.

»Ich bin's nur«, sagte Phoebe. »Ich hoffe, ihr seid nicht zu sehr enttäuscht.«

Leonie presste die Lippen zusammen. Ihre Wangen leuchteten in der Farbe reifer Kirschen. Heidi hatte sich wieder über den Herd gebeugt, auf dem Töpfe im XXL-Format vor sich hin dampften. Überhaupt schien vieles in diesem Haus Sondergröße zu haben. Phoebe konnte durch die halboffene Tür ins Esszimmer sehen. Für den Tisch, den zwölf Stühle umrundeten, war das Wort »Tafel« durchaus angemessen. Die orientalischen Teppiche bedienten nicht gerade Phoebes Geschmack, aber sie passten zur rustikalen Einrichtung. Dagegen wirkten die Gästezimmer wirklich hell und fast modern. Ein kleines pelziges Gesicht schaute um die Ecke. Georg warf sich herum, als er Phoebe sah, und stob davon.

»Ich hoffe, die Kleinen machen dir nicht die Möbel kaputt«, sagte Phoebe.

»So schnell sicher nicht. Später richten wir den Kleinen ein eigenes Zimmer ein.« Heidi nahm einen Topf vom Herd und schüttete Nudeln in ein Sieb. »Gleich gibt's Essen. Ich hoffe, die Herrn sind hungrig.«

Sie warf Phoebe einen Blick zu, den sie nicht deuten konnte.
»Oh, mein Gott, ich sterbe«, flüsterte eine der jüngeren Frauen, die Phoebe noch nie gesehen hatte. Leonie leuchtete immer noch rotbackig umher und Phoebe traute ihrer Freundin fast zu, dass sie im Dunkeln glühte.
»Das sind Jackie, Silke und Amanda«, stellte Heidi die verlegenen Frauen vor. Jackie machte einen halbwegs gefassten Eindruck, sah aber aus, als hätte sie sich eben noch in einer Intensiv-Session aufgehübscht. Ihr Teint wirkte sorgsam mattiert, der pflaumenfarbene Lippenstift frisch aufgetragen und das braune Haar trug sie bis auf ein paar kecke Strähnen hochgesteckt. Silke sah nicht aus, als hätte sie jemals eine Kosmetikberatung in Erwägung gezogen oder den Versuch gestartet, das Ganze modisch wieder wettzumachen, während Amanda, die aufgeregte junge, wohl direkt von der Arbeit hierher gerauscht sein musste, denn sie trug ein rotes T-Shirt mit einem Namensschild und dem Emblem einer Fastfood-Kette.
»Hallo«, sagte Phoebe zu den dreien. Dann wandte sie sich Heidi zu. »Danke für die Kleider. Meine müssen erst mal in die Reinigung.«
»Sag mal, Kindchen, was habt ihr da nur losgetreten?« Heidi schloss den Topf mit einem Deckel und wischte sich geschäftig die Hände ab.
»Das waren wir nicht. Mikes volltrunkene Geschäftsführerin hat der Presse was gesteckt«, sagte Phoebe. Eine Sekunde hatte sie noch überlegt, ob sie Rita schonen sollte, aber den Gedanken verwarf sie sofort. »Diese Geschichte von der Teppich- … ich meine von der Tussi

im Fernsehen, das ist der größte Quatsch. Mike kennt die Frau überhaupt nicht.«

Alle sahen sie schweigend an und Phoebe fühlte sich unbehaglich.

»Was ist, glaubt ihr mir nicht?« Langsam wurde ihr das zu blöd. Heidi kam zu ihr hinüber und fasste sie sanft am Arm.

»Komm, wir decken mal den Tisch für alle.« Mit diesen Worten zog sie Phoebe ins Esszimmer und schloss die Tür. Phoebe registrierte Heidis verständnisvolle Miene, als wäre sie selbst ein Kind, dem man eine Nachricht mit Tragweite beibringen musste.

»Was ist los mit denen?«, zischte Phoebe. Langsam wurde sie ungeduldig, der ganze Tag hatte sie gestresst.

»Das verstehst du nicht«, beruhigte Heidi sie. »Amanda ist stellvertretende Vorsitzende des Fanclubs und die anderen sind auch befreundete Fans der ersten Stunde.«

»Okay ...« Phoebe wusste noch nicht, was sie mit der Information anfangen sollte.

»Du darfst denen das nicht übelnehmen. Weißt du, was Silke gemacht hat? Nachdem sie *Leyla in den Fängen des dunklen Prinzen* gelesen hatte, musste ich sie nachts abholen und wir haben bis morgens geredet.« Heidi ging zu einem großen Schrank und öffnete ihn. Sie nahm einen Stapel edel aussehender Teller heraus und reichte ihn Phoebe.

»Vorsicht, Kindchen, das ist das gute Zeug.«

»Das heißt?« Phoebe trug die Teller zum Tisch hinüber.

»Dass diese Bücher für die Fans mehr sind als irgendwelche Heftchenromane. Die Fans leben in den Geschichten. Es ist fast so, als gäbe es die Figuren wirklich. Ich hab hier schon Tränen getrocknet und hysterische Anfälle ausgebadet ohne Ende.« Heidi stellte ein paar Gläser mit Goldrand auf den Tisch.

»Verstehe«, sagte Phoebe.

»Nein.« Heidi schaute ihr direkt ins Gesicht. »Das verstehst du nicht.«

Verblüfft über den Tonfall schwieg Phoebe und wartete auf eine Erklärung.

»Es ist alles noch einen Zacken schärfer, was unsere beiden Autoren betrifft. Meine Mädels verehren sie wie Götter, mindestens. Die stehen gerade unter Schock. Sie haben Michael Storm und Berchtold von Weißenstein nur auf Plakaten gesehen oder es maximal bis zu einem Signiertisch geschafft und jetzt sind sie nur ein Stockwerk getrennt von ihren Stars. Aber du kannst dich auch drauf einstellen, dass sie dich nicht gerade in ihr Herz schließen werden. Du bist das Mädchen, das ihnen ihren Orlando Bloom der Bücherwelt weggeschnappt hat. Die wollen haben, was du hast.« Heidi grinste und Phoebe versuchte die Informationen zu verarbeiten.

»Also wenn die dich komisch ansehen oder sonst wie merkwürdig reagieren, bezieh es nicht auf dich.«

»Und auf wen soll ich es dann beziehen?« Phoebe fühlte sich leicht verunsichert. Ihre Augen folgten Leyla, die eben unter einen schweren Schrank kroch. Ihr schwarzes Pelzärmchen schoss hervor, schlug zweimal auf die Teppichfransen und zog sich zurück.

»Wir kriegen das schon hin. Für deinen Freund ist es normal, von Fans umgeben zu sein. Aber Leonie hat mir gesagt, ihr seid frisch zusammen. Du wirst dich dran gewöhnen.«

»Woran gewöhnen?«
»Belagert zu werden. Die Presse ist jetzt dermaßen angefixt, die drehen völlig durch. Dieser Verdacht, dass die beiden wie Vampire leben und dann noch Frauen heimlich beißen, das wird sich als Gerücht halten. Ihrem Image wird das nicht schaden, glaub mir, ich kenn mich aus.«
»Ich glaube, ich seh mal nach Mike.« Phoebe lächelte Heidi entschuldigend zu und flüchtete dann aus dem Raum. Sie mied die Küche und nahm den direkten Weg durch die zweite Tür des Esszimmers ins Treppenhaus. Sie fühlte sich etwas benommen, als sie die Stufen hochstieg. Irgendwo über sich hörte sie Mikes Stimme. Berch antwortete. Eine plötzliche Sehnsucht ergriff sie. Phoebe beschleunigte ihre Schritte. Mikes Gestalt tauchte am Ende der Treppe auf und sie flog ihm fast entgegen, ihre Arme legten sich um seinen Hals und Mike zog sie an sich, wobei er ein schmerzliches Stöhnen nicht unterdrücken konnte.
»Oh, sorry.«
»Schon gut. Ich bestehe aus blauen Flecken. Das macht mich hoffentlich nicht unattraktiv für dich.« Mike küsste sie auf die Schläfe.
Phoebe schwieg. Nach dem Gespräch im Esszimmer klang diese Bemerkung ganz anders, als sie das früher interpretiert hätte. Im Moment befand sie sich in einem Zustand totaler Verwirrung und sie suchte Halt. Mike schien das auch zu spüren.
»Hey.« Er legte die Hand an ihre Wange. »Was ist denn mit dir?«
»Ich weiß nicht.« Das war das Ehrlichste, was ihr im

Moment einfiel. »Da unten sind Fans von euch, also in der Küche. Nur mal so. Wollt ihr da echt runtergehen?«
»Also ich hab Hunger«, sagte Berch. »Und wir müssen besprechen, was jetzt unternommen wird. Ich will nach den Katzen sehen und danach muss ich zu unserer Bude und zur Polizei. Nach unserer Flucht müssen trotzdem Formalien erledigt werden. Und das Auto muss her. Mit Mike wollen die sicher auch reden. Kriegst du das heute noch hin?«
»Denke nicht. Und wenn man eh weiß, wer das war, kann ich das auch morgen machen.«
»Dann zum Essen, Leute. Ich könnte Nudeltöpfe anfallen.« Berch strebte dem Essensduft entgegen. Phoebe sah ihm nach und zögerte.
»Du hast doch was.« Mike legte den Arm um sie.
»Nein. Ist okay. Mir war nicht so ganz klar, wie bekannt ihr seid. Das ist alles.«
»Und das Problem?«
»Weiß ich noch nicht.« Sie lächelte hilflos. »Lass uns runtergehen.«

*

Sie fanden Berchtold im Wohnzimmer vor. Leyla saß auf seinem Arm und er strich dem Kätzchen übers Fell.
»Gott sei Dank ist den Kleinen nichts passiert. Das hat einem gewissen Berliner Arschloch nämlich das Leben gerettet.« Er grinste breit. Heidi stieß die Tür auf und schleppte eine große Porzellanschüssel herein, ihr dichtauf folgte Leonie mit der Soße und Amanda mit einer Salatschale. Mit hochroten Gesichtern stellten sie

ihr Tragegut auf den Tisch und blieben dann nebeneinander stehen. Silke kam hinterher und Phoebe sah betroffen, dass sie wohl geweint hatte.
»Guten Abend, die Damen«, sagte Berchtold, und Phoebe hatte den Eindruck, dass die Mädels die Luft anhielten. Heidi stellte die zitternden Fans vor, wobei sie das so geschickt einfädelte, dass sich kein Handschlag mit den Autoren ergab. Amanda wäre vermutlich ohnmächtig geworden und Silke rollten wieder die Tränen über die Wangen. Sie tupfte sich pausenlos die Augen mit einem Kleenex ab.
»Ich denke, wir sollten uns setzen und uns alle beruhigen. Das war ein aufregender Tag. Und er ist noch nicht vorbei. Vielleicht erst mal ein kleiner Aperitif für jeden.« Mike setzte sich, nachdem er Phoebe einen Stuhl angeboten hatte. Ihn schien der desolate seelische Zustand seiner Fans nicht aus der Fassung zu bringen.
»Mädels, setzt euch. Das ist ja nicht zum Aushalten.« Heidi verteilte Likörgläser, in die sie eine goldgelbe Flüssigkeit füllte. »So. Und jetzt trinken wir einen und dann wird entspannt gegessen. Das ist ein Befehl!« Sie hob ihr Glas.
»Es ist uns eine unglaubliche Ehre, Sie beide in meinem nicht ganz so bescheidenen Heim begrüßen zu dürfen. Auch wenn die Umstände nicht die erfreulichsten sind, ist das ein goldener Meilenstein in der Geschichte des *Blaues-Blut-Verlag*-Fanclubs.« Heidi strahlte so sehr, dass Phoebe nicht ausschloss, dass sie gerade ein messbares elektrisches Feld umgab. Mike drückte unter dem Tisch ihre Hand und zwinkerte ihr zu.

»Ich bin Heidi. Als Älteste biete ich mal das Du an, auf freiwilliger Basis.«
»Berchtold. Meine Freunde nennen mich Berch.«
»Welche Freunde?«, flüsterte Mike und Phoebe musste ein Kichern unterdrücken.
»Ich bin Mike«, sagte Mike lauter. »Danke, dass du uns da rausgeholt hast, Heidi.«
»Sehr gern. Alles wird wieder gut.«
Sie leerte gemeinsam ihre Gläser und dann begann Heidi geschäftig damit, das Essen zu verteilen. Phoebe spürte, wie der Alkohol ihr in den Kopf stieg und in diesem Moment war sie dankbar dafür. Sie saß mit Mike und Berch auf der einen Seite und ihnen gegenüber die Fanphalanx, deren Bemühen, in Anwesenheit ihrer Idole natürlich zu wirken, kläglich scheiterte.
»Du solltest auch was essen, Kindchen. Das war doch sicher ein Schock.« Heidi schaufelte Nudeln auf Phoebes Teller. »Esst, Kinder, esst, solange es heiß ist.«
»Ein Schock war das in der Tat.« Phoebe sehnte sich nach einem weiteren Schnaps.
Berch langte ordentlich zu und grinste freundlich in die Runde, während Mike eher langsam aß. Er wirkte noch ziemlich angeschlagen.
»Was werdet ihr jetzt tun?«, fragte Heidi, da nicht abzusehen war, dass die anderen ein Gespräch anfangen würden.
»Ich fahre heute noch kurz zu der Wohnung. Schaue, ob ich was retten kann und rede mit der Polizei«, sagte Berch. »Dann buche ich noch Zimmer für uns. Im Hotel.«
Heidis Kopf flog hoch. »Nein! Ich meine … nicht nötig, also das ist wirklich kein Problem! Ihr könnt einfach hier

bleiben und man muss auch bedenken, dass ein Hotel schnell belagert wird von den ganzen Reportern.« Heidi warf Berch einen Blick zu, der nach Bestätigung verlangte.
Silke hob die Hand, und Phoebe musste an Schulkinder denken, die sich im Unterricht melden.
»Silke, was ist?«, fragte Heidi.
»Die Katzen werden in Hotels nicht geduldet«, sprudelte Silke hervor. An ihrem Hals pulsierte die Schlagader.
»Das ist richtig. Noch ein Grund, meine Einladung anzunehmen.«
Heidi schob zufrieden Nudeln auf ihre Gabel. Phoebe bemerkte im Augenwinkel, dass Amanda Mike ins Visier genommen hatte und jeder seiner Bewegungen mit den Augen folgte.
»Gut, also wir überlegen uns das«, sagte Berch. »Ein sehr großzügiges Angebot.«
Wieder flog Silkes Arm nach oben, offensichtlich ermutigt von ihrer letzten Wortmeldung. Dabei sah sie unsicher zu Berchtold hinüber.
»Bitte sehr«, erteilte Berch ihr das Wort.
»Haben Sie … hast … also die Bücher, die Manuskripte, an denen ihr arbeitet, sind die jetzt verbrannt?«
Geschockt von ihrer eigenen Verwegenheit starrte Silke Berchtold an.
»Die sind alle auf dem Server«, sagte Mike und die Köpfe der Frauen ruckten zu ihm herum. »Denen ist nichts passiert. Und ich glaube, im Arbeitszimmer hat es nicht gebrannt, oder Berch?«
»Nee, aber die Küche ist hin.«

Berch schaute an sich hinunter und bückte sich dann nach Herzog, der an seinem Bein hing.
»Wenn ihr wollt, könnt ihr hier weiterschreiben«, bot Heidi an. »Die Wohnung wird sicher eine Weile unbewohnbar sein.«
»Das wäre nicht schlecht«, sagte Mike. »Ich arbeite tatsächlich gerade an was.«
Ein Aufatmen ging durch die Reihe. Dann hob Amanda die Hand. Anscheinend hatte Silkes Beispiel Schule gemacht.
»Bitte«, nahm Berch die Wortmeldung auf.
»Handelt es sich dabei um eine Fortsetzung von *Leyla*?«
Die Fanseite des Tisches schien die Luft anzuhalten.
»Nicht ganz«, wich Mike aus. »Es wird diesmal etwas aus dem üblichen Rahmen fallen und wahrscheinlich auch nicht im BBV erscheinen.«
»Wird es denn eine Fortsetzung von *Leyla* geben?«, fragte Amanda und ihr Arm zuckte kurz, als wäre ihr klargeworden, dass sie vergessen hatte, sich zu melden.
»Ihr könnt alle auch ohne euch zu melden reden«, kam Mike ihr zur Hilfe und Amanda lief so rot an, als hätte er sie um ein Date gebeten. »Geplant ist das bisher nicht, also die Fortsetzung.«
Leonie wechselte einen enttäuschten Blick mit Jackie.
»Kinder, jetzt bedrängt den armen Mike nicht«, maßregelte Heidi und betonte Mikes Namen, als wäre sie bereits seine beste Freundin. Phoebe unterdrückte ein Seufzen und hoffte, dass das Essen bald ein Ende finden würde und sie sich mit Mike nach oben zurückziehen konnte.

22

Fox riss die Tür auf und sah in ein völlig verwirrtes Gesicht, das ihm vage bekannt vorkam.
»Ist Mike hier bei euch?«
Die blonde Frau versuchte an ihm vorbei in den Hausflur zu sehen.
»Nein.« Fox musterte die Gestalt, die da so verloren im Treppenhaus stand. Zu seinem Entsetzen fing sie an zu weinen.
»Weißt du, wo er hin ist?«, schluchzte sie. »Im Krankenhaus ist er nicht …«
»Kommen Sie doch erst mal rein. Sie sind ja ganz verstört«, sagte Fox.
Während er die Frau ins Wohnzimmer geleitete, überlegte er fieberhaft, kam aber nicht auf ihren Namen. Das war Mikes Verlegerin, aber wie … irgendwas mit *i*. Lisa?
»Setzen Sie sich, ich hole Ihnen ein Glas Saft.«
Fox stob davon und kam mit zwei Gläsern zurück.
»Pink Grapefruit, das gibt gute Laune und fördert den Fettabbau.« Er stellte den Saft vor sie auf den Tisch.
»Wie?«
»Das meinte ich nicht so! Sie sind nicht … ich meine, Ihre Figur ist top! Ehrlich!«
Sie lächelte schwach.
»Ich bin Fox.« Er hob das Glas.
»Rita.«
Jetzt fiel es ihm wieder ein. Sie nahm einen Schluck.
»Der schmeckt gut.« Sie sah sich unsicher um. »Weißt du, wo Mike ist? Ich wollte das nicht, ehrlich. Ich wollte nie, dass ihm was passiert …«

Wieder fing sie an zu weinen und kramte in ihrer kleinen Tasche.
»Also der ist mit Phoebe bei einer Freundin, hat sie gesagt. Ihm ist nichts Schlimmes passiert.«
»Bei welcher Freundin? Kann ich ihn dort erreichen? Er geht nicht ans Handy.«
»Hat sie nicht gesagt.« Fox fühlte sich ein wenig hilflos.
»Wissen Sie, was ich mache, wenn ich scheiße drauf bin?«
Rita schüttelte den Kopf.
»Ich gehe auf nen Mittelaltermarkt. Heute ist einer in Werder. Da wollte ich hin. Ich kann Sie ja mitnehmen.«
»Für so was hab ich gerade keine Zeit.« Rita schnäuzte sich in ein Kleenex.
»Wieso? Was müssen Sie denn Besonderes machen?«, hakte Fox nach.
»Ich muss ihn finden. Oder Berch. Die lassen mich hängen.« Rita schniefte.
»Ich würde wenigstens bis morgen warten. Das kommt grad die ganze Zeit in den Nachrichten.« Fox rutschte ein wenig auf dem Sessel nach vorne. »Sie sind doch Verlegerin. Ne?«
Rita schaute in ihr Glas und nickte kaum sichtbar.
»War ich mal. Bis meine Autoren durchgedreht sind.«
»Ich hab auch mal was geschrieben«, sagte Fox. »Noch Saft?«
Rita lachte kraftlos auf. »Das sagt jeder.«
»Ich weiß. Bin ja nicht blöd. Haben Sie trotzdem Lust, das mal zu sehen? Ich hätte keinen außer Phoebe und die motzt an allem rum, was ich mache.«
»Vielleicht ein anderes Mal. Ich denke, ich gehe jetzt lieber. Wenn Mike sich meldet … hier ist meine Karte.«

Rita legte eine blassrosa Visitenkarte auf den Tisch.
»Nein, warten Sie. Bitte!« Fox war aufgestanden. »Die Chance kann ich mir nicht entgehen lassen, bitte! Ein Angebot: Ich zeige Ihnen was von mir und wenn es Ihnen nicht gefällt, dann lass ich Sie gehen. Wenn Sie es doch gut finden, dann gehen Sie mit mir zu dem Mittelaltermarkt.«
Rita beugte sich nach vorne und massierte sich die Schläfen.
»Bringen wir's hinter uns, junger Mann.«
»Okay!« Fox jagte davon und kam kurz darauf mit einem schiefen Blätterberg wieder, den er hektisch zu ordnen versuchte.
Ehrfürchtig legte er den Stapel vor sie auf den Tisch.
»Ich bereite Ihnen einen Kaffee, Verlagslady! Mögen Sie stark, schwach, Milch, Zucker, Rohrzucker, Honig, Sirup, Sojamilch?«
»Schwarz.« Rita griff mit spitzen Fingern nach dem obersten Blatt.
»Wie sich das für eine Geschäftsfrau gehört!«, flötete Fox und beeilte sich, in die Küche zu kommen. Wenige Minuten später balancierte er einen heißen Kaffee hinüber ins Wohnzimmer. Drei Blätter lagen bereits neben Rita auf dem Tisch.
Himmel, die Lady kann lesen! Fox stellte die Tasse lautlos vor ihr ab. Rita las noch einige Sekunden, dann legte sie alle Blätter wieder auf den Stapel.
»Soll das eine Fanfiction sein?«, fragte sie und griff nach der Tasse.
»Woher wissen Sie das?«, fragte Fox. Er verschränkte die Hände ineinander.

»Weil das einzig Gute daran die Namen sind«, sagte Rita. Fox spürte, wie seine Mundwinkel nach unten wanderten.
»Ist ne Fanfiction«, flüsterte Fox. Er fühlte sich, als hätte man ihn mittels einer sehr großen Fliegenklatsche plattgehauen. Mit einem einzigen Schlag erledigt.
»Es gibt Menschen, die sollten ihr Wohl nicht in der Schriftstellerei suchen.« Rita ordnete die Blätter mit geübten Griffen. Dann nahm sie noch einen Schluck Kaffee und stand auf.
»Ich gehe dann mal«, sagte sie und hängte sich den Riemen der Tasche über die Schulter. »Danke für den Saft.«
»Kein Wunder, dass Ihre Autoren Ihnen weglaufen«, sagte Fox leise, griff nach dem Papierstapel und zog seine Geschichte zu sich heran.
»Wie?«
»Wenn Sie so mit denen reden, da hat man ja keine Lust mehr.« Fox sah trotzig zu ihr hoch.
»Ein Autor muss mit Kritik umgehen können«, antwortete Rita knapp.
»Verlegerinnen auch.«
Für ein paar Sekunden sahen sie sich in die Augen. Dann seufzte Rita und ließ sich auf das Sofa zurücksinken.
»Also … nun.«
Sie legte ihre Fingerspitzen auf das Manuskript, als wolle sie die Dicke des Stapels prüfen. »Sie sind noch sehr jung … äh …«
»Fox.«
»Fox … in Ordnung. Wissen Sie, ich bekomme unglaublich viele Manuskripte eingeschickt, obwohl wir ja von anderen nichts annehmen, und das ist fast alles Schrott.

Sie sind nur einer von Vielen, das ist wirklich kein Einzelschicksal.«

»Wie grausam Sie reden.« Fox schaute sie erschüttert an. »Ich hab immer davon geträumt, dass was von meinen Geschichten verfilmt wird. Und jetzt sagen Sie so was.«

Ritas Blick flog zur Decke, als hätte sie es mit einem Naivling zu tun.

»Wenn Sie wollen, dass überhaupt jemand Ihre Geschichten verwertet, dann hören Sie mit den Fanfics auf, Herrgott. Erschaffen Sie eigene Figuren, eigene Welten. Und wechseln Sie das Genre. Mittelalter liest keiner. Haben Sie wenigstens ein paar Elfen drin oder Drachen?«

Fox schüttelte den Kopf.

»Irgendwelche attraktiven Typen mit spitzen Ohren?«

»Nein.«

»Sehen Sie, so läuft das eben nicht. Sie brauchen heutzutage was Übernatürliches, wenn Sie verdienen wollen. Vampire gehen immer. Oder Werwölfe. Aber das sieht Mike nicht ein. Er ist unfassbar stur. Dabei könnte er viel Geld scheffeln damit.«

»Vielleicht geht es nicht immer ums Geld«, sagte Fox.

Rita lachte schrill auf.

»Jetzt kommen Sie mir nicht mit der Selbstverwirklichungsnummer. Ich bitte Sie! Wenn Ihr Buch verfilmt wird …«

»… man nennt mich auch 20th Century Fox«, unterbrach er sie bescheiden und schlug die Augen nieder.

»… also für diesen *äußerst* unwahrscheinlichen Fall, da werden Sie ans Geld denken *müssen*. Das ist kein Jahrmarkt der Selbstfinder, das ist knallhartes Business!«

»Und deshalb sind Sie so eine knallharte Verlagslady, die alle plattbügelt.«
»Das hat nichts mit Plattbügeln zu tun, das ist ein ganz normales Aussiebeverfahren.«
»Habe ich denn gar kein Talent?«, fragte Fox traurig.
»Das kann ich nach den paar Seiten nicht sagen. Aber ich sehe schon, dass Sie nicht wissen, worauf es beim Schreiben ankommt.«
»Aber worauf kommt es denn an. Können Sie es mir nicht beibringen?«
Rita lächelte säuerlich. »Sehe ich aus, als würde ich Schreibkurse geben?«
»Ganz ehrlich: JA! Bitte, nur einen Nachmittag mit Ihnen und ich werde doppelt so gut sein, das fühle ich! Ich habe noch nie jemandem was von mir gezeigt. Sie sind die Erste! Deshalb sind Sie jetzt für mich verantwortlich. Meine Zukunft als Autor liegt jetzt in Ihren Händen.«
»Für so was hab ich absolut keine …«
»Wenn Sie bei mir sind, verpassen Sie keinen Anruf von Phoebe! Und die ist bei Mike!« Fox strahlte sie an. Rita schloss kurz die Augen.
»Sie sind ein hartnäckiger junger Mann.«
»Ich will es bis nach Hollywood schaffen«, sagte Fox und fuhr sich durch die abstehenden Haare.
»Drehbuchautor.«
Rita seufzte.
»Ich zahle den Met in Werder«, bot Fox an.
»Den was?«
»Mylady.« Fox machte eine einladende Geste. »Sie brauchen auch Nachhilfe. Kommen Sie.«

*

Aus der Küche drang Getuschel und Kichern an Phoebes Ohren. Kurz zögerte sie, dann stieß sie doch die Tür auf. Sofort verstummte das Gespräch. Alle sahen sie an. Amanda tunkte in gleichmäßigen Bewegungen einen Teebeutel in ihre Tasse, als würde sie Wäsche waschen. Heidi hielt ebenfalls eine Jumbotasse Tee in der Hand und die anderen hatten sich um einen Plätzchenteller geschart, der überreichlich beladen auf dem Mittelblock der Küche stand. Silke vergaß zu kauen, als sie Phoebe sah.

»Ihr könnt einfach weitermachen. Ich bin's mal wieder.«

»Tee, Liebes?« Heidi deutete auf den Wasserkocher.

»Ja, gern«, sagte Phoebe dankbar. Die Atmosphäre schien wieder unter ihrem Status als Schriftstellerfreundin zu leiden.

»Und, wie geht's ihm?«, fragte Leonie.

»Mike ist eingeschlafen. Möglich, dass er eine leichte Gehirnerschütterung hat«, antwortete Phoebe. »Und bevor du was sagst, nein, er will nicht ins Krankenhaus.« Sie schickte ein Lächeln hinterher, damit es nicht zu hart klang.

»Der Tee wird ab jetzt nicht mehr gehaltvoller«, sagte Heidi und stellte eine Tasse vor Phoebe ab. Amanda kniff die Lippen zusammen und ließ das Tunken sein.

»Und kennengelernt habt ihr euch wo?«, fragte Amanda.

»Bitte?« Phoebe war kurz verwirrt. In Gedanken war sie noch bei Mike im Zimmer. Er hatte noch bleicher ausgesehen als sonst. Wenn Berch später erfolglos zurückkam, dann würde sie Mike noch etwas von ihrem

Blut geben. Wahrscheinlich würde er dann Theater machen und dafür brauchte sie Berchtold.
»Na du und Michael Storm. Woher kennst du ihn?«
Phoebe fühlte die Blicke aller auf sich ruhen.
»Aus einer Buchhandlung.« Sie schaute in ihre Tasse, der Tee roch nach Kräutern.
»Awww … das ist so romantisch!« Leonie seufzte. »Auf eurer Hochzeit werde ich ohnmächtig! Ich schwöre es.«
»Ihr HEIRATET?« Jetzt hatte auch Silke ihre Sprache wiedergefunden. Phoebe sah in die Gesichter vor sich, Leonie (zart gerötet und aufgeregt), Silke (Spontanlähmung), Amanda (kampfbereit) und Jackie (Schock) …
»Das ist ja großartig, Liebes«, sagte Heidi freundlich.
»Halt, halt. Leonie redet Quatsch. Das war nie ein Thema.« Phoebe hatte das Gefühl, sich vor den Frauen verteidigen zu müssen, dabei war auch das Unsinn. Es ging diese Schnepfen nichts an, ob und wen sie heiratete.
»Michael Storm ist der romantischste, einfühlsamste Mann auf Erden. Natürlich heiratet er dich.« Leonie schien keinerlei Gespür dafür zu haben, dass rechts und links von ihr unsichtbare Bomben hochgingen.
»Also heiratet ihr *nicht*«, stellte Silke fest.
»Ist nicht geplant«, sagte Phoebe. Völlig abstreiten wollte sie es jetzt aus Prinzip nicht.
»Und du hast ihn auf einer Lesung kennengelernt?«, fragte Jackie.
»Nein, in der Buchhandlung.«
»Die Lesung war nebenan!« Leonie rollte begeistert ihr Insiderwissen wie einen Teppich vor ihnen aus.
Klappe, Leonie.

»Ach, ich wusste gar nicht, dass du ein BBV-Fan bist«, sagte Silke und tat künstlich überrascht.
»Ich bin KEIN Fan von gar nichts. Das war reiner Zufall.«
Und außerdem finde ich Vampirromane zum Kotzen, Leute.
»Muss dir nicht peinlich sein«, meinte Amanda schmunzelnd und tauschte einen wissenden Blick mit Silke, der Phoebe rasend machte, aber sie riss sich am Riemen. Heidi hatte sie schließlich vorgewarnt.
»Ich hatte Mike kennengelernt ohne zu wissen, dass er Autor ist. Nur mal so.«
»Und warum warst du dann auf der Lesung?« In Silkes Mundwinkeln nistete ein winziges Lächeln der Überlegenheit.
»Ich war nicht auf der Lesung. Ich war in der Buchhandlung.«
»Und warum war Michael Storm dann auch in der Buchhandlung, wenn er ne Lesung hatte?«
»Silke …« Phoebe rührte betont langsam in ihrem Tee. »… willst du mir damit irgendwas Bestimmtes sagen?«
»Nee, wieso? Ich überlege halt nur, warum er in der Buchhandlung ist, wenn eigentlich Lesung ist?«
Denkt die, ich lüge?
»Um die Wahrheit zu sagen, er hat die Lesung meinetwegen ausfallen lassen.«
BÄMM! Mittenrein. Das hatten sie jetzt davon. Ihr Kampfgeist bekam Oberwasser, sie konnte sich nicht mehr stoppen. Silkes Gesicht hätte sie in dem Moment zu gern fotografiert. Vollentgleisung. Scheinbar ruhig nahm Phoebe einen Schluck Tee.
»Oh, der ist köstlich, Heidi. Wie heißt die Sorte?«
»Morgengold, Schätzchen.«

»Lecker. Kauf ich mir auch.«
»Wie … der hat das ausfallen lassen? War das die Lesung bei der Wollhans-Buchhandlung?« Amanda konnte die Aufregung in der Stimme nicht verbergen. »Da war er wirklich nicht. Er ist erst zur Signierstunde aufgetaucht.«
»Sag ich doch«, meinte Phoebe. Eigentlich war das nicht ihr Stil, aber es gab kein Zurück mehr. Konnte nicht schaden, wenn die ein wenig Respekt vor ihr entwickelten. »Wir sind uns in der Buchhandlung begegnet und er hat mich spontan zu einem Kaffee eingeladen. Berch hat die Lesung dann allein gemacht.«
»Hach, das ist so … WOW!« Leonie versprühte als einzige ungezügelte Begeisterung ob dieser Aussage.
»Ich seh mal nach den Katzen und geh dann noch mal zu Mike«, meinte Phoebe. »Weiß einer, wann Berch zurückkommen wollte.«
Schweigen. Heidi fasste sich als erste.
»Er hat nichts gesagt, aber das dauert sicher noch ein bis zwei Stunden.«
»Gut, dann sehen wir uns später noch mal. Ich muss noch telefonieren und Urlaub einreichen. Leonie, wie ist die Stimmung in der Praxis?«
»Mäßig.«
»Noch ein Grund, wegzubleiben. Hab eh zu viele Überstunden gesammelt. Danke für den Tee.« Phoebe verließ die Küche und hoffte, dass das Ganze nicht nach Flucht aussah.

23

Sie hatte gedacht, er würde schlafen, aber kaum setzte sich Phoebe bei Mike auf die Bettkante, blinzelte er und drehte ihr den Kopf zu.

»Ich wollte dich nicht wecken. Ich bin so ungeschickt.« Sie strich ihm über die Wange und Mike ließ sich wieder in ihre Handfläche sinken. Wie sie diese Geste an ihm liebte!

»Du hast mich nicht geweckt, ich rieche dich schon, wenn du zur Tür reinkommst.«

»Aha. Und wie rieche ich?«

»Zum Verrücktwerden gut.«

»Wie geht's dir?«

»Mach dir keine Sorgen. Ich werde mich ganz schnell erholen. Du wirst sehen«, sagte er. »Ist Berch noch unterwegs?«

»Im Moment schon. Sicher kommt er bald wieder.« Nachdenklich sah sie auf ihn herab. »Warum willst du keine Hilfe von mir annehmen? Ich könnte dir noch was geben, das macht mir nichts aus. Wenn du was trinkst, wird es dir schneller besser gehen.«

»Berch bringt was mit.«

»Weiß ich. Trotzdem. Was ist so schlimm daran?«

»Ich möchte es halt nicht.«

Phoebe ließ ihre Finger bis in seinen Nacken wandern und kraulte ihn sanft.

»Ist es wegen der Sache mit dem Mädchen, als du noch ein Junge warst?«

»Nein, hat damit nichts zu tun. Aber mir ist es lieber, wenn ich nicht weiß, von wem es ist. Ich mag das einfach nicht.«
Sie schaute in seine interessanten hellgrauen Augen. Die Szene aus der Küche schob sich für Sekunden dazwischen und sie drängte die Bilder und Worte zurück. Die konnten sagen, was sie wollten, Mike liebte sie und sie ihn. Und das hatte genau gar nichts mit seinem Bekanntheitsgrad, dem Schreiben oder Leyla-in-den-Fängen-von-wem-auch-immer zu tun. Was würden diese Frauen wohl machen, wenn sie herausbekamen, dass Mike ein echter Vampir war? Durchdrehen. Komplett ausrasten.
»Was denkst du?«, fragte Mike. Sie fühlte seine Finger auf ihrem Arm.
»Nichts Wichtiges. Deine Fans sind nicht meine Fans, das ist alles.«
»Eifersüchtig?«
»Nicht zu knapp.«
»Gar nicht beachten. Auf den Lesungen schlagen die sich gegenseitig mit Handtaschen.« Er grinste.
»Also meinste, die hier sind harmlos.«
»Die schon.« Mike griff nach ihr und zog sie zu sich herunter. Sie spürte seine Lippen und fühlte sich erleichtert. Irgendwann würde das alles hier vorübergehen. Ein paar Tage noch, dann konnten sie hier verschwinden. Die Presse würde sich beruhigen und das Interesse der Öffentlichkeit abnehmen.
Die Tür wurde aufgestoßen und Phoebes Kopf flog hoch. »Wusste ich, dass ich euch bei irgendwas erwische.« Berch warf zwei Sporttaschen auf das Bett. Mike richtete sich auf und ließ seinen Blick über das Gepäck gleiten.

»Hier.« Berch warf ihm ein Döschen zu und Mike fing es geschickt auf. »Die sind noch völlig okay. Deine Holzstiftesammlung und dein Handy hab ich auch gerettet.«
Erstaunt beobachtete Phoebe, wie schnell Mike sich aus dem Bett schwang und im Bad verschwand. Sie hörte das Wasser fließen. Sicher schluckte er jetzt die Blutkapseln.
»Warum sagt er denn nicht, wie dringend er was braucht. Ich hab's ihm eben noch mal angeboten. Vertraut er mir nicht?« Sie sah zu Berch hoch.
»Ich vertraue dir.« Mike war wieder in der Tür aufgetaucht. Verdammt, sie musste daran denken, wie gut er hören konnte, bevor sie drauf los plapperte.
»Aber du wolltest nichts von mir«, sagte sie, und konnte den gekränkten Tonfall nicht ganz unterdrücken.
»Das ist doch nicht gegen dich, sondern für dich«, erwiderte Mike. »Abgesehen davon bin ich …«
Ein Klopfen an der Tür ließ ihn innehalten. Alle sahen sich an.
»Ja«, sagte Berch etwas lauter und eine Sekunde später steckte Heidi den Kopf herein.
»Hab alle zur Tür rausgekehrt. Habt ihr Lust auf einen schönen Rotwein?«
Mike und Phoebe wechselten einen Blick. Sie hatten beide keine große Lust darauf und Mike ging es noch nicht so gut, aber Heidis freudiger Blick vertrug keine Enttäuschung.
»Rotwein geht immer«, entschied Berch für alle und Heidi erblühte förmlich im Türrahmen.
»Dann stell ich schon mal Gläser raus. Bis gleich!« Mit einer – für ihre Verhältnisse – geschmeidigen Bewegung verschwand sie und zog die Tür ins Schloss.

Mike stöhnte leise und rieb sich den Hinterkopf.
»Reiß dich zusammen, sie ist unsere Gastgeberin«, tadelte Berch.
»Du willst doch nur Rotwein und Katzen.« Mike schaute gottergeben zur Decke. »Von mir aus. Aber nur ne halbe Stunde.«

*

Heidi schenkte mit geübtem Griff die tiefrote Flüssigkeit in prachtvolle Kristallgläser. Phoebe hätte am liebsten eine Versicherung abgeschlossen, bevor sie das Glas in die Hand nahm.
»Auf euch. Auf euren Aufenthalt. Und auf neue Erkenntnisse.« Heidi lächelte ihnen allen zu, aber Phoebe merkte deutlich, dass die forsche Dame am liebsten mit ihren Schriftstellergästen allein gewesen wäre.
»Donnerwetter«, lobte Berch den Rotwein nach dem ersten Schluck.
»Für euch nur das Beste«, sagte Heidi und lehnte sich in ihrem Stuhl zurück. »Wenn ihr sonst noch was braucht, lasst es mich wissen. Ich kann alles besorgen. Alles.«
Es war ihr Tonfall, der die Stimmung am Tisch so schlagartig drehte. Phoebe versuchte sich nichts anmerken zu lassen, aber sie spürte, dass Mike neben ihr von einer gewissen Anspannung erfasst wurde.
»Ich denke, wir kommen zurecht«, sagte Berch. Er wirkte ruhig, aber Phoebe kannte ihn inzwischen besser.
»Gut.« Heidi stellte ihr Glas vor sich auf dem Tisch ab und schien nach Worten zu suchen.

»Wisst ihr, am Anfang war ich mir nicht sicher. Mit eurer Freundin. Mit Phoebe. Also, was sie weiß.«
Berchs Augen verengten sich. Heidis Worte hingen wie eine Gewitterwolke über dem Tisch.
»Wovon reden wir hier gerade?«, mischte sich Mike ein.
Heidi lächelte, diesmal eher beschwichtigend.
»Ihr braucht euch keine Sorgen machen, ich bin auf eurer Seite. Und ich weiß, dass deine Freundin dir was von ihrem Blut gegeben hat. Oben, im Zimmer.«
Mike ließ ein dunkles Knurren hören. Phoebe fuhr erschrocken zusammen. Der Schock, ausgelöst durch Heidis Worte, vermischt mit diesem Geräusch, das so gar nichts Menschliches mehr hatte …
»Ihr könnt ganz ruhig bleiben«, sagte Heidi. Ihre Stimme klang fest und Mikes Knurren schien sie auch nicht im Mindesten zu verunsichern. »Euer Geheimnis ist bei mir sicher.«
»Wir packen und gehen in ein Hotel«, sagte Berch. Er machte Anstalten, sich zu erheben.
»Ihr geht nicht ins Hotel«, meinte Heidi. Sie hatte ihre Position nicht verändert, als wäre sie sicher, dass sie nicht würde aufstehen müssen. »Was ich euch zu sagen habe, interessiert euch brennend.«
»Ach, tut es das«, fauchte Mike.
»Ruhig, mein Freund.« Heidi lächelte ihm mütterlich zu.
»Noch ist nichts geschehen. Ich überlasse die Entscheidung ganz euch.«
»Meine Geduld neigt sich spürbar dem Ende zu«, sagte Berch.
»Ich meine, dass es eure Entscheidung ist, ob ihr die Anderen kennenlernen wollt.« Immer noch lächelte sie.

Vielleicht nicht mehr ganz so entspannt. »Ein Anruf von mir und sie werden hier sein.«
Das Schweigen, das nun entstand, erschien Phoebe noch bedrückender. Jeder schien für sich herausfinden zu wollen, wie er reagieren sollte.
»Wir haben dir vertraut«, sagte Berch schließlich. »Anscheinend war das ein Fehler. Und was du da redest, das ist der totale Blödsinn.«
Heidi machte eine beschwichtigende Geste. »Du musst nicht mauern, Berchtold. Ich dachte nur, ich sage es einfach möglichst schnell und ohne Herumgedruckse, dass ich über euch Bescheid weiß.«
»So. Und das, was du glaubst zu wissen, hast du jetzt rücksichtsvoll jahrelang mit dir herumgetragen? Mein Beileid. Mike, wir sollten gehen.« Wieder machte Berch Anstalten, sich zu erheben.
»Nein! Warte … bitte.« Heidi beugte sich ein Stück vor. »So war es nicht. Ich wusste es nicht sicher bei euch, es gab nur einen starken Verdacht. Als Phoebe mit dem Koffer nach oben gelaufen ist, war ich mir schon sehr sicher. Aber als Mike kurz danach aufstehen konnte, gab es keinen Zweifel mehr. Bitte bleibt sitzen, ihr habt nichts zu befürchten. Ich schwöre es.«
Tatsächlich schien Berch sich etwas zu beruhigen, aber sein Gesicht blieb angespannt.
»Eure Idee, das Ganze über diese Schriftstellerei zu tarnen, war großartig. Ich wurde irgendwann auf euch aufmerksam und der Verdacht keimte in mir, dass ihr zu ihnen gehört. Berch trug sein Gebiss ja ungeniert zur Schau, aber das hätte tatsächlich auch ein Fake sein können. Ihr habt sehr zurückgezogen gelebt, habt nichts

durchsickern lassen. Und die Anderen kannten euch tatsächlich nicht. Dann dieser Vorfall in den Medien, da hab ich mich sofort auf die Spur gemacht.« Sie lächelte, sichtlich in dem Bemühen, die Situation zu entspannen.

»Ich muss jetzt mal gerade dazwischengehen«, meldete sich Mike. »Du redest von Anderen. Also Anderen wie uns.«

»Genau, mein Lieber. Das bestätigt meinen Verdacht, dass ihr keine Ahnung von ihnen habt. Die drehen durch vor Freude, wenn sie von euch erfahren.«

»Ich glaube dir kein Wort«, sagte Berch ruhig.

»Doch, du glaubst mir, denn wenn ich lügen würde, könntest du es riechen.«

Das Argument saß. Berchs Miene verfinsterte sich, während Mike aufgeregt wirkte.

»Und wozu der Fan-Club und das alles? Wer von diesen Frauen weiß noch Bescheid?«, fragte Berch.

»Keine Einzige. Nur ich! Deshalb habe ich ja den Club gegründet und das Forum aufgemacht für die Fans, damit mir keine Information entgeht. Aber eure Romane finde ich wirklich großartig.«

»Dann hast du keinen Geschmack. Das ist doch der größte Schund.«

»Jetzt hör mal auf«, zischte Mike. »Ich will hören, was sie zu sagen hat.«

»Wie kann etwas Schund sein, was Hunderttausende Leser hat?«, gab Heidi zurück.

»Die Schreiberei ist auch nicht das Thema gerade«, sagte Berch.

»Genau. Ist nicht das Thema. Ich würde gern was über die Anderen hören, Heidi. Bitte.«

Mike fixierte die Frau mit seinen grauen Augen.
»Gern, mein Lieber. Dass ich selbst genetisch normal bin, das könnt ihr beide riechen. Mich haben nur die Legenden schon immer fasziniert. Jede Legende hat einen wahren Ursprung.«
»Halt, was heißt genetisch? Ich wusste es! Wir sind nur eine genetische Variante von Menschen, oder?« Mike richtete sich auf. Berch schnaubte abfällig und schielte sein Bein hinunter, an dem sich Leyla und Herzog eine wilde Prügelei lieferten.
»Die Unterschiede sind groß genug, um euch als eigene Rasse zu bezeichnen. Eure Vorfahren waren noch etwas lichtempfindlicher als ihr, aber es gibt ein paar Dinge, die euch geblieben sind. Ihr braucht immer noch das Blut, damit euer Körper funktioniert.« Heidi lächelte, als wäre dies eine ganz neue Information. Mike rutschte unruhig auf seinem Stuhl herum.
»Und? Warum leben wir länger? Wie lange leben wir?«
»Das wissen wir nicht genau. Es gab lange keine Möglichkeit, das zu erforschen, wie auch? Wir sind selbst keine Wissenschaftler und wem könnte man sich anvertrauen? Trotzdem gibt es inzwischen ein paar Erkenntnisse. Wisst ihr, was ein Nacktmull ist?«
Mike und Berch wechselten einen Blick.
»Ein Penis mit Beinen und Zähnen«, sagte Phoebe.
Heidi lachte auf: »Das kommt tatsächlich hin! Wenn ihr die Viecher nicht kennt, solltet ihr mal googeln. Wisst ihr auch, dass Nacktmulle viel länger leben als andere Nagetiere?«
Mike schaute zu Phoebe.

»Soll das jetzt heißen, dass ich ein Penis mit Beinen und Zähnen bin oder was?«

»Nee, das ist Berch. Du feilst die Zähne ja immer runter«, meinte Phoebe, während Heidi eine Art Erstickungsanfall erlitt.

»Ich frage mich, wie ich euch beide täglich nüchtern ertragen kann«, sagte Berch.

»Ruhe! Ich will das hören! Geht's wieder, Heidi?«, fragte Mike.

Heidi fächelte sich Luft zu und atmete durch.

»Gleich, mein Junge. Meine Güte!« Sie nahm einen großen Schluck aus ihrem Glas und richtete sich auf. »Also, bin wieder da. Nun … das Geheimnis der Nacktmulle ist, dass sie fast gar nicht auf Oxidanzien reagieren. Ihr wisst, was das ist? Freie Radikale, oxidativer Stress für euer Immunsystem. Ihr ahnt es schon, wenn ich diese Viecher ins Spiel bringe … bei euch ist das ganz ähnlich. Eure Körper reagieren fast gar nicht auf freie Radikale, es kommt nicht zu Entzündungsherden, Krankheiten, die den Körper altern lassen. Dazu kommt, dass das Blut euch nicht nur am Leben erhält, es scheint auch einen großen Anteil daran zu haben, dass sich euer eigenes Blut stark mit Sauerstoff anreichert. Ihr habt sicher schon mal die Farbe eures Blutes gesehen, es ist hell, fast pinkfarben.« Heidi legte den Kopf schief und lächelte. »Ihr bekommt weder Krebs, noch Alzheimer oder andere Krankheiten. Euer Körper ist in der Lage, perfekt zu entgiften. Ihr lebt länger. Ich kann euch allerdings nicht sagen, wie lange. Der älteste Vampir, den wir kennen, ist 308. Eines natürlichen Todes ist bisher keiner gestorben, also nicht, dass wir wüssten.«

»Und dieses perfekte Entgiften führt auch zu einem jüngeren Aussehen«, schlussfolgerte Phoebe.
»Genau.« Heidi faltete zufrieden die Hände vor dem Bauch.
»Und wie kommt das, was ist der Ursprung von allem?«, hakte Mike nach.
»Wissen wir noch nicht, aber sie bleiben dran. Über genetische Abweichungen gibt es keine Quellen, weil man in der Art von Gendefekten früher nichts wusste. Entweder seid ihr von je her eine eigene Rasse, oder ihr habt euch langsam von den Menschen wegentwickelt. Der Vampirmythos verschleiert so viel, dass kaum etwas Verwertbares rauszufinden ist. Es geht immer gleich in eine religiöse oder mystische Richtung, wenn es wirklich interessant wird.«
»Verstehe.« Mike klang enttäuscht.
»Das Wichtigste ist: ihr könnt sie kennenlernen! Das ist es doch, was zählt, dass ihr endlich nicht mehr allein seid, oder nicht?« Heidi sah von Berch zu Mike.
»Wo sind sie? Und wie viele sind es?«, fragte Mike.
»Es sind 43. Und sie leben in Gruppen verteilt in Kanada, Irland, England und Schweden.«
»Das ist alles?«, fragte Berch. »Keine in Deutschland? Sind nicht gerade viele.«
»Deshalb zählt jeder einzelne von euch. Aber sie sprechen alle mehrere Sprachen fließend«, meinte Heidi begeistert. »Es gibt nur wenige eingeweihte Menschen wie mich zum Beispiel und auch eure Phoebe gehört jetzt zu diesem illustren Kreis.«
»Und du bist eingeweiht … weil?« Berch hob eine Braue.
Heidi lächelte schmerzlich.

»Mein Mann … er gehört zu ihnen. Na ja. Ich wurde älter, er nicht. Jetzt lebt er in England.« Heidis Blick glitt kurz zu Phoebe, die den Blick kühl erwiderte. Ihre Laune war bei diesen Worten stark gesunken, aber das wollte sie sich vor Heidi nicht anmerken lassen.

»Ich will sie kennenlernen«, sagte Mike unvermittelt.

»Ich nicht.« Berch klang, als wollte er die Arme vor der Brust verschränken, aber er hatte seine Position nicht verändert.

»Wieso nicht? Warum bist du denn schon wieder so drauf?«

»Weil das für mich nicht so ist wie für dich. Ich komme so klar. Mit denen verbindet mich nichts außer ner kleinen körperlichen Unregelmäßigkeit. Also was soll's. Warum sollten die besser sein als die Menschen um uns herum?«

»Darum geht's doch gar nicht«, sagte Mike.

»Worum dann? Du willst doch nur eine tolle Begründung hören, warum dich deine Eltern ausgesetzt haben. Das Waisenkind fordert eine Erklärung. Aber da gibt's nichts zu erklären. Deine Eltern waren entweder überfordert oder Egomanen und du wirst sie nie dazu befragen können. Diese Leute können dir keine Antworten geben, sie sind nur ein unnötiges Risiko.« Berch streichelte Leyla, die versuchte, ihm einen Hemdknopf abzufressen. Mikes Gesichtsausdruck war schwer zu deuten und Phoebe stellte traurig fest, wie wenig sie eigentlich von ihm wusste. Was ging in ihm vor, was vermisste er? Konnte sie ihm das geben, was er brauchte? Heidis Blick ruhte auf ihr und Phoebe tat so, als würde sie sich wegen Käfer bücken. Als sie mit dem Kätzchen im Arm wieder

nach oben kam, hatte sie sich im Griff. Vor dieser Frau würde sie sich keine Blöße geben.
»Sie sind keinerlei Risiko, ich schwöre es«, widersprach Heidi.
»Von einem Schwur habe ich ungefähr gar nichts«, sagte Berch. »Du könntest uns irgendwelche schrägen Vögel auf den Hals hetzen. Oder Leute, die sich berufen fühlen, uns umzubringen.«
»Ich verbürge mich persönlich …«
»Tut mir leid«, unterbrach Berch sie. »Das hilft uns alles nichts.«
»Ich riskiere es trotzdem«, sagte Mike. Seine Stimme klang fest, aber Phoebe spürte die Unsicherheit dahinter. »Wann könnten sie hier sein?«
Heidi lächelte. »Schon morgen Mittag.«

*

Am späten Abend ging Phoebe hinaus in den großzügigen Garten, um unbelauscht ihre WG anrufen zu können. Sie schilderte Pete erst ihren Frust, wobei sie sich auf das Thema Autor und neidische Fans beschränkte. Von ihrem größten Kummer, den herannahenden Vampiren und Mikes Interesse an ihnen, konnte sie natürlich nicht reden. Als sie noch nichts davon gewusst hatte, war ihr das Zusammensein mit Mike anders vorgekommen. Einfach und schön und unbeschwert. Diese ganzen neuen Probleme lasteten auf ihr und die Ungewissheit fraß an ihrer Laune wie eine unermüdliche fette Raupe.
Pete wurde am Telefon von Fox abgelöst, nachdem er

versprochen hatte, ihren Insektenfitness-Club zu wässern.
»Und, wie läuft's?«, fragte Phoebe, und hoffte, dass Fox es kurz machen würde.
»Fantastisch.« Fox holte tief Luft. »Ich war den ganzen Tag mit ihr unterwegs. Sie ist großartig.«
»Wer?«
»Rita.«
»*Die* Rita?«
»Jau. Ich weiß, was du über sie denkst, aber sie kann auch anders sein, echt! Ich war den ganzen Tag mit ihr auf dem Markt in Werder. Sie hat mir total viel erklärt. Und jetzt weiß ich es: Ich werde Autor! Ich schmeiße alles andere hin. Meinst du, dein Mike kann mir ein paar Tipps geben?«
»Fox«, sagte Phoebe sanft, »das ist doch Quatsch.«
»Nein, das ist, was ich will! Ich fühle es. Man muss seinen Traum leben!«
Phoebe seufzte und beobachtete zwei kleine Vögel, die durch das Gras hüpften.
»Ab jetzt schreibe ich, und ich bringe Rita dazu, es zu veröffentlichen.«
»Rita publiziert keine Mittelalter-Abenteuer.«
»Doch«, sagte Fox. »Ich hab sie heute angefixt und hab ihr *Rauklands Sohn* in die Tasche gestopft.«
»Das klappt nicht.«
»Es klappt. Das ist ein neues Genre. Erfundene mittelalterliche Welten ohne Fantasyviecher. Keine Orks und den ganzen Mist. Fantasy ohne Fantasy, aber mit Pferden!«
»Fox … ich muss Schluss machen.«

»Kannst du, schöne Lady! Kannst du! Aber nicht mit Mike Schluss machen, klar? Ich habe so etwa dreiundsiebzig Fragen an ihn, sobald er wieder nen Kopf dafür hat. Er muss mir Tipps geben, worauf Rita beim Schreiben steht.«

»Ich mache nicht mit ihm Schluss. Nur mit dir. Für den Moment.«

»Erlaubnis erteilt«, sagte Fox. »Viel Spaß in eurer Luxusbude. Ich lade dich auf meine Burg ein, wenn ich erst reich bin mit meiner Buchserie.«

»Ist klar, bis dann.« Phoebe musste ein bisschen lächeln, als sie das Gespräch wegdrückte. Wie von selbst lenkte sie ihre Schritte Richtung Haus, aber dann hielt sie inne. Die kleinen Vögel hüpften immer noch auf dem Rasen herum und sie blieb stehen, um ihnen zuzusehen. Vielleicht sah sie das auch alles zu eng und es würde gar kein Problem geben. Diese anderen Vampire würden kommen und gehen. Mike und Berch würden mit ihren Katzen die Wohnung wechseln, die Presse würde sich beruhigen. Dann konnte Mike seinen Roman schreiben und vielleicht … ja vielleicht konnten sie auch zusammenziehen. Krisen waren dazu da, sie zu meistern. Phoebe schaute hoch zu dem Fenster, hinter dem Mike auf sie wartete. Dann ging sie zurück ins Haus. Von diesen Vampirtussis würde sie sich nicht verjagen lassen.

24

Irgendwie hatte Phoebe sich eine Limousine vorgestellt. Ein Stretchauto, bei dem man Angst hat, es bricht in der Mitte durch. Diese Wagen mit getönten Scheiben, denen man in der Innenstadt nachschaut und überlegt, welcher Promi wohl darin sitzt.
Aber es war ein ganz gewöhnliches Taxi, das am nächsten Tag in der Auffahrt hielt. Die Frau, die strahlend aus dem Auto stieg, sah ebenfalls nicht halb so spektakulär aus wie befürchtet. Phoebe sah nur rote, locker hochgesteckte Haare und sehr rote Lippen. Sicher hatte sie sich eben im Taxi noch nachgeschminkt.
Heidi hob die Hand und winkte ihr. Berch stand mit einem skeptischen Zug um den Mund da und beobachtete die Ankunft seiner Vampirverwandten aus dem Schatten des Hauseingangs heraus. Im Gegensatz zu Mike, der aufgeregt wirkte und seine Augen nicht von den Ankömmlingen lassen konnte. Eine zweite Frau glitt aus dem Wagen. Sie trug eine Sonnenbrille und einen eleganten beigen Mantel, der gut zu ihren leuchtend blonden Haaren passte. Ein schlanker Mann mit dunklem Haar bezahlte den Taxifahrer, während ein zweiter Rotblonder die Koffer auslud, und Phoebe spürte die Zurückhaltung aller Beteiligten, bis der Fahrer endlich verschwunden war.
Heidi begrüßte die Gäste, es wurden Umarmungen und Küsse getauscht. Phoebe schaute zu Mike, der den Blick nicht von den vier Vampiren lassen konnte, und die schlechte Laune kam wieder in ihr hoch. Und dafür schämte sie sich. Schließlich war dies eine große Chance

für Mike, oder? Etwas, das er sich schon lange gewünscht hatte, und sie selbst schaffte es nicht, über ihren Schatten zu springen. Ein erbärmlicher Gedanke.
Die blonde Frau hatte die Sonnenbrille in ihr volles Haar geschoben und Phoebe bemerkte, dass sie wider Erwarten dunkle Augen hatte und leider auch etwas von einem Filmstar.
Die beiden Männer wirkten zurückhaltend und höflich. Beide sahen auf unterschiedliche Art attraktiv aus, wenn auch nicht übertrieben twilight-vampirartig-*ich locke die Beute durch gutes Aussehen an* und so weiter …
Beide hatten gleichmäßige Gesichtszüge, eine aufrechte Haltung und … ja. Phoebe wusste plötzlich, was es war, das Besondere in ihrem Ausdruck. Etwas, das ihr auch an Mike gefallen hatte. Lebenserfahrung. In ihren jung wirkenden Gesichtern zeichnete sich ein souveränes Wissen um die Dinge ab. Augen, die schon viel gesehen hatten, so wie die von Mike. Eine ruhige Altersweisheit.
»Mike?« Die blonde Frau stieg die wenigen Treppenstufen zu dem großzügigen Hauseingang hinauf. Mike nickte.
»Ja, das bin ich.« Er lächelte sie an und ließ sich von ihr in die Arme nehmen. Phoebe spürte einen Stich in der Brust.
»Es ist gut, dich zu sehen«, sagte die Frau mit weicher Stimme und musterte Mikes Gesicht aufmerksam. »Ich bin Lilliana.«
Sie trat zurück und ließ die anderen nach vorne. Die rothaarige Frau gab Mike einen Kuss auf jede Wange und stellte sich als Claire vor. Erst nachdem die Frauen Berchtold entdeckt und begrüßt hatten, gaben sie Phoebe

kurz die Hand. Heidi schien das auch bemerkt zu haben und lächelte ihr aufmunternd zu. Mike hatte sich inzwischen den beiden männlichen Vampiren vorgestellt. Wenigstens die Männer schienen sich an die alte Schule zu erinnern. Der Rotblonde ergriff Phoebes Hand und blieb in respektvollem Abstand, als er ihr einen Kuss auf den Handrücken hauchte.

»Federigo Tarras.« Er lächelte sie an und Phoebes Laune stieg wieder etwas. Warum auch nicht. Wenn eine Vampirfrau Mike abknutschte, durfte sie sich wohl über einen herrlich altmodischen Handkuss freuen. Sogleich wurde Federigo von seinem Vampirkollegen abgelöst und der stellte sich ebenfalls mit einem formsicheren Handkuss als Raik Marschall vor. Phoebe bereute, dass sie sich nicht mehr Mühe beim Styling gegeben hatte. Ihr Tagesoutfit stand in keinem Verhältnis zu dieser Begrüßung, sie kam sich gnadenlos underdressed vor.

Berch gab den Vampirjungs die Hand und brummte etwas dabei. Dann bat Heidi alle ins Haus und erlöste die Gruppe aus der leichten Verlegenheit.

*

Wenig später fanden sich alle im Wintergarten zusammen. Heidi hatte die Markise ausgefahren, Phoebe vermutete einen Sonnenlichtoverkill, der vermieden werden musste. Der Tisch war gedeckt, Heidi hatte in der Frühe schon Kuchen gekauft. Aber die Gäste lehnten das Angebot ab und begnügten sich mit einem Kaffee. Claire beschränkte sich sogar auf ein Glas Wasser.

»Wir haben uns das weitgehend abgewöhnt«, erklärte

Federigo und lächelte, als wüsste er mehr als die Menschen am Tisch. Er hatte die Hände locker im Schoß verschränkt und Phoebe musste wieder an einen Filmstar denken. Oder zumindest an einen Bühnenmenschen. Das Gebaren der Vampire kam ihr gekünstelt vor.

»Ihr esst keine feste Nahrung mehr?«, fragte Mike.

»Wir versuchen es zu vermeiden, unseren Stoffwechsel mit nicht vorgesehener Nahrung zu belasten.« Claire lächelte und Phoebe tauschte einen Blick mit Berchtold. Da verging einem ja selbst der Appetit, wenn man von Nichtessern umgeben war.

»Der Kuchen sieht klasse aus, ich nehme gern ein Stück. Oder ich nehme den Brownie da, der lacht mich an.« Berch bediente sich an dem süßen Backwerk und Phoebe stieß ihn sanft unter dem Tisch an. Er zwinkerte zum Zeichen, dass er verstanden hatte. Dieser Besuch war auch nicht sein Ding.

»Und ihr lebt alle zusammen in Schweden?«, fragte Mike neugierig. Er machte keinerlei Anstalten, sich mit Kuchen zu versorgen. Heidi hatte ihm Kaffee eingeschenkt, den er aber nicht anrührte.

»Wir haben uns dort ein kleines … Anwesen gekauft«, sagte Lilliana und schaute Mike intensiv an. Berch teilte seinen Brownie geräuschvoll mit der Gabel.

»Es ist praktisch, wenn wir dicht beieinander wohnen. Schweden ist eher mäßig besiedelt, in manchen Gegenden kommt ein Einwohner auf mehrere Quadratkilometer.« Sie lächelte wieder und Phoebe sah ihre spitzen Zähne aufblitzen. Wahrscheinlich war es in den ach so schwach besiedelten Gebieten Schwedens nicht nötig, die Zähne auf eine unauffällige Länge zu stutzen. Sie lächelte gezwungen hinter ihrer Tasse. Mike fragte weiter und Lilliana erzählte, dass Federigo und Raik ihr Geld vor allem mit Aktien und Onlinegeschäften verdienten, bei denen man nicht persönlich in Erscheinung treten musste; dass sie alle keinerlei Haustiere hielten – Berch räusperte sich an dieser Stelle und hieb einen weiteren Brownie in der Mitte durch – und dass sie gute Kontakte zu diversen Prominenten pflegten (an dieser Stelle sah Phoebe kurz unter sich), die das Vampirgebiss als extravaganten Spleen hinnahmen. Claire vertrieb zudem noch ihre eigene Mode- und Kosmetiklinie, *Red Passion*, von der Phoebe sogar schon mal etwas gehört hatte. Mike schien das weniger zu interessieren. Er wollte von den Ursprüngen hören, woher sie alle kamen, wurde aber etwas enttäuscht. Raik berichtete das, was Heidi in groben Zügen ihnen schon mitgeteilt hatte, und Phoebe kam der Gedanke, dass Mikes Vampirgenossen sich gar nicht so sehr dafür interessierten, woher alles kam, sondern wohin es gehen würde. Schnell kam das Thema auf Mikes und Berchs Schriftstellerkarriere. Heidi hatte wohl zu dem Thema schon schwärmerisch vorgearbeitet und Phoebe konnte an Mikes Gesicht ablesen, dass dies nicht sein Lieblingsthema war.

»Mike schreibt grad was ganz Neues«, ergriff Phoebe das Wort. »Es ist belastend für ihn, immer dem Mainstream zu folgen, auch wenn sich das super verkauft. Ich bin froh, dass er jetzt mal schreibt, was ihm wirklich liegt.«

Mike lächelte ihr dankbar zu und nahm ihre Hand unter dem Tisch. Sofort fühlte Phoebe sich besser. Und Lillianas Blick sorgte dafür, dass es ihr sogar SEHR viel besser ging. Das Händchenhalten war der Vampirfrau nicht entgangen und sie machte ein Gesicht, als wäre Phoebe eine Praktikantin, die sich in einem Managermeeting ungefragt zu Wort meldete. Claire schaute sie derweil an, als würde sie Phoebes Anwesenheit erst jetzt bemerken. Die Jungs ließen nicht erkennen, was sie dachten, aber sie lächelten nicht.

»Das ist ja interessant«, sagte Claire und wechselte einen Blick mit ihrer Bluttrinker-Kollegin.

»Das Manuskript ist vielversprechend«, fuhr Phoebe unbeeindruckt fort. »Willst du eigentlich hier weiterschreiben, bis ihr eine neue Wohnung habt?«

»Auf jeden Fall.« Mike lächelte sie an und das tat ihr unheimlich gut, dass er auch vor anderen zu ihr stand. Insgeheim hatte sie befürchtet, dass er sie ob der so viel interessanteren Gesellschaft ignorieren würde und sie schämte sich ein bisschen dafür. Mike war so nicht. Dass diese Leute für ihn von starkem Interesse waren, konnte man ihm wirklich nicht verübeln.

»Ach ja, von dieser Sache haben wir gehört. Sehr lästig. Federigo kann sich darum kümmern. In ein paar Tagen redet keiner mehr darüber. Verlasst euch drauf. Nicht wahr, Federigo?«

»Sicher. Ist eine Kleinigkeit«, bestätigte Federigo. »Ein paar Anrufe und die lassen euch in Ruhe.«

»Da bin ich mir sicher. Bei euren Beziehungen … in der Tat eine Bagatelle«, sagte Berch und Phoebe konnte nicht sagen, ob er das provokant oder ernst meinte.

»Das finde ich nett von euch«, sagte Mike schnell und warf Berch einen warnenden Blick zu.

»Ich habe übrigens die Gästezimmer im ersten Stock für euch zurechtgemacht«, beeilte sich Heidi zu sagen.

»Das nehmen wir gerne an, aber vorher machen wir noch einen kleinen Nachtausflug in die Innenstadt«, sagte Claire. »Kommst du mit, Mike?«
Phoebe holte Luft, obwohl sie keine Idee hatte, was sie sagen könnte, aber Mike kam ihr zuvor.
»Danke, das wäre interessant. Aber ich muss heute noch was an meinem Manuskript machen. Sonst bin ich raus.«
Phoebe hätte ihn knutschen können. Sie lächelte zufrieden in Lillianas Richtung. Berch rührte sich nicht und machte auch keine Anstalten, seine Begleitung stattdessen anzubieten.
»Ich hab auch noch eine Kleinigkeit zu erledigen. Morgen können wir diese sehr aufschlussreiche Unterhaltung fortführen.« Berchs Miene verriet wieder nichts. Phoebe nahm sich vor, ihn bei der ersten Gelegenheit zu fragen, was er von diesen Leuten hielt.

*

»Sie sind weg.« Berch ließ die Gardine fallen und wandte sich um. »Wir sollten die Katzen nach oben schaffen.«
»Wieso?«, fragte Phoebe, während sie dem Taxi nachschaute, das die Straße hinunterfuhr und die Vampirgäste aus Schweden in die Innenstadt kutschieren würde.
»Fragst du das im Ernst? Das sind verdammte Vampire. Denen traut ich alles zu«, knurrte Berch.
»Ach so. Und du bist, was?«, mischte sich Mike ein. »Du tust ja gerade, als ob sie unsere Feinde wären.«
»Ich trau ihnen einfach nicht, das ist alles. Es sind Vampire. Eingebildete, arrogante Arschlöcher.« Berchtold bückte sich nach Käfer und hob ihn auf den Arm.

»Mit denen kann man die Katzen nicht alleinlassen. Wäre verantwortungslos. Keiner weiß, auf was für perverse Ideen die kommen.«
Phoebe musste kichern.
»Ich helfe dir, die Krallentiere zu fangen.« Sie fischte Georg aus dem Vorhang und drückte das Katerchen an sich.
»Wenigstens einer in diesem Raum, der das realistisch sieht«, murmelte Berch. »Ich versteh nicht, was du an diesen Bonzen findest, Mikey. Lächerlich, was die sich einbilden.«
»Und ich raffe nicht, was du gegen die hast.« Mike verschränkte die Arme vor der Brust. »Wir haben ewig nach anderen wie uns gesucht und jetzt, wo wir sie gefunden haben, holst du die Diva raus. Schämst du dich für unsere Romane oder was ist das Problem?«
»Also erstmal haben WIR mal gar nichts gesucht. Du wolltest immer rausfinden, woher wir kommen und was wir Teufel noch mal sind! Und jetzt weißt du es. Ein oxidanzienresistenter Penis mit Beinen und Zähnen. Reicht dir das immer noch nicht?«
»Nein.«
Berch verbarg kurz sein Gesicht in der Hand.
»Komm, Phoebe, wir bringen die Kätzchen in Sicherheit. Und morgen such ich uns eine neue Wohnung. Wenn wir die Katzen nicht hätten, würde ich ins Hotel gehen, aber das ist Stress für die Kleinen.« Berch trug zwei Kätzchen zur Tür hinaus.
Phoebe sah zu Mike, der zu Boden schaute, seine Schultern waren herabgesunken und er tat ihr unendlich leid. Phoebe setzte Georg auf den Boden und ging zu Mike

hinüber. Sanft legte sie ihre Arme um ihn und zog ihn an sich. Er ließ sich gegen ihre Schulter sinken.
»Willst du es mir erzählen, wenn wir allein sind?«, fragte sie leise.
»Du magst die Vampire auch nicht, oder?«
»Nein. Sie nerven mich. Aber mir müssen sie auch nicht gefallen und darum geht es nicht. Es geht jetzt um dich, nur um dich.« Sie küsste ihn auf die Wange. Mike lächelte kaum sichtbar, aber immerhin.
»Ich bringe die Kätzchen nach oben und später reden wir in Ruhe. Okay?«
Er nickte und Phoebe hatte das Gefühl, dass hier mehr dahinter steckte.

*

Berch hatte sich mit seinen Katzen und dem Laptop zurückgezogen und auch Mike hatte sich wieder an sein Manuskript gemacht. Phoebe ließ ihn in Ruhe, brachte ihm einen Tee und nahm selbst ein Schaumbad. Währenddessen dachte sie über Mike und Berchtold nach, über die anderen Vampire und die ganze vertrackte Situation. Da musste sie jetzt durch. Sicher war bald alles überstanden und die Lage normalisierte sich. Auch wenn Berch die Besucher nicht mochte, so konnten sie vielleicht wirklich dafür sorgen, dass die Presse aufhörte, so einen Wirbel zu machen. Das wäre ein guter Anfang. Berch konnte morgen nach einer Wohnung suchen, am besten in einem anderen Teil der Stadt. Oder gleich außerhalb. Kleinmachnow war nett oder Oranienburg. Ein Garten für die Katzen, vielleicht eine schöne Terrasse zum

Schreiben … Phoebe überlegte, ob Mike ihr wohl anbieten würde, mit einzuziehen. Sie wagte nicht, das zu fragen, aber wenn er es vorschlug … dann würde sie Ja sagen.
Ein bisschen wunderte sie sich, dass er so einfach umschalten und sich an seine Geschichte setzen konnte. Ob das auch eine Flucht für ihn war?
Unsinn. So ist Mike nicht.
Aber wie war er? Kannte sie ihn überhaupt gut genug, um das zu beurteilen? Als sie bereits glaubte, ihn etwas zu kennen, hatte sie noch nichts von der Vampirsache gewusst und seine Romane hatte er ihr auch lange verheimlicht. Phoebe tauchte unter und blieb einige Sekunden in der wärmenden Ruhe des Badewassers liegen. Eine Hand berührte ihren Arm und sie setzte sich ruckartig auf. Mike kniete neben der Wanne und grinste sie an. Dann fühlte sie seine Lippen auf ihren und stellte sich keine Fragen mehr.

*

Später lagen sie im Dunkeln, eng umschlungen im Bett. Phoebes Haar fühlte sich noch leicht feucht an, aber Mike schien das nichts auszumachen. Er seufzte ab und zu wohlig und Phoebe überlegte, ob sie das Thema nicht auf morgen verschieben sollten. Noch hatte sie kein Auto vorfahren hören, also waren die Vampire wohl noch in der Innenstadt unterwegs. Phoebe kamen Bilder in den Sinn, teure Clubs, rote Samtsessel, aufwendig geschmückte Drinks auf dem Tisch. *Lilliana beugt sich hinüber zu einem hübschen Jungen, sie sagt etwas, er lacht.*

Dann zieht sie ihn zu sich heran, ihre Lippen an seinem Hals. Er will einen Schmerzlaut von sich geben, aber sie hält ihm den Mund zu …

»Woran denkst du?«, fragte Mike in die Dunkelheit. »Und jetzt sag die Wahrheit.«

»Du merkst echt alles.« Phoebe fuhr ihm durch das dichte Haar. Gott, wie sie es liebte, in seinem Arm zu liegen. »Ich habe nur überlegt, was deine Artverwandten gerade in der Nacht anstellen.«

»Die werden sich schon amüsieren. Berlin ist groß.«

»Ja, schon. Aber meinst du, dass sie … naja. Was glaubst du, wie sie sich amüsieren?« Phoebe wusste nicht, wie sie es sagen sollte.

»Keine Ahnung, aber sie werden schon keinen umbringen.« Mike küsste sie auf die Stirn.

»Traust du ihnen denn zu, dass sie … an Menschen gehen?«

»Ich weiß nicht. Ich kenne sie ja nicht. Vielleicht gibt es welche, die drauf stehen.«

»Spinner.«

»Was meinst du, wie viele eindeutige Angebote, beziehungsweise Einladungen zum *Abendessen* Berch schon bekommen hat.«

»Nicht dein Ernst.«

»Doch, was denkst du denn. Frauen, die Selfies machen von ihrem Hals, alles dabei. Fotos mit Adressen in unseren Jacken, kilometerlange Briefe, in denen sie beweisen, dass sie auch Vampire sind oder sogar verwandt sind mit uns.«

»Aber denen ist doch klar … also die denken doch nicht wirklich, dass ihr Vampire seid.«

»Kann man nicht sicher sagen. Vielleicht doch. Das sind solche Freaks, die glauben, das ist so was ganz Tolles, wenn man ihnen die Zähne ins Fleisch schlägt.«

»Ich frage mich, wer das Gerücht in die Welt gesetzt hat, dass das geil ist«, sinnierte Phoebe.

»Wahrscheinlich die Vampire selbst. Dann kommt die Beute freiwillig angekrochen.« Mike rückte sich in eine bequemere Position. »Dabei tut das einfach nur weh und ist kein bisschen toll, so wie die kreischen, wenn man … pseudoromantischer Blödsinn.«

»Gut, dass du so unromantisch bist, da hab ich ja Glück gehabt.« Phoebe küsste ihn sanft und grinste dann im Dunkeln. »Von mir aus kannst du deine Zähne wachsen lassen, es stört mich nicht.«

»Oh, du bist so gut zu mir«, sagte Mike und Phoebe musste kichern.

»Das mit euren Extremfans hast du mir ja noch gar nicht erzählt bisher.« Sie pikte ihn in die Seite.

»Ich dachte, das ist uninteressant.«

»Nichts an dir ist uninteressant. Ich will alles wissen. Ich will dich endlich kennenlernen«, sagte Phoebe und stützte sich seitlich auf, um ihn ansehen zu können. Wieder umspielte das kaum sichtbare Lächeln seine Mundwinkel. In dieser Dunkelheit konnte Phoebe es nur erahnen.

»Vielleicht wollte ich auch nichts erzählen. Vielleicht will ich nicht, dass du mir Vorwürfe machst.«

»Was meinst du damit?«, fragte sie ehrlich interessiert.

»Na, das eben zum Beispiel. Da hätte jetzt jeder andere gefragt, hey, wen hast du gebissen, wen hast du auf dem Gewissen …«

»… was sich reimt, ist gut.«
»Du bist echt der Hammer, weißt du das? Es ist eine Riesenentlastung für mich, dass du mich nicht verurteilst. Fast so toll, wie die Tatsache, dass du mich nicht wegen meiner Bücher auslachst.«
»Komm her, mein armer Schatz.« Phoebe bedeckte sein Gesicht mit Küssen. »Du bist so süß.«
»Ich könnte jetzt einen sehr flachen Witz machen, in dem Insulin vorkommt, aber ich lasse es«, sagte Mike.
»Du bist so rücksichtsvoll!«
»Ja, so bin ich eben.«
Phoebe entschied, dass die Stimmung gelöst genug war, um sich einen Schritt weiter vorzuwagen.
»Du … jetzt wo Berch nicht zuhört – was willst du eigentlich von den Vampiren? Es ist nicht nur, dass du sie einfach mal kennenlernen willst, oder?«
Mike schwieg zunächst.
»Wie kommst du darauf, dass es mehr sein könnte?«, fragte er schließlich und hätte genauso eine Leuchtreklame mit »Du hast Recht!!!!« darauf im Dunkeln schwenken können, deshalb wartete sie einfach ab, dass er weiterredete. Mike atmete zweimal tief und sah zur Decke. Phoebe konnte seine Augen sehen, die das fahle Mondlicht reflektierten.
»Ich habe gehofft, dass sie vielleicht meine Eltern kennen.«
»Was?«
»Ja. Wieso nicht?« Er sah kurz zu ihr herüber. »Ich bin noch keine 90. Sie könnten noch leben. Und diese Vampirkolonie in Irland … ich komme auch aus Irland.«
Phoebe schwieg überrascht. Auf die Idee war sie noch

nicht gekommen, aber Mike hatte natürlich völlig Recht.
»Ich habe nie eine Spur von ihnen gefunden und auch sonst nichts über andere Vampire«, fuhr Mike fort. »Berch sagt, sie haben mir mit Sicherheit einen neuen Namen verpasst. Selbst wenn meine Eltern mich gesucht hätten ... es gibt so viele Kinder in so vielen Waisenhäusern.«
»Wer – SIE?«
»Ich weiß nicht.«
Phoebe setzte sich im Bett auf. »Mike ... was ich jetzt sage, meine ich nicht böse. Wirklich. Ich denke nur nach. Hast du jemals den Gedanken zugelassen, dass deine Eltern selbst dich in das Heim gegeben haben?«
Mike richtete sich ebenfalls auf. »Warum sollten sie?«
»Dafür könnte es viele Gründe geben. Sie könnten bedroht worden sein. Jemand könnte dich entführt haben ...«
»... oder sie wollten mich nicht. Willst du das sagen?« Es war nur ein Hauch von Kränkung in Mikes Stimme. Sie wusste, dass er sie richtig verstand, aber da waren alte Wunden. Und nicht wenige.
»Auch das wäre möglich. Aber ich glaube das nicht«, sagte sie.
Er sah sie nur an. Die Trauer in seinen Augen erkannte sie sogar in der Dunkelheit. »Hast du vor, mit den Vampiren zu reden?«
»Ja. Hatte ich vor. Nur nicht am ersten Tag. Ich komme selbst nicht weiter.«
Phoebe schlang die Arme um ihn und zog ihn an sich. Es musste merkwürdig sein, seine Wurzeln nicht zu kennen, nicht mal erahnen zu können, woher man kam.

»Bestimmt können sie dir was sagen.« Sie küsste ihn sanft auf die Wange.
»Ja«, sagte Mike. »Das hoffe ich. Sie sind meine letzte Hoffnung.«

*

Sonnenstrahlen weckten sie. Fast sofort spürte sie, dass etwas fehlte. Die gewohnte Wärme war nicht da, die Präsenz eines anderen Körpers neben ihr.
Phoebe blinzelte und das leere Kissen löste eine frustrierende Vorahnung in ihr aus. Mike war fort, hatte sich bereits nach unten geschlichen ohne sie zu wecken. Bestimmt um ganz in Ruhe mit den Vampiren reden zu können …
Aber warum fühlte sie sich sofort zurückgesetzt? Phoebe schlug die Decke zurück und versuchte, diese albernen Gefühle zurückzudrängen. Sie wusste von seinem Bedarf, vielleicht seine Eltern zu finden und das hatte nichts mit ihr und seiner Zuneigung zu ihr zu tun.
Während sie im Bad stand und sich zurechtmachte, verflog ihr Frust wieder bis auf einen kleinen Stachel, der sie weiterhin piesackte. Phoebe musterte sich im Spiegel. Normalerweise genügte ihr eine getönte Tagescreme, aber dann dachte sie an Lilliana, den zart ausschattierten Lidschatten, den Lippenstift mit der perfekten Kontur … Sie durchwühlte ihre Handtasche. Da musste noch irgendwo eine Mascara sein.

25

Lillianas helles Lachen klang wie die Tonspur aus einem 50er-Jahre Film. Phoebe blieb am Eingang des Wintergartens stehen und sah Mike dort bei ihr sitzen. Er hatte sich leicht vorgebeugt und lauschte ihren Worten, als gäbe es nichts Interessanteres auf der Welt. Heidi schwebte strahlend herein und servierte Kaffee. Dabei sah sie aus wie eine erfolgreiche Heiratsvermittlerin. Lillianas Haar leuchtete in der Sonne auf, als sie es zurückwarf.

Die flirtet.

Oh ja, die Vampirin flirtete Mike an. Bisher hatte sich Phoebe noch gar keine Gedanken gemacht, wie das zwischen Vampiren so lief, ob sie sich nur untereinander vermehren konnten und wie genetisch kompatibel die Sache mit Menschen aussah.

Sie ging ein paar Schritte näher und Mike hob sofort den Kopf und lächelte sie an, was sie etwas für das verwaiste Kopfkissen entschädigte, aber er wirkte nicht richtig entspannt dabei.

»Setz dich doch«, sagte Heidi leise, lächelte, war dann aber wieder gleich auf das Vampirduo fixiert.

»Also, wie gesagt … das wäre kein Problem«, beendete Lilliana ihre Ausführungen.

»Was wäre kein Problem?«, fragte Phoebe. Die Vampirfrau wandte ihr kurz den Kopf zu, so als wäre Phoebe ein Zuschauer, der ungebetene Zwischenfragen stellte.

»Mike kommt mit uns«, sagte sie. »Wir werden seine Eltern finden.«

Wie ein Nebel lagen die Worte in der Luft. Phoebe glaubte, nur noch verschwommen sehen zu können.
»Ich bin absolut sprachlos, dass ihr das für mich machen werdet«, sagte Mike.
»Ist doch selbstverständlich.« Lilliana lächelte ihn an. »Wenn sie noch leben, finden wir sie. Ich denke nicht, dass sie innerhalb unserer Verbindung schon registriert sind. Ich kenne sie alle, da kommt niemand wirklich in Frage. Aber wir finden sie. Wir haben da Möglichkeiten, von denen ihr hier nur wild fantasieren könnt.«
»Wie lange?«, fragte Phoebe. Sie fühlte sich, als hätte sie eine Droge geschluckt.
»Ach, in ein paar Monaten wird das sicher erledigt sein«, meinte Lilliana und legte ihre Hand auf Mikes. Phoebe starrte auf die Stelle und Mike entzog der Vampirin nach ein paar Höflichkeitssekunden seine Hand wieder.
»Ein paar … Monate?« In Phoebes Kopf rasten die Gedanken. Und sie konnte keinen davon aussprechen, denn das wäre egoistisch und verletzend für Mike gewesen. Das Lächeln der Vampirfrau gefiel ihr nicht. Es lag etwas darin und das war nicht nur Wohlwollen. Sie hatte Mike an seiner größten Sehnsucht gepackt und natürlich sprang er darauf an.
»Oh, wir sind wohl zu spät.« Federigo erschien in der Tür, dicht gefolgt von Raik.
»In der Tat zu spät«, flüsterte Phoebe mehr zu sich als zu irgendwem anders. Sofort wandten sich alle Vampirgesichter ihr zu und es herrschte für Sekunden eine peinliche Stille.
»Ich … ich … meinte das auf was anderes … bezogen. Sozusagen.«

Ihre Ohren wurden rot und das konnten die anwesenden Blutsauger sicher genauso spüren.
»Alles klar mit dir?«, fragte Mike. Sein besorgter Tonfall brachte sie wieder einigermaßen auf Spur.
»Absolut«, antwortete sie und rang sich ein Lächeln ab. Als Mikes Blick weiter misstrauisch auf ihr ruhte, schaltete sich Lilliana dazwischen.
»Gute Nachrichten, übrigens! Mike wird mit uns zurückkommen!«
»Großartig«, sagte Raik und ließ sich in einem der weißen Korbsessel nieder.
»Lilli hat gesagt, ihr könnt mir helfen, Verwandte von mir zu finden … also …«
»Seine Eltern«, half Lilliana ihm weiter.
Lilli. Alles klar. Phoebe behielt die blonde Frau genau im Auge. Diese würdigte ihr menschliches Gegenüber keines Blickes.
»Sollte kein großes Problem sein«, meinte Federigo und bediente sich an dem frisch gebrühten Kaffee. Er schenkte auch Raik etwas ein, der verhalten dazu nickte.
»Ich weiß wirklich nicht, wie ich euch danken soll«, sagte Mike.
»Das ist doch selbstverständlich«, sagte Lilliana warm.
»Wann würden wir dann fahren?«, fragte Mike und in Phoebes Brust war wieder diese verirrte Nadel unterwegs, die sie von innen stach und stach …
»Ich geh mal eben nach den Katzen sehen.« Phoebe erhob sich und lächelte gezwungen. Die Vampire folgten ihr mit den Augen, als sie schnell hinausging. Kurz hoffte sie, dass Mike ihr folgen würde, aber das tat er nicht.

*

»Komm rein«, hörte sie Berchs Stimme durch das Holz der Tür, noch bevor sie angeklopft hatte. Phoebe drückte die Tür auf.

»Ihr Vampire nervt mit euren Supersinnen«, sagte sie und lehnte sich mit verschränkten Armen gegen die Wand. Berch saß vor seinem Laptop, eine Tasse Kaffee neben sich.

»Weiß ich.« Er tippte etwas und drückte auf Enter. Leyla hockte auf seiner Schulter und folgte dem Geschehen auf dem Bildschirm mit den Augen. Käfer und Herzog balgten sich auf der Bettdecke.

»Hören die mich, wenn ich in der Lautstärke rede?«, flüsterte Phoebe.

»Kommt drauf an. Wo sind sie?«, fragte Berch.

»Wintergarten.«

»Dann kein Problem.«

»Gut.« Phoebe machte eine brutale Geste in der Luft, als wollte sie jemanden erwürgen. Berch grinste und entblößte seine langen Zähne.

»Ich hasse sie«, wisperte sie.

»Schon schade, wenn man seiner Wut keinen Ausdruck verleihen kann, was?«

»Woahh, die Kuh nervt.« Phoebe fuhr sich durchs Haar.

»Entspann dich«, sagte Berch und wandte sich wieder seinem Bildschirm zu. »Bald sind sie weg und dann ziehen wir um. Ich such uns grad was.«

»Schön. Aber den Umzug wirst du ohne Mike machen. Die wollen ihn mitnehmen.«

»Was?«

»Nach Schweden.«
»Das verbiete ich.«
»Witzig. Du verbietest einem Siebenundachtzigjährigen einen Schwedentrip zu machen«, sagte Phoebe.
»Genau.« Berch nahm Leyla von der Tastatur.
»Er wird nicht auf dich hören.«
»Was will er überhaupt da?«, fragte Berch.
»Sie haben ihm versprochen, seine Eltern zu finden.«
»Schöner Mist. Jetzt kann ich einen Titankäfig für ihn kaufen.« Berch tippte etwas in die Suchmaschine. »Drei Zimmer … lächerlich. Wo sollen denn dann die Katzen hin?«
»Glaubst du, er geht mit ihnen?«, fragte Phoebe traurig.
»Es ist ja nicht so, dass ich was dagegen habe, dass er seine Eltern sucht …«
»Aber ich hab was dagegen.« Berch drehte sich mit dem Stuhl zu ihr herum und streichelte das Kätzchen auf seinem Arm.
»Wieso? Was weißt du?«
»Nicht so laut.« Berch wartete ein paar Sekunden und lauschte. »Alles klar. Ich sag es dir, wenn du es nicht gleich an Mike weitertraschst.«
»Kann ich nicht versprechen. Ich will ihm nichts verheimlichen müssen.«
»Gut, dann nicht.«
»Wenn du was weißt, solltest du Mike das sagen. Er wird tierisch sauer auf dich sein, wenn du ihm was Wichtiges über seine Eltern verschweigst.«
»Ich denke, sie haben ihn ausgesetzt. Sie wollten ihn nicht. So. Jetzt kannst du zu ihm rennen und es sagen oder eben nicht.« Berch drehte sich zurück zu seinem

Laptop. Geschockt ließ sich Phoebe auf dem Bett nieder. Sofort wurde sie von Herzog überfallen, der – von der eigenen Courage überrascht – einen Überschlag rückwärts machte und hinter Berchs Kopfkissen raste.
»Wie kommst du darauf, wenn ich fragen darf?«
Berch seufzte und drehte sich langsam zu ihr um.
»Ich habe in seinen Unterlagen gestöbert. Im Waisenhaus. Nachdem ich wusste, was er ist, hab ich die Papiere eingesehen und dann verbrannt. Mike wurde einfach ausgesetzt. Er muss noch kein Jahr alt gewesen sein. Sie haben ihn einfach am Wegrand zurückgelassen. Noch nicht mal in einer Siedlung, sondern im Wald. Im Winter. Er wurde nur zufällig gefunden. Nenn mir einen Grund, wieso man ein Kleinkind so aussetzen sollte, wenn man nicht will, dass es stirbt.«
Phoebe schwieg betroffen.
»Hätte ich ihm das etwa sagen sollen?«, fragte Berch. »So lebt er wenigstens in der Vorstellung, dass seine Eltern ihn vielleicht geliebt haben. Er hat noch Spielraum zum Spekulieren. Das Ganze hat eh schon genug Spuren hinterlassen bei ihm. Du bist nur eifersüchtig, aber ich mache mir echte Sorgen um ihn.«
»Ach ja. Und ich nicht, oder was?«
»Du willst ihn nicht nach Schweden fahren lassen, weil du denkst, die anderen Weiber graben dir das Wasser ab.«
»Schwachsinn.«
»Wahrheit. Was solltest du sonst dagegen haben, dass er fährt.«
»Das ist es wirklich nicht«, sagte Phoebe und hörte selbst, wie unglaubwürdig sie klang. Sie war kein eifersüchtiger

Typ, nie gewesen. Aber Mike *war* auch anders als ihre wenigen Ex-Freunde. Man konnte ihn beim besten Willen nicht mit denen vergleichen.

»Was auch immer. Lass mich das regeln.« Berch scrollte sich durch eine Seite mit Wohnungsanzeigen.

»Wieso dich? Ich brauche jetzt nicht noch ein Sprachrohr.«

»Du hältst dich da raus, klar?« Er warf ihr einen warnenden Blick zu.

»Ach ja, und wieso sollte ich? Willst du mich jetzt auch noch bemuttern so wie Mike?«

Mit einem Knurren stand Berch auf und packte sie an den Oberarmen. Phoebe schnappte nach Luft, als der blonde Vampir sie hochzog, ihre Zehenspitzen berührten kaum noch den Boden.

»Jetzt pass mal auf, Menschenmädchen. Nur weil ich nett zu dir bin und deinen albernen Kinderkram toleriere, heißt das nicht, dass andere Vampire mit dir ähnlich umgehen. Wir sind sehr leicht reizbar und dann machen wir manchmal unüberlegte Sachen. Kapiert?«

»Lass mich runter.« Phoebe zitterte innerlich. Dies war einer der seltenen Momente, in denen ihr bewusst wurde, mit welchen Wesen sie es zu tun hatte.

»Weißt du, wie *lustig* das ist, wenn jemand, der keine Lebenserfahrung hat, der nichts gesehen hat, der nichts weiß, dir sagt, was richtig ist? Ich hab den scheiß Krieg gesehen. Ich hab Menschen zu Hunderten verrecken sehen. Und ja, jetzt schreibe ich blöde Romantasy-Bücher. Aber trotzdem bin ich schon vier Mal länger hier als du.«

Berch ließ sie auf das Bett fallen und Phoebe versuchte so würdevoll wie möglich aufzustehen. Und sie verkniff

sich ein Widerwort. Berch hatte nicht Unrecht und sie wusste es.
»Spricht für dich, dass du jetzt einfach mal die Klappe hältst«, sagte Berch ruhig.
»Komm dir ja nicht zu toll vor«, gab sie zurück. »Ich fahre heute zu meiner Wohnung und packe ein paar Sachen ein. Ich lasse ihn nicht allein jetzt.«
Berch stöhnte. »Glücklicherweise sind solche Systeme selbstzerstörend. Viel Spaß bei deiner Mission.«
»Werd ich haben. Verlass dich drauf.« Damit verließ sie das Zimmer. Sie würde mit der Bahn fahren. Mike würde sie nichts davon sagen, sonst versuchte er noch, sie aufzuhalten.

26

Als sie eine gute Stunde später ihren Hausflur betrat, kam es ihr vor, als wäre sie ein Jahr lang fortgewesen. Dies hier war eine andere Welt, das hatte nichts mit dem zu tun, was sie in den letzten Stunden erlebt hatte. Und was sie nun wusste.

»Hey, na?« Pete stand im Flur und hielt eine Kaffeetasse in der Hand.

»Hey.« Phoebe streifte sich die Schuhe ab. Wie sollte sie ihren Mitbewohnern erklären, dass sie schnell packen musste, um mit einer Gruppe Vampire nach Schweden zu fliegen …

»In der Glotze war ganz schön was los wegen euch. Also wegen deinem Mike«, sagte Pete.

»Ich weiß. Die hören schon wieder auf.« Phoebe ging durch den Flur zu ihrem Zimmer, als sie eine weibliche Stimme im Wohnzimmer lachen hörte. Sie steckte den Kopf zur Tür herein und bereute es sofort, als sie Fox und Rita auf dem Sofa sitzen sah.

»Johooooow! Da ist sie! Willkommen, Heldin!«, schmetterte Fox ihr entgegen.

»Äh, ich hab echt keine Zeit, Fox. Hab ich was verpasst? Kurzfassung!«, sagte Phoebe.

»Rita und ich tüfteln an einem neuen Konzept! Das wird eine Sensation! Wir haben ein ganz neues Genre im Visier. Achtung!« Fox sprang auf und hob die Hände wie ein Dirigent vor dem ersten Takt. »Geschichten – aus dem Mittelalter!«

»Ok. Das ist wirklich sensationell neu, aber ich muss …«

»Nein, warte, warte! Ich kann alles erklären. Es sind

Geschichten aus einem *erfundenen* Mittelalter! Also quasi Fantasy ohne Fantasy – aber MIT Pferden! Also PF-antasy! Da stehen die Leute drauf ohne Ende. Macht nur keiner. Außer in Rauklaaaaaaand!«

»Fox …«

»Das ist das echte Leben, verstehst du! Nicht mal eben sich aus der Verantwortung zaubern! Mann gegen Mann, Schwert auf Schwert – DAS ist es!« Fox schnappte nach Luft und strich sich das Haar zurück.

»Gut, ihr seid voll im Schaffensprozess. Ich muss dann mal wieder.« Phoebe wollte gerade die Tür zuziehen, als Rita ebenfalls flott vom Sofa aufstand.

»Halt, warten Sie! Wie geht es Mike? Ist er okay? Ich hab das im Fernsehen gesehen.«

»Er ist okay, alles bestens.«

»Ich müsste mal mit ihm reden, können Sie mir sagen, wo er steckt?«

Phoebe fiel auf, dass Rita anders aussah als sonst. Heute trug sie das Haar offen, dazu ein lockeres Hemd und eine Jeans. So wirkte sie um Jahre jünger.

»Er wird sich bei Ihnen melden. Sein Handy hatte noch in der Wohnung gelegen. Jetzt fährt er ein paar Tage zu Recherchezwecken weg, bis sich die Lage hier beruhigt hat. Ich weiß nicht, ob er vorher noch anruft.«

»Ey, jetzt hört doch mal zu!« Fox drängelte sich wieder nach vorn. »Wir arbeiten an einem Konzept für eine Serie, die auf der einen Seite Fantasy ist, also Mittelalter, das es nicht gibt und erfunden ist und andersrum das wahre Leben ist. Echte Probleme von echten Menschen …«

»… auf echten Pferden?«, fragte Phoebe.

Fox zeigte mit beiden Händen auf sie, als wäre er der

Master einer Quizshow. »Yeah, Heldin! Du bist es! Du versteht mich sofort. Ich werde dich einstellen, als Pferdetierarzt. PFERDE werden immer noch unterschätzt. Vampire sind out! Sorry, Rita, du weißt, dass ich den Boden küsse, auf den du deine verehrungswürdigen Verlegerfüßchen setzt, aber diese Bluttypen sind raus! Pferde … sind die neuen Vampire. Ich sage es euch.« Fox ließ sich in den Sessel fallen und machte ein Gesicht wie ein Theaterintendant in leitender Position. »In unserer Serie gibt es keine spitzen Ohren – außer bei den Pferden – keinen Merlin und keine Orks. Absolute Fantasybereinigung.« Er seufzte tief und zufrieden. »Rita und ich – wir haben eine Mission.«

»Ok.« Phoebe wandte sich an Rita. »In der Küche im Schrank steht eine Packung getrockneter Ingwer. Machen Sie ihm einen Tee damit oder gehen Sie im Regen spazieren mit ihm, dann hört der Zustand von allein wieder auf.«

»Du bist unfassbar fies, wenn du verknallt bist«, sagte Fox.

»Und ich bin unfassbar spät dran. Macht's gut.« Phoebe drehte sich um und eilte in ihr Zimmer. Sie würde ein paar Sachen in eine Tasche werfen und dann los. Reisepass einpacken, zur Sicherheit. Leonie anrufen wegen der Insekten. Vielleicht konnte Pete auch nach ihnen sehen. Fox würde jetzt in seinen Serienträumen schwelgen und erst wieder zur Vernunft kommen, wenn das Wetter drei Tage hintereinander schlecht war. Irgendwie brachte mieses Wetter Fox auf den Boden der Tatsachen, während Sonne bei ihm anstrengende Kreativanfälle auslösen konnte. Sie hatten einen schwierigen Sommer vor sich.

Phoebe ging ins Bad und nahm Duschgel und Shampoo von der Ablage, dann stellte sie es wieder zurück. Sie würde sich ein paar Pröbchen kaufen in der Drogerie. Gepäck reduzieren war das Stichwort.
»Wie lange bist du denn weg?« Pete stand in der Tür.
»Paar Tage. Hast du Fox und Rita allein im Griff?«
»Klar. Soll regnen morgen. Wird schon.«
»Eine Sorge weniger.« Phoebe drängte sich an ihm vorbei zurück in ihr Zimmer. Sie zog den Reißverschluss der Tasche zu und packte die Griffe.
»Sicher, dass alles ok ist?«, fragte Pete.
»Es ist nichts, was ich nicht in den Griff kriegen könnte. Schaust du mal nach den Phasmiden-Jungs hier, wenn Leonie nicht kann?«
»Klar. Ich hab alle Teile von Jurassic Park gesehen.«
»Dann bist du qualifiziert. Aber bitte – mach keine Experimente, kreuze sie nicht mit anderen Spezies, bis ich zurück bin. Mein Bedarf an lebenden Fantasyviechern ist grad so was von gedeckt.« Phoebe trug ihre Tasche durch den Flur zur Tür. Was würde Mike dazu sagen? Würde er sie dabeihaben wollen? Es gab eigentlich keinen Grund, der dagegen sprach, dass sie zusammen flogen.
»Es waren übrigens Pressetypen hier an der Tür, mehrfach«, sagte Pete hinter ihr, während sie die Schuhe anzog. »Ich habe gesagt, du bist für drei Wochen auf Coconut Island, um Meeresschildkröten zu filmen.«
»Du bist der Beste.«
»Jo.«
Phoebe schnappte sich ihre Jacke. Sollte sie noch eine Windjacke mitnehmen? Um die Jahreszeit konnte es kalt sein in Schweden. Sie wühlte sich durch den Jackenberg

an der Garderobe und sah Rita in den Flur treten. Fox verfolgte sie und plapperte dabei irgendwas von einem Storyboard.
»Können Sie Mike was ausrichten?«, fragte Rita. »Dass es mir leid tut? Wirklich, es tut mir persönlich leid. Ich wollte nie, dass er verletzt wird.«
»Ich denke, das weiß er.« Phoebe zerrte eine blaue Regenjacke aus dem Gewirr.
»Drei unserer Titel sind seitdem in den Top 50 der meistgekauften Bücher auf fast allen Plattformen«, setzte Rita nach. »Hat er gesagt, ob er … also ob er noch was schreiben wird?«
Phoebe seufzte. »Mike schreibt erst mal das Buch zu Ende, das Sie nicht haben wollten. Es ist ihm wichtig.«
»Das verstehe ich, wirklich. Ich versteh das«, sagte Rita schnell. »Aber bitte, reden Sie noch mal mit ihm. Ich meine, das alles ist nun mal passiert. Wenn wir jetzt einsteigen, können wir uns im Ranking halten. Vielleicht kann Berchtold was mit Werwölfen …«
»STOP.« Phoebe hob die Hand. »Ich stelle fest, Sie haben sich noch nicht wirklich geändert, trotz Fox-Therapie. Am besten lasst ihr das mit dem Ingwer und Fox macht weiter mit seiner *Pfantasy.* Auf Wiedersehen.«
Phoebe sah, wie Fox hinter Rita beide Daumen hoch zeigte.
»Wer braucht Werwölfe, wenn er Pfantasy haben kann? Und jetzt plotten wir beide mal weiter!«
»Du plottest erst mal den Abwasch«, sagte Pete. »Bist nämlich heute dran.«
»Welch ein Verlust für die Kunst«, sagte Fox. »Dabei bin ich gerade so im Flow. Ich schwebe!«

»Gut, Leute.« Phoebe schulterte ihre Reisetasche. »Ich bin weg.« Sie nickte ihnen nochmals zu und dann war sie auch schon zur Tür raus.

*

Obwohl Pete die Presse abgewehrt und der internetaffine Federigo mit seinen tausend Kontakten den Rest erledigt hatte, achtete Phoebe darauf, dass ihr niemand zur Villa folgte. Vor der Tür parkten drei Mietautos der gehobenen Klasse. Nun, in einem Taxi war es sicherlich schwieriger vampirelle Internas auszutauschen. Sie durchquerte den Garten und hörte bereits Lillianas Film-Lachen, bevor sie richtig zur Tür reinkam. Sie würden es durchstehen und dann einfach nach Berlin zurückkommen, während die Vampire drüben blieben. Dann hatten sie Mikes Eltern gefunden oder eben nicht. Und wenn er seine Eltern selbst in Irland suchen würde, konnte sie ihn auch dahin begleiten. Im Grunde alles kein Problem.
Phoebe stellte die Tasche ab und marschierte geradewegs durch die Tür zum Wohnzimmer, wo alle am Tisch saßen. Sie ging zu Mike, nahm seinen Kopf sanft in die Hände und küsste ihn auf den Mund.
»Überraschung, ich komme mit. War nur zu Hause ein paar Sachen holen.« Zu ihrer Erleichterung strahlte er sie an. Keine Spur von Stirnkräuseln, Bedenken oder Ausreden.
»Du bist der Hammer«, sagte er. »Geht das mit deiner Arbeit klar?«
»Sowieso. Urlaub und dazu Überstunden abfeiern mit Option auf Kündigung. Läuft.«

Ihr fiel auf, dass Mike rechts und links von den Vampirfrauen flankiert wurde und Berch in der Runde fehlte. Anscheinend boykottierte er seine Artgenossen. Sie fing Lillianas Blick ein und die Vampirdame sah alles andere als amused aus. Mikes Mitblutsauger sahen Phoebe wohl nicht gern in der Schwedenreisegruppe. Nun – das war deren Problem. In diesem Moment merke sie, wie hungrig sie war. Quasi kein Frühstück und dann der ganze Stress … Phoebe ließ sich nicht anmerken, dass sie gern neben Mike gesessen hätte, und ging wie selbstverständlich zu dem Platz ihm gegenüber. Heidi reichte ihr die Schale mit Nudeln und sie bemerkte, dass bis auf Mikes und Heidis Teller das Geschirr unbenutzt aussah. Wahrscheinlich hatten sich die puristischen Gäste schon anders versorgt.
»Warst du zu Hause, ist da alles ok?«, fragte Mike sie.
»Ja. Auch wenn Rita bei uns im Wohnzimmer saß. Ja, guck nicht so. Entweder sie findet Fox tatsächlich interessant oder sie hat darauf spekuliert, dass du vorbeikommst.« Phoebe nahm sich eine Kelle Soße aus der noch reichlich vollen Schüssel. »Das riecht lecker.« Sie griff zum Besteck und fühlte, wie die Gastvampire sie beobachteten, als sei sie selbst eine dampfende Nudelschüssel. Ihr Hunger war groß genug, um die Blicke zu ignorieren.
»Hat sie was gesagt?«, erkundigte sich Mike.
»Es tut ihr leid, sie wollte nicht, dass dir was zustößt, sie braucht nen Werwolfroman.« Phoebe drehte Nudeln auf ihrem Löffel zu einem mundgerechten Paket.
»Also alles wie immer«, sagte Mike. »War Presse da?«

»Nicht, seit sie wissen, dass ich auf Coconut Island Schildkröten beobachte.«
Die Vampire sahen sich kurz verwirrt an.
»Du bist so vielseitig.« Mike grinste und Phoebe grinste zurück.
»Tja, so bin ich eben. Wann fliegen wir?« Sie sah freundlich in die Runde und fing sich einen ungehaltenen Blick von der Vampirfront ein. Es war irgendwie witzig, wie Mike so strahlend zwischen den zwei Miesepeterinnen saß und nichts von der Stimmung um ihn herum mitbekam.
»So, ich glaube, ich gehe mal kurz hinaus«, sagte Lilliana und erhob sich. Dabei warf sie Federigo einen auffordernden Blick zu. Die beiden verließen das Zimmer und Phoebe musste zugeben, dass diese Spitzzähne es schafften, sich stets elegant und flüssig zu bewegen. Bei Lillianas vollendetem Abgang kam sie sich selbst wie ein Trampel vor. Aber dafür stieg ihre Stimmung sofort. Lillianas Abwesenheit entlastete erheblich die Atmosphäre.
»Schmeckt großartig, Heidi«, sagte Phoebe. Heidi strahlte. Wenigstens eine würdigte hier wohl ihr Essen.
»Nimm nur, Kleines. Du musst dich stärken, wenn ihr gleich zum Flughafen fahrt.«
»Gleich?«
»Ja, es geht heute noch los«, sagte Mike.
»Ups. Wird Berch allein klarkommen?«
»Er ist schon groß. Berch soll uns inzwischen ne neue Wohnung suchen.«
»Bis ihr die gefunden habt, könnt ihr hier wohnen. Es ist mir eine Ehre«, sagte Heidi.

»Wir wollen dir nicht zur Last fallen, du hast schon genug für uns getan. Ich werde dir das nie vergessen, Heidi. Ohne dich hätten wir niemals andere Vampire gefunden.« Er lächelte seine Artverwandten am Tisch an und Phoebe unterdrückte ein Seufzen. Mike sah so glücklich aus. Und es war ja tatsächlich eine großartige Sache, wenn sie ihm halfen, seine Eltern zu finden. Ihr kam Berchs Warnung in den Sinn und es gab zwei Möglichkeiten. Sie fanden von Schweden aus seine Eltern, dann würde Mike zu ihnen fliegen oder sie zu ihm. Oder sie fanden nichts. Wahrscheinlich würden sie dann etwas länger bleiben, denn Mike würde nicht so schnell aufgeben. Eine weitere Variante kam ihr in den Sinn. Wenn sie Mikes Eltern aufspürten und sie ihren Sohn nicht sehen wollten … das würde Mike – ganz nach Berchs Vorhersage – regelrecht umhauen. Und wenn sie ihn sehen wollten, aber seine Hoffnungen sich nicht erfüllten? Mit Sicherheit hatte Mike seine Vorstellungen im Kopf, wie seine Eltern auf ihn reagieren würden. Er hatte Erwartungen. Und Erwartungen konnte man enttäuschen …

Phoebe stand auf. Sie wollte noch vor der Abreise mit ihm reden. Den Gedanken wenigstens ansprechen. Dann musste sie noch kurz nach oben und Berch sagen, dass sie auf Mike aufpassen würde.

In dem Moment kam Lilliana wieder herein, sie lachte über etwas und Federigo schaute grinsend zu Boden.

»So, ihr Lieben!« Lilliana klatschte in die Hände. »Ich schlage vor, jeder sucht jetzt sein Gepäck zusammen. Wir fahren mit drei Autos. In einer halben Stunde treffen wir uns am Haupteingang.«

»Ich habe deine Tasche schon ins Auto gestellt«, sagte Federigo zu Phoebe und lächelte ihr freundlich zu.
»Oh. Danke.« Sie versuchte, nicht zu überrascht zu klingen, aber die Vampire waren alles Mögliche, nur nicht blöd. Sie spürten die angespannte Stimmung genau wie sie. Und dies konnte ein Friedensangebot sein. Phoebe entschloss sich, es anzunehmen.
Mike stand auf und verließ den Raum, während er auf sein Handy starrte. Sofort nahm Phoebe seine Verfolgung auf. Sie wollte nur ein paar Worte allein mit ihm wechseln. Ihre Sachen hatte sie ja schon gepackt.
Sie fand Mike im Eingangsbereich und er sah auf, als sie sich ihm näherte. Seine Augen faszinierten sie jedes Mal, wenn sie ihn sah. Eine Welle der zärtlichen Gefühle überrollte sie. Am liebsten hätte sie ihn abgeknutscht und an sich gezogen, aber hier gab es zu viel Publikum. Stattdessen küsste sie ihn auf die Wange.
»Gibt's was Besonderes?«, fragte sie.
»Nur Rita. Sie schreibt mir ständig.«
»Wenn du nicht böse auf sie bist, dann sag doch was, schreib ihr einen Satz, der sie beruhigt. Sie weiß, dass du jetzt ne Weile weg bist. In Schweden wirst du vielleicht gar nicht daran denken, ihr zu schreiben.«
»Stimmt. Und ich bin ja wirklich nicht mehr sauer auf sie. Immerhin hat ihre Aktion alles in Gang gesetzt. Und Leyla ist Platz 1 bei den fantastischen Liebesromanen.«
»Ok, das war es dann doch nicht wert«, sagte Phoebe. Dann kicherten sie gleichzeitig los. Mike packte sie und zog sie an sich.
»Es bedeutet mir so viel, dass du mitkommen willst.«

»Ist doch klar. Solange ich nicht störe … deine Kollegen zählen nicht zu meinen Fans.«

»Und selbst wenn. Denk dran, das sind auch nur Nacktmulle.«

Phoebe lachte leise an seinem Hals.

»Die haben dich bestimmt gehört.«

»Egal.« Er küsste sie auf die Stirn. »Ich schreibe Rita eben ne Nachricht und geh noch schnell hoch zu Berch. Gleich geht's los.«

»Mike?«

»Ja?« Er drehte sich nochmal um, und sein Gesichtsausdruck hielt sie fast davon ab, weiterzureden. Da war so viel Verletzlichkeit. »Ich wollte nur sagen … also … hast du dich auch auf eine Enttäuschung eingestellt? Wenn es nicht so wird, wie du hoffst?«

Er sah sie an und schlug einmal die Augen nieder. »Ja, hab ich. Ich rechne mit allem. Auch damit, dass sie nichts von mir wissen wollen. Hat Berch mit dir geredet?«

Sie nickte.

»Danke, dass du so ehrlich bist. Berch denkt, ich weiß es nicht. Mach dir keine Sorgen, ich bin auf alles eingestellt. Aber ich muss es jetzt tun.«

»Okay«, sagte sie leise. Er lächelte ihr nochmal zu, dann trabte er schnell die Treppe hoch.

»Bist du fertig?«

Phoebe drehte sich um und blickte direkt in Lillianas Gesicht.

»Bin fertig.«

»Gut, dann fahren wir schon mal. Ich habe ein Ticket für dich hinterlegen lassen, das sollten wir abholen.«

»Kann man das nicht online regeln?«, fragte Phoebe.

Lilliana lächelte.
»Du willst doch sicher neben Mike im Flugzeug sitzen und nicht irgendwo, oder?«
Phoebe nickte.
»Na siehst du. Komm schon.« Sie sagte das nicht unfreundlich und Phoebe dachte an ihren Vorsatz, friedlich zu bleiben. Schließlich würde sie Gast sein bei den Ikea-Halsbeißern, da konnte sie sich auch mal zusammenreißen.
Die Mietautos der Vampire war bereits beladen mit Koffern und Taschen. Sogar auf dem Vordersitz stand eine Reisetasche. Lilliana hielt Phoebe die Hintertür auf und das war ihr ganz recht. Sie musste nicht auch noch neben der Vampirin sitzen. Diese schlug die Tür zu und saß keine zwei Sekunden später auf dem Vordersitz. Der Motor brummte auf und Phoebe sah zu dem Haus hoch, in dem so vieles in so kurzer Zeit passiert war. Vielleicht würden sie nach ihrer Rückkehr gleich schon in die neue Wohnung ziehen … sie korrigierte sich. Mike und Berch würden dort einziehen. Noch hatte sie nicht mit Mike über das Thema gesprochen. Sie wusste nicht, was er darüber dachte. Die Villen des Grunewaldbezirks flogen an ihr vorbei. Bisher hatte sie noch nie darüber nachgedacht, welche Summen Mike und Berch investieren würden und konnten, ob sie ein Haus oder eine Wohnung mieten würden. Oder ein Grundstück kaufen? Die Häuser im Grunewald lagen schnell mal im 7-stelligen Bereich. Aber ein kleines Häuschen, nicht zu weit weg von der Stadt, aber schon mit Wald drum herum … jetzt wo Berch seine Kätzchen hatte, war das vielleicht eine Option.

Sie schaute nach vorne zu Lilliana, die konzentriert auf die Straße sah und ein ziemliches Tempo vorlegte. Die Augen der Vampirfrau sahen sie kurz über den Rückspiegel an.

»Alles klar?«

»Ja«, sagte Phoebe. Dann gab sie sich einen Ruck. »Danke, dass ich mitkommen darf. Also zu euch.«

»Ist doch selbstverständlich. Für Mike ist es bestimmt gut, wenn er jemanden Vertrautes dabei hat. Das wird nicht leicht für ihn.«

»Wie stehen die Chancen, dass ihr seine Eltern findet?«

»Die sind recht gut. Wenn sie leben, finden wir sie. Wenn nicht, dann weiß er wenigstens, woran er ist. Wie lange seid ihr schon zusammen?«

»Noch nicht lange. Wir haben uns gerade erst kennengelernt.«

»Hast du ihn am Anfang für einen Menschen gehalten oder kanntest du Heidi und warst eingeweiht?«

»Ich wusste es nicht. Hab's zuerst auch nicht geglaubt. Ich finde das immer noch unfassbar.«

Lilliana lachte. »Da fragt man sich, was es noch alles gibt auf der Welt. Stimmt's?«

»Ja, irgendwie schon.« Phoebe fühlte sich erleichtert, dass die merkwürdige Spannung zwischen ihnen fort war. Sie freute sich jetzt auf den Schweden-Trip. Und Lilliana konnte wohl auch nett sein, wenn sie wollte. Oder sie schmierte Phoebe Honig ums Maul, damit Mike seine neuen Freunde nicht als unfreundlich empfand? Was auch immer.

»Ich kann dich beruhigen. Hab noch nie nen Werwolf gesehen«, sagte Lilliana. Phoebe grinste.

»Sehr beruhigend.«
»Das mit dem Verwandeln ist Quatsch. Wie sollte so was gehen? Dann müsste es auch Magie geben, bei so einer schnellen Metamorphose.«
»Stimmt.«
»Wir haben lediglich einen anderen Stoffwechsel und anderes Erbgut. Aber wir verwandeln uns nicht.«
»Leuchtet ein.« Phoebe sah aus dem Fenster. Sie fuhren eine von Wald gesäumte Straße entlang und sie überlegte, Lilliana zu bitten, das Tempo etwas zu drosseln. Andererseits hatte die Vampirin wahrscheinlich Übung am Steuer, seit es Autos gab …
»Wie lange dauert es noch bis zum Flughafen?«, fragte Phoebe und tastete nach ihrem Handy. Ok, das steckte in ihrer Jackentasche und die lag auf dem Vordersitz. Sie hatte das Telefon aus Höflichkeit nicht mit ins Esszimmer nehmen wollen und Federigo hatte nicht wissen können, dass es in ihrer Jacke war. Bei der Geschwindigkeit wollte sie Lilliana nicht bitten, ihr die Jacke zu reichen.
»Wir sind gleich da. Oh.« Lillianas Handy piepste und sie griff danach. Phoebe brach der Angstschweiß aus, als die Vampirfrau mit einer Hand steuerte und mit der anderen eine Nachricht tippte.
»Die anderen sind jetzt auch losgefahren«, verkündete Lilliana.
Phoebe hörte ihr Handy in der Tasche piepsen. Wahrscheinlich eine SMS von Mike.
»Mike hat mir bestimmt gerade auch geschrieben«, sagte Phoebe. »Aber lass mal das Handy, ich hol's mir gleich.«
»Du denkst wohl, ich kann nicht fahren und tippen zugleich.«

»Nein … das denke ich nicht. Hast sicher 50 Jahre geübt.« Lilliana lachte nicht. Sie schaute geradeaus.
»Keine Sorge, ich geb's dir sowieso nicht.« Sie langte nach Phoebes Jacke und warf sie in den Fußraum des Beifahrersitzes.
»Hey!« Phoebe war irritiert. »Das kann kaputtgehen! Ich bin nicht so blöd jetzt nach vorne zu klettern, oder was du dir da denkst!«
Lilliana starrte auf die Straße. Die Stimmung hatte sich verändert, ganz ohne Vorwarnung, und Phoebe wusste nicht, wie sie jetzt darauf reagieren sollte.
»Sag mal, ganz ehrlich. Ich rede auch nicht mit Mike darüber. Habt ihr was gegen mich?« Es war heraus und sicher war es besser so. Die Karten lagen auf dem Tisch und jetzt würde Lilliana alles abstreiten oder dazu stehen. Dann konnten sie das vielleicht noch klären, bevor sie gleich zusammen im Flieger saßen.
»Gegen dich persönlich habe ich nichts«, sagte Lilliana. »Du bist ein Mensch wie jeder andere. Überflüssig und unzulänglich wie jeder andere. Unperfekt. Mit minderwertigem Erbgut.«
Phoebe schnappte nach Luft ob dieser Unverfrorenheit. Und sie korrigierte innerlich ihren Vorsatz NICHT mit Mike darüber zu reden. Das würde sie ihm sagen müssen. Wie seine tollen neuen Freunde tickten. Die Heftigkeit von Lillianas Aussage verschlug ihr noch für Sekunden die Sprache.
»Ihr haltet euch wohl für was Besseres«, sagte sie schließlich. »Ok, das war jetzt nicht wirklich eine VERMUTUNG von mir.«
»Ja, wir sind etwas Besseres. Und deshalb verhindern wir

auch, dass du mit Mike lauter minderwertige Halblinge zeugst.« Lilliana gab noch mehr Gas und Phoebe wurde in den Sitz gepresst. Sekunden später bremste Lilliana, Phoebe wurde erst nach vorn geschleudert und dann zur Seite, als das Auto abrupt in einen Waldweg einbog. Lilliana raste weiter, so schnell es auf diesem Boden möglich war, Bäume flogen an den Fenstern vorbei, Zweige streiften die Karosserie.

»Bist du wahnsinnig?«, schrie Phoebe. Von vorne kam keine Antwort. Und sie begriff.

Phoebes Hand tastete nach dem Griff der Autotür. Sie durfte nicht nachdenken, nicht einen Atemzug lang. Sonst würde sie es nicht tun können. Lilliana bremste, die Reifen knirschten, als sie in einen weiteren Seitenweg einbog. Phoebes Finger lösten den Anschnallgurt, dann flog ihre Tür auf und sie fiel, überschlug sich –

Etwas traf ihren Kopf und ein Schmerz fuhr in ihre Seite. Der Motor entfernte sich ein Stück, Äste und Laub vor ihren Augen, ihre Hand stützte sich in feuchte, schwarze Erde.

Der Wagen bremste und Lilliana setzte zurück.

Oh, Gott.

Phoebe kam auf die Beine. Und dann rannte sie. Sie lief quer in den Wald hinein, ohne sich umzusehen.

27

Der Wagen schnurrte die Straße entlang. Wirklich angenehm. Mike dachte darüber nach, sich ein neues Auto zuzulegen.
Vielleicht so eine Minicooper Limo, bei der die Türen hinten seitlich aufgingen … Ja, so was gefiel ihm. Da würde Berch seine Katzenkörbchen reinstellen, wenn sie umzogen. In der Tat war es – nicht nur der Katzen wegen – vielleicht Zeit für einen festen Wohnsitz. Früher hatten sie das nie in Erwägung gezogen, denn es konnte jederzeit Probleme geben und dann war neu mieten einfacher als neu kaufen.
»Worüber denkst du nach?«, fragte Claire, die neben ihm saß.
»Oh, nichts. Über Katzenkörbchen. Und Autos.«
Claire lachte geziert. »Ich finde eure Katzen auch goldig. Wirklich nett.«
»Ja, wer hätte das gedacht, dass Berchtold mal mit Katzen anfängt. Er wollte früher immer Schlangen. So kann sich das ändern.«
»Nun ja«, sagte Claire und rückte auf ihrem Sitz herum, so dass sie ihm mehr zugewandt saß. »Unter bestimmten Umständen … sind Schlangen vielleicht interessanter als Katzen.«

*

Der Motor hatte gestoppt. Zu dem Geräusch ihrer eigenen Füße, die Zweige zerbrachen, kam ein zweites. Und die Äste hinter ihr brachen so viel machtvoller und

brutaler. Diese Viecher hatten Kraft. Lilliana würde sie einholen. Sie hatte nicht die geringste Chance gegen dieses Monster.
Die Gedanken flogen durch ihr Bewusstsein, während ihr Körper einfach nur agierte. Rennen, nicht stolpern, Flucht, da war nichts anderes. Keine Rücksicht auf die brennende Lunge. Leben oder nicht leben.
Konnte sie kämpfen? Konnte sie sich verstecken? Ihre Augen suchten unablässig nach einem Ausweg, einer Gelegenheit, die die Natur ihr bot, aber da war nichts. Sicher würde Lilliana sie riechen, egal, welches Versteck sie fand. Im Laufen griff Phoebe ihren Pullover und riss ihn sich über den Kopf, dann warf sie ihn rechts von sich ins Gebüsch. Sie lief weiter nach rechts, so leise wie möglich, auf die Geräusche hinter sich achtend.
Durch ihren Sturz aus dem Wagen hatte sie einen ordentlichen Vorsprung herausgeholt, sonst hätte Lilli sie längst erledigt. So leise wie möglich floh sie weiter und tatsächlich – ihre Verfolgerin schien kurz innezuhalten. Der Pullover im Gebüsch roch wohl intensiver als die Duftspur, die sie in der Luft hinterließ. Ob die Vampirin ihre Schritte wohl hören konnte? Phoebe wollte es nicht ausprobieren. Ein Schluchzer entkam ihrer Kehle.
Mike! Er würde nie erfahren, was hier geschah, dass sie sie im Wald zu Tode gehetzt hatten.
Ihre Lunge brannte, lange würde sie das nicht mehr durchhalten. Zwischen den Bäumen blitzte etwas auf, Wasser glitzerte und sie hielt keuchend inne. Sie konnte nicht mehr weiter, es ging einfach nicht.
Sie fällte eine Entscheidung.

*

Die Autos hielten auf dem Parkplatz vor dem Flughafengelände. Mike schaute sofort durch das Fenster nach Phoebe. Sie hatte nicht auf seine SMS geantwortet. Möglich, dass sie nicht an ihr Handy kam oder den Ton nicht gehört hatte. Er konnte sie nirgends sehen und stieg schon mal aus, während Claire den Kofferraum öffnete und ihr Handgepäck herausnahm. Mike lud seine Tasche aus, die Federigo ihm mitgebracht hatte. Seine eigenen Koffer und Taschen mussten nach der Feuerattacke erst gereinigt werden. Oder er kaufte sich gleich neue Sachen, wobei er nicht der Typ dafür war, Dinge vorschnell wegzuwerfen.
Claire kam lächelnd zu ihm und wollte nach ihrem Reisekoffer greifen.
»Ich mach das schon«, sagte er.
»Danke«, hauchte sie und beugte sich vor. Ihre Lippen berührten kurz seine Wange. Irritiert sog Mike ihren Duft ein. Er hatte es schon im Auto bemerkt. Was für ein Unterschied zu einem Menschen! Er roch, dass sie derselben Art angehörten. Faszinierend.
Mike schaute zu dem Flughafengebäude. Phoebe musste dort drinnen sein. Und er freute sich auf sie.

*

Ihr Turnschuh flog durch die Luft. Sie hatte ihn so weit geworfen, wie sie konnte. Dann streifte sie den anderen Schuh ab und warf ihn in die andere Richtung. Hinter ihr knackten Zweige im Unterholz. Lilliana hatte ihre Spur

wieder aufgenommen. Nur einen Atemzug zögerte sie, dann watete Phoebe in das kalte Wasser des kleinen Sees. Es war erstaunlich, wie der Überlebensinstinkt funktionierte, was man alles aushielt, wenn man dann nur weiterleben durfte. Niemals hätte sie in dieser Jahreszeit einen Fuß hier reingesetzt, aber jetzt tauchte sie unter, glitt in das betäubende, schwarze Wasser. Phoebe versuchte ganz ruhig zu sein. Es war ihre einzige Chance. Ruhig atmen. Unter ihren nackten Füßen spürte sie Schleim und Äste. Ihre Hände tasteten danach. Sie griff eine Handvoll der halbvermoderten Zweige und bohrte ihre Füße unter einen anscheinend stabileren Ast, damit sie nicht hochgetrieben wurde. Phoebe legte den Kopf in den Nacken, nur ihr Mund und ihre Nase waren über Wasser, die Zweige, die sie vom Grund hochgezogen hatte schwammen wie ein Nest um ihr Gesicht herum. Würde das reichen, Lilliana zu verwirren? Konnte sie sie noch riechen, wenn ihr Körper unter Wasser war?
Sie lauschte, um sie nichts als das leichte Unterwasser-Rauschen, das dumpfe Geräusch, das irgendwie keins war … Dieser See bewegte sich nicht, ein stilles Gewässer. Würde sie Lilliana hören, wenn sie in den Teich stieg? Würde das Rauschen sich verändern? Machte es dann noch Sinn, weiter zu flüchten? Sie atmete so wenig wie möglich, obwohl ihre strapazierte Lunge nach Luft kreischte.

*

Mike zog mit seinem Koffer durch die Halle, Claire dicht neben sich.
»Ich verstehe nicht, warum sie nicht da sind.«
»Vielleicht holen sie sich gerade einen Kaffee oder so«, sagte Claire. »Komm, wir checken schon mal ein.«
»Ich warte auf Phoebe.«
»Oh, da sind Federigo und Raik!« Claire winkte den beiden und lief dann zu ihnen hinüber. Mike schaute wieder auf sein Handy. Keine Nachricht von ihr. Er begann eine SMS zu tippen.

*

Die Kälte lähmte sie. Und da war noch etwas. Sie spürte, dass der Ast, an dem sie sich mit den Füßen festhielt, nachgab. Wie lange kauerte sie hier schon? Hatte Lilliana aufgegeben? Ihr war klar, dass sie bewusstlos werden konnte, wenn sie zu lange im kalten Wasser blieb. Dafür blieb ihr nur ihr Gefühl, denn sie wusste weder, wie kalt dieses Wasser war, noch wie lange sie hier schon ausharrte. Es gab keine Zeit, wenn man vor einer Killervampirin floh.
Mike war jetzt bestimmt am Flughafen und sie würden ihn sicher überreden, mit nach Schweden zu fliegen. Sie würden sich was einfallen lassen, ihn austricksen … so wie die Vampire sie selbst ausgetrickst hatten. Sie hatten sich abgesprochen, sie allein ins Auto gelockt, um sie loszuwerden. Deshalb auch die Mietwagen und keine Taxis. Und Mike würden sie als frisches Blut in ihre

Gruppe aufnehmen, damit ihre Rasse nicht ausstarb.
Der Ast gab weiter nach. Ihre Füße verloren langsam den Halt und ihr Körper trieb Richtung Oberfläche.

*

Sein Handy piepste und Mike öffnete sofort seine Nachrichten. Phoebe hatte ihm geschrieben!

Mike, es tut mir so leid!!! Wir haben einen Notfall in der Praxis, etwas wirklich Schlimmes. Ich erzähle es dir später. Ich konnte die Kollegen nicht im Stich lassen, komme aber schnell nach. Versprochen! Fliegt ihr nur schon vor. Ich melde mich.

Mike zog die Brauen zusammen. Er schwankte zwischen Enttäuschung und Verunsicherung. Claire stand noch bei den beiden anderen und schaute zu ihm herüber. Sie lächelte und kam dann auf ihn zu.
»Hast du auch die Nachricht bekommen? Wir fliegen wohl schon vor.«
Mike nickte langsam.
»Mach dir keine Sorgen. Lilli fährt mit Phoebe zu ihrem Arbeitsplatz und lässt sie dort raus. Sie wird nachkommen. Wir aber sollten unseren Flug nicht verpassen.«
Claire fasste Mike sanft am Arm und zog ihn mit sich. Mike schaute noch einmal auf seine Nachrichten, dann folgte er ihr zum Terminal.

*

Sie ließ die Luft aus der Lunge entweichen und arbeitete so dem Auftrieb entgegen.
Kurz einatmen, schnell wieder raus mit der Luft. Die Lungen möglichst leerlassen … nur kurze Atemzüge.
Inzwischen spürte sie ihre Finger nicht mehr. Wenn jetzt jemand kommen und nach ihr greifen würde, wenn starke Hände sie unter Wasser drückten, dann konnte sie nichts mehr tun. Und wenn sie ohnmächtig wurde, ertrank sie hier. Während Mike im Flieger nach Schweden saß, die rothaarige Claire an seiner Seite, seine zukünftige Vampirfrau.
Oh ja, sie würden ihn so weit bekommen. Mit geheucheltem Mitleid und Lügen. Vielleicht hatte Federigo längst recherchiert, dass Mikes Eltern Geschichte waren und sie hatten ihn auch belogen, ihm Hoffnung gemacht, damit er sie begleitete.
Langsam, ganz langsam drehte sie ihr Gesicht. Bloß keine Wellen machen. Ihre Augen lagen nun über Wasser und sie öffnete sie. Über ihr Blätter, Äste und ein kleines Stückchen Himmel. Sie durchlebte einen surrealen Moment, in dem sie sich vorstellte, einfach für immer so hier zu schweben, in einem schwarzen Wasser. Von oben betrachtet würde ihr Gesicht einen hellen Fleck in dieser Schwärze bilden. Und vielleicht würde sie irgendwann einen Körper neben sich spüren und ein Gesicht sehen, das sich über sie beugte. Mit blonden Locken. Die Welt rückte ein bisschen von ihr ab. Und wenn sie sich gar nicht bewegte, wenn das Wasser um sie herum ganz still war, dann fühlte es sich auch gar nicht mehr so kalt an.

*

Ein Reh stand dort und trank ein paar Schlucke. Es hob den Kopf, witterte, dann trank es wieder.
Phoebe beobachtete das Tier zwischen den fauligen Ästen hindurch, den Kopf leicht seitlich gedreht. Was dachte sie? Konnte sie noch denken? Das Bild des Rehs, das nun langsam weiterging … langsam, nicht fluchtartig.
Sie richtete sich auf und erschrak, dass ihre Glieder ihr kaum noch gehorchten. Das Reh … was hatte sie eben gedacht?
Sie blieb an etwas hängen und das schwarze Wasser schlug über ihrem Kopf zusammen. Wieder kämpfte sie sich hoch, schnappte nach Luft.
Wenn das Reh dort ist, dann ist SIE weg.
Die letzten Meter zum Ufer kroch sie auf allen Vieren. Kalt, so kalt … Phoebe sank keuchend auf Blätter und Erde. Sie musste hier weg. Eine Straße finden, ein Auto anhalten. Sie musste Mike warnen.
Mike! Sie schluchzte auf. Was, wenn diese Schweine ihn mitnahmen und irgendwo einsperrten? Mike würde sich nicht dauerhaft von ihnen ablenken lassen. Berch war nach wie vor in Berlin. Und irgendeine Geschichte mussten sie ihm auftischen, wo seine Freundin abgeblieben war. Sie musste sich beeilen.
Sie stand auf, ihre Knie zitterten. Wo war die Straße? Phoebe versuchte sich zu erinnern, wie sie gefahren waren, wie sie dann gelaufen war … unmöglich nachzuvollziehen. Aber sie waren hier in Deutschland, nicht in den schwedischen Wäldern. Sie würde geradeaus gehen,

bis eine Straße kam, und dann das nächste Auto anhalten. Geduckt schlich sie vorwärts. Wenn Lilliana hier noch irgendwo war, konnte sie ihr in die Arme laufen. Aber das Teichwasser, das an ihr haftete, verdeckte hoffentlich genug von ihrem Geruch. Trotzdem bückte sie sich nach einem abgebrochenen Ast, etwa so lang wie ein Schwert. Sollte Lilliana hier auftauchen, konnte sie was erleben.

*

Fliege höchst ungern ohne dich ;) Ist denn mit dir alles klar? Liebe dich.

Mike drückte auf senden. Er hatte sie zweimal angerufen, aber sie ging nicht dran. Dabei musste sie doch noch im Auto bei Lilli sitzen. Sie konnte die Praxis noch nicht erreicht haben, die noch weiter entfernt lag als Phoebes Wohnung. Nicht von hier aus und nicht bei dem Verkehr. Eine Fahrt quer durch Berlin dauerte länger als mit dem Zug von Hannover nach Bielefeld. Würde sie dann nicht ohnehin zu spät zu diesem Notfall kommen? Sein Handy piepste.

Liebe dich auch. Ruf mal nicht mehr an, mein Akku ist gleich leer. Melde mich später!

Ihr Akku? Phoebe lud den immer über Nacht, um für die Praxis erreichbar zu sein. Und der war jetzt schon leer?
»Mike, wir müssen los. Sonst fliegen die ohne uns ab.« Claire lächelte, wirkte dabei aber leicht gestresst.
»Sorry, ich muss noch was klären. Geht auch ganz

schnell«, sagte Mike. Dann wählte er Berchtolds Nummer. Nach zweimaligem Klingeln nahm Berch ab. Sie sprachen zwei Minuten, dann legte Mike auf.

»Bin da«, sagte er.

»Großartig.« Claire strahlte ihn an.

Gemeinsam passierten sie die Sicherheitsschleuse. Durch das Panoramafenster sah Mike das Flugzeug, das gerade in Parkposition gebracht wurde. Da klingelte sein Handy.

28

Patrick stieg voll auf die Bremse, als er die Gestalt auf der Straße wahrnahm. Die Frau stand barfuß, in Unterhemd und Jeans, mitten auf der Fahrbahn. Ihr Haar klebte an ihrem Kopf, Erde und Dreck hafteten an ihren Kleidern und ihrem Körper. Mit der einen Hand schwang sie eine Art Stab. Patrick musste an Bilder aus Horrorfilmen denken, aber nur ganz kurz, dann begriff er.

Der Wagen fuhr auf den Seitenstreifen.

»Bitte, helfen Sie mir! Bitte!« Die Frau kam zitternd auf ihn zu und er dachte sofort an die Rettungsdecke in seinem Kofferraum.

»Ich helfe Ihnen. Ganz ruhig. Ich helfe Ihnen. Geben Sie das her.« Vorsichtig nahm er ihr den Stock aus der Hand.

»Warten Sie.« Patrick ging schnell zum Auto, er sah, wie die Frau sich angstvoll umschaute, als würde gleich etwas aus dem Wald kommen.

»Wir können hier nicht bleiben. Glauben Sie mir. Bitte, wir können nicht …« Sie schluchzte. »Ich muss dringend telefonieren. Es ist lebenswichtig.«

»Ich habe ein Handy. Hier, legen Sie sich das um und rein ins Auto.«

Sie musste halb erfroren sein.

Er ließ sie einsteigen und fuhr dann unverzüglich los. Vor was auch immer diese Frau weggelaufen war, er musste ihm hier nicht begegnen.

*

Sie konnte es nicht fassen, dass sie noch lebte. Dass sie noch da war, in einem warmen Auto saß und von einem Menschen durch Berlin gefahren wurde.

»Auf der Ablage liegt mein Handy, rufen Sie an, wen Sie wollen.«

»Danke«, flüsterte sie. Die silberne Rettungsfolie knisterte, als sie nach dem Telefon griff. Dann stockte sie. Mikes Nummer, sie wusste sie nicht auswendig! Phoebe presste die Lippen zusammen. Berchs Handynummer kannte sie ebenso wenig und die beiden standen nicht im Telefonbuch aus verständlichen Gründen. Heidi! Phoebe wollte eben Heidis Namen googeln, als ihr klar wurde, dass die nette Damen vielleicht mit den Vampiren gemeinsame Sache machte. Das Risiko war da. Fieberhaft überlegt sie. Die Polizei würde nichts tun. Da waren nur ein paar Leute, die freiwillig nach Schweden flogen, sie hatte nichts als Behauptungen am Telefon zu bieten.

Phoebe wählte ihr Festnetztelefon. Es klingelte, einmal, zweimal, dreimal.

Bitte, geh ran … geh doch ran …

Der Anrufbeantworter sprang an.

»Hey, habt ihr nix zu tun? Was stört ihr uns, ihr Säcke?«, erklang Fox' Stimme vom Band. *»Ich hasse euch, ihr Langweiler. So. Wer jetzt noch Bock hat, mit uns zu reden – also mit dem Petenator, der engelsgleichen Mondgöttin Phoebe oder mit mir – einem echten Helden aus einer anderen Zeit, dann sprecht euer erbärmliches Gesuch auf Band. Vielleicht rufen wir dann zurück!«*

Phoebe spürte, wie ihr die Tränen über das Gesicht liefen.

Der Piepston kam. Sie legte auf.
»Ich fahre Sie zur Polizei, in Ordnung?«, fragte der junge Mann am Steuer.
»Nein, mein Freund ist Polizist«, log Phoebe. »Ich möchte zu ihm, bitte.« Sie nannte ihm die Adresse und er nickte.
Wieder wählte sie die Festnetznummer. Sie verfluchte sich, dass sie die Handynummern ihrer Mitbewohner nicht auswendig wusste. Es klingelte. Und dann nahm jemand ab.
»Jo?«
Das war Fox. Vor Erleichterung bekam sie zuerst kein Wort heraus.
»Was willst du, du perverses …«
»FOX! Ich bin's!« Phoebe hatte das Gefühl, kaum atmen zu können. »Ich brauche dich, ok? Du musst mir zuhören!«
»Ist dir was passiert?« Fox hatte sofort auf Ernstfall geschaltet.
»Ich bin überfallen worden. Den Rest später. Ich brauche Mikes Handynummer! Es kann sein, dass da ein Zettel auf meinem Tisch …«
»Rita ist hier. Moment.«
»WAS? Gott sei Dank!«
»Sie hat Mikes Nummer ganz bestimmt.«
»Ja.«
»Das ist Phoebe, sie braucht Mikes Nummer, sofort!«, hörte sie Fox sagen.
Rita erwiderte irgendwas und Fox würgte sie ab. »Gib die Nummer, den Rest klären wir später. Hast du was zu schreiben?«
»Ich … sag einfach.« Phoebe schlug die Rettungsdecke

zurück und kratzte die Nummer, die Fox ihr diktierte, in den Dreck auf ihrer Jeans.
»Danke, Fox. Ich komme nach Hause.«
»Rühre mich nicht weg, bis du da bist.«
Phoebe legte auf und rief Mike an.
»Storm«, meldete sich seine vertraute Stimme.
»Mike! Mike, ich bin's!«
»Hey! Ich …«
»Sag nichts. Bitte sei still. Lass dir nicht anmerken, dass ich dran bin«, sagte Phoebe hastig. Mike schwieg kurz.
»Okay.«
»Bist du noch am Flughafen, bist du bei Claire und den anderen?«
»Ja, da haben Sie Recht. Das ist in der Tat so«, sagte Mike und Phoebe dankte ihm innerlich auf Knien, dass er so schnell schaltete. »Warten Sie, ich gehe woanders hin, wo der Empfang besser ist. Sie können mir das alles erzählen.«
Phoebe begriff.
»Ok, ich rede leise, damit sie nichts hören. Du darfst jetzt nicht ausrasten bei dem, was ich dir sage. Versprich es mir. Ich kann auch nicht so, ähnlich wie du.« Phoebe vermied es, zu ihrem Fahrer hinüberzusehen. Kein Wort durfte zum Thema Vampir fallen, solange sie im Auto saß.
»Bin bereit«, sagte Mike.
»Ich liebe dich, ich liebe dich so sehr.« Sie schluckte die Tränen hinunter. »Ich bin unverletzt, das vorweg. Aber es gab einen … Unfall, den ich ohne Lilliana nicht gehabt hätte. Verstehst du? Sie wollen dich mitnehmen. Und mich loswerden. Mehr kann ich dir nicht sagen. Du musst

mir glauben. Sie hat mir mein Handy weggenommen.«
»Wo sind Sie gerade?«, fragte Mike und sie hörte seiner Stimme den unterdrückten Stress an.
»Auf dem Weg zu meiner Wohnung.«
»Ich bin unterwegs.«
»Glaub nichts, egal, was sie sagen. Vertrau mir.«
»Ich glaube Ihnen. Ihre Prognosen haben sich ja immer als verlässlich erwiesen.«
»Oh Gott, ich bin wirklich mit einem Schriftsteller zusammen.« Phoebe umklammerte das Handy.
»Das ist richtig. Sie können sich auf mich verlassen.«
»Ich warte auf dich.«
»Ja, das gefällt mir, vielen Dank«, sagte Mike. Phoebe wollte ihn an sich drücken und küssen.
»Du kannst ruhig auflegen. Ich warte auf dich. Sobald ich in der Wohnung bin, melde ich mich.«
»Tun Sie das«, sagte Mike. »Und bleiben Sie bitte vor Ort bei Ihren Kollegen.«
»Mach ich, kein Schritt vor die Tür, bis du da bist.«
»Das lob ich mir. Wiederhören.« Mike legte auf.
»Wiederhören«, flüsterte Phoebe.

*

Eine gute halbe Stunde später hielt ihr Retter vor der Wohnung. Phoebe hatte ihm ihre Nummer gegeben und versprochen, ihn zum Mexikaner einzuladen mit allem Drum und Dran, inklusive beliebiger Begleitperson.
»Alles Gute«, sagte er, als sie ausstieg und ein älteres Pärchen sofort einen Bogen um sie machte.
»Danke fürs Leben retten«, sagte sie.

»Immer wieder gern.« Er lächelte und setzte dann den Wagen zurück.
Phoebe sah sich um. Hier, mitten in der Stadt unter Menschen, fühlte sie sich schon bedeutend sicherer. Sie stieß die Tür zum Hausflur auf und klingelte keine Minute später an ihrer eigenen Wohnungstür. Der Schlüssel war in ihrer Reisetasche, irgendwo in einem Mietauto, das von einer mordlustigen Plasma-Konsumentin gefahren wurde. Für zwei Sekunden musste sie an Stephen Kings Geschichte »Der Straßenvirus zieht nach Norden« denken, die sie – großer Fehler – mal allein in der Wohnung gelesen hatte. Am Abend.
Fox riss die Tür auf, hinter sich den besorgten Pete und Rita.
»Beim Klabautermann«, hauchte Fox, »komm schnell rein.«
Die Augen ihrer Mitbewohner sprachen Bände.
»Ich weiß, wie ich aussehe, aber mir geht's gut. Bin nur schweinekalt.«
»Was. Hast-.Du …« Fox stand der Mund offen und ihm fiel wohl auch keine blöde Bemerkung ein und auch nichts aus der Sagenwelt, das sollte schon was heißen.
»Schließ die Tür ab«, sagte Phoebe. »Lass nur Mike rein, sonst niemanden.«
Als Fox nicht reagierte, verriegelte Pete die Tür mit dem massiven Sicherheitsschloss. Berliner Altbauwohnungen bewährten sich eben.
»Also, in Kurzform. Eine Verrückte hat mich überfallen, könnte man sagen. Die wollte mich umbringen und ich hab mich in einem See vor ihr versteckt.«
»In einem See?«, fragte Pete.

»Ja, ich weiß, wie das klingt. Aber es stimmt. Mike ist auf dem Weg hierher, er weiß Bescheid. Ich muss ihn anrufen …«

»Und wieso BITTESCHÖN, wollte die dich umbringen?« In Fox' Stimme war keine Spur von Hohn. Er nahm sie ernst und das tat ihr unglaublich gut in dem Moment, auch wenn sie ihm nicht die Wahrheit sagen konnte.

»Es gibt so viele Verrückte, die rumlaufen. Es wird sich schon noch klären. Ich muss jetzt zwei Sachen. Erstens duschen, zweitens Mike anrufen. Oder umgekehrt. Wenn jemand klingelt, fragt erst mit der Gegensprechanlage, wer es ist und guckt durch den Türspion, klar?«

»Du musst die Polizei holen«, sagte Pete.

»Ich weiß. Aber aus einem bestimmten Grund tue ich das noch nicht jetzt.«

»Warte, wir machen Fotos von dir, wie du jetzt aussiehst. Beweisfotos. Das ist wichtig.« Pete schickte sich an, seine Kamera zu holen.

»Gut, aber dann muss ich duschen, sonst dreh ich durch.« Phoebe ging barfuß zu ihrem Zimmer, sie schlotterte am ganzen Körper. Als erstes schloss sie die Balkontür, durch welche die kalte Luft sie traf.

Eine Hand legte sich über ihren Mund und Phoebe sah ihr eigenes Spiegelbild in der Fensterscheibe – und Lillianas blonde Mähne.

»Du kannst dir jetzt in Ruhe aussuchen, ob du hier ganz leise allein sterben willst oder ob deine kleinen Freunde im Flur mit dran glauben dürfen«, flüsterte sie. Phoebe stand wie erstarrt. Es gab nichts, was sie in diesem Moment tun konnte. Lilliana würde alle umbringen. Pete und ihren kleinen Pseudo-Historienwuschel Fox. Die beiden hatten keine Ahnung und es traf sie keine Schuld an dem Ganzen.

Mike … wo bist du? Bitte …

Es sollte klingeln, er sollte kommen, doch noch in letzter Minute auftauchen …

Aber das geschah nicht.

»Du bist mir irgendwie abgehauen, aber ich wusste, dass ich dich hier finde. Ziemlich dumm von dir. Ich mag es nicht, wenn mir jemand wegläuft.«

»Finger weg von ihr«, sagte eine Stimme hinter ihnen. Phoebe sah Lilliana im Fenster grinsen. Sie drehte sich langsam mit ihr um.

Fox stand nur drei Schritte entfernt und hielt ein Schwert in den Händen. Seine Finger zitterten nicht, sein Blick war klar und ruhig.

»Du lässt sie los«, sagte er.

»Sonst?«, fragte Lilliana und Phoebe spürte, dass sie das hier tat, weil es ihr *Spaß* machte. Sie konnte sie alle umbringen, ohne Probleme, aber Lilliana wollte ihren Triumph auskosten. »Fuchtelst du dann mit deinem Spielzeugmesser?«

»Das Schwert ist echt«, sagte Fox. »So kann man sich irren.« Er machte eine schnelle Bewegung und Lilliana schrie auf. Sofort stieß Phoebe ihr den Ellbogen in den Magen und ließ sich nach vorne fallen. Sie landete auf allen Vieren und kroch von der Vampirin weg. Lilliana hielt sich den Arm und fauchte wie ein Raubtier. Zwischen ihren Fingern quoll Blut hervor.

»Was bist du? Ein Scheiß Vampir?«, fragte Fox.

»Du lächerlicher kleiner Bastard. Jetzt lösche ich euch alle aus.«

»Ein Text wie aus einem richtig schlechten Film«, urteilte Fox. »Frag die Dame da hinten, die hat nen eigenen Verlag und hat mir beigebracht, was ein schlechter Dialog ist.«
Lilliana machte einen unglaublich schnellen Satz nach vorn, aber Fox reagierte sofort. Die Schneide erwischte sie an der Hand. Sie jaulte auf und sprang über den Couchtisch auf die andere Seite des Raumes.
»Damit hast du wohl nicht gerechnet, Blutsaugerin«, sagte Fox. »Ich gebe dir fünf Sekunden, um aus diesem Fenster zu springen.«
Blut lief an Lillianas Arm herab und tropfte auf den Boden. Sie grinste.
»Achchch, und was ist, wenn ich noch bleiben möchte? Du fühlst dich gerade richtig toll mit deiner billigen Schwertkopie. Dabei wirst du gleich tot sein.« Sie bleckte die Zähne.
»Nein, ich fühle mich richtig toll, weil ich Verstärkung mitgebracht habe«, sagte Fox. Phoebe wandte den Kopf zur Tür und sah eine schwarze Maske. In Petes Händen lag etwas, das entfernt einem Gewehr ähnelte.
Flopp-flopp-flopp-flopp-flopp
Sie hörte das Geräusch, als die Geschosse aus der Waffe flogen. Lilliana schrie und riss die Hände vors Gesicht. Sie warf sich zur Seite und Pete folgte ihr gnadenlos mit dem Paintball-Markierer, feuerte die Farbkugeln aus nächster Nähe auf die Vampirfrau ab. Lilliana kam wieder hoch, hellgrüne und neongelbe Flecken auf ihrem Körper. Pete erwischte sie an der Stirn und sie wich fauchend ein Stück zurück. Diese Dinger taten aus der Entfernung schon verteufelt weh. Aus dieser Nähe

abgeschossen, schienen sie sogar einen Vampir zumindest aufhalten zu können. Nur wie lange …
Ein Körper flog an Phoebe vorbei. Mike begrub Lilliana unter sich. Er packte ihren Kopf, bog ihn brutal zur Seite und schlug seine Zähne in ihre Schulter. Sie schrie, fauchte und zappelte unter ihm. Phoebe zitterte am ganzen Leib. Pete hatte den Markierer gesenkt und starrte ungläubig auf die Szene. Fox lief zur Balkontür und öffnete sie.
»Raus mit ihr«, sagte er. Mike riss Lilliana vom Boden hoch, verdrehte ihr die Arme auf dem Rücken und schob sie hinaus auf den Balkon.
»Ok, grad keiner da«, sagte Fox.
Mike hob Lilliana in die Luft und warf sie über die Brüstung. Rita gab einen Schreckenslaut von sich, während Phoebe auf Mike zu taumelte.
»Wow, voll die Parkour-Tante«, sagte Fox und schaute die Straße entlang. Phoebe kam neben ihm an und folgte seinem Blick. Sie sah Lilliana davonhumpeln. Mike hatte sie aus dem zweiten Stock geworfen. Zwei Arme umschlossen sie. Ihre Beine gaben nach, aber Mike fing sie auf und trug sie schweigend zurück in die Wohnung, während jemand an der Haustür Sturm klingelte.

29

»Ja, tut uns leid. Wir haben ein bisschen übertrieben. Kommt nicht wieder vor! Ich kaufe Ihnen persönlich einen lieblichen Sekt, Frau Julbach. Als Entschädigung! Danke! Wiedersehen!« Die Wohnungstür fiel krachend ins Schloss.

Mike saß auf dem Sofa und hielt Phoebe im Arm. Er hatte sie in eine Decke gewickelt und drückte sie einfach nur an sich. Langsam spürte sie, wie ein Hauch von Wärme in ihren Körper zurückkehrte.

Fox betrat das Wohnzimmer, das Schwert immer noch in der Hand.

»Von wegen billige Kopie! Das hat fast tausend Takken gekostet! Die Sauerei muss man erst abwischen.«

»Kann mir jemand erklären … bitte«, kam es von Rita. Ihre Stimme klang piepsig.

»Alles ist gut, werte Lady. Sie ist weg«, sagte Fox.

Pete kam mit einem Tablett herein, auf dem eine dampfende Tasse stand und dazu fünf Schnapsgläser, jeweils randvoll.

»Das brauchen wir jetzt, würde ich mal behaupten. Der Tee ist für Phoebe.«

Fox ergriff eins der Schnapsgläschen und stützte sich auf sein Schwert.

»Auf die Lady out of the Lake!" Er stürzte den Inhalt des Pinnchens herunter.

»Ich glaub, ich brauch noch einen«, sagte Rita. »Mike, bitte sag was dazu … bitte.«

»Ganz einfach«, mischte sich Fox ein. »Es ist so, wie ich es dir immer gepredigt habe. Die Vampirwelt ist nicht

Schloss und Romance und so, wie du es gern hättest, Verlagslady.«
Phoebe schaute Fox ungläubig an und rutschte von Mikes Schoß herunter, neben ihn auf das Sofa. Fox deutete mit dem Schwert auf Mike.
»Das finde ich irre, Mann. Phoebe ist mit nem Vampir zusammen! Was sagst du dazu, Petenator?«
Petes Miene verriet nicht viel. »Ich trinke einfach weiter, und warte, bis ich aufwache«, sagte er und stand auf. »Ich hol mal die ganze Flasche her.«
»Das kann nicht sein. Das ist nicht echt«, sagte Rita. Sie starrte unter sich, sah Mike nicht an.
»Wenn du glaubst, dass du alles weißt, und alles, was bisher keiner aufgeschrieben hat, nicht existiert – in dem Moment ist dein Leben vorbei. Schenk noch was ein, Peterchen.« Fox hielt Pete sein Schnapsglas entgegen.
»Ich wäre euch dankbar, wenn ihr das absolut für euch behaltet«, sagte Mike. »Berch ist auf dem Weg zu uns, übrigens. Ich habe ihn informiert, er wollte aber erst die Katzen in Sicherheit bringen.«
»Ich hab die Tür aufgemacht und dich mit diesen Zähnen gesehen, Mikey. Das ist nicht echt. Du hattest früher keine! Und Berch hatte dieses Implantat!«
»Ich hab sie mir abgefeilt und Berch eben nicht.«
Rita saß da und schüttelte langsam den Kopf.
»Ich verstehe nicht, was ihr alle für ein Problem habt.« Fox saß jetzt im Sessel ihnen gegenüber und reinigte sein Schwert.
»Du glaubst an Vampire? Das hast du nie erwähnt«, sagte Phoebe.
»Sehen heißt glauben«, sagte Fox zufrieden. »So, alles

wieder blank. Ups! Echtes Vampirblut abgewischt. Das hätte ich bei Ebay anbieten sollen … zu spät.« Er schob das Schwert in die Scheide zurück und lehnte es sorgsam an den Sessel.

»Danke, Fox«, sagte Phoebe. »Ohne dein Angriffsmanöver hätte es schlecht ausgesehen.«

»Hey– alles für meine Ladys.« Fox griff nach Ritas Hand und küsste sie. Phoebe glaubte aber, einen zarten Rosaschimmer auf seinen Wangen zu sehen. Ein bisschen Stolz stand ihm gut. »Rita hat Mike reingelassen, das war auch ganz hilfreich. Pete hat gleich geschaltet, als er die Tussi in deinem Zimmer gesehen hat. Jeder hat seinen Teil beigetragen. Ich sag auch nie wieder was gegen Paintball, Petenator. Und Rita – du musst jetzt stark sein, aber ich muss dir was sagen.« Fox machte ein ernstes Gesicht.

»Was denn?«, fragte Rita ängstlich.

»Es gibt auch Einhörner.«

*

Es war am späten Abend, als Mike die Tür öffnete und Berchtold hereinließ.

»Die Katzen sind in Sicherheit«, sagte er als erstes und sah sich in dem Wohnungsflur um. »Hier alles im Griff?«

»Ja, jetzt wieder. Ich hätte auf dich hören sollen.«

»Ist schon gut.« Berch zog seine Jacke aus und hängte sie an die Garderobe. »Ich schiebe Wache heute Nacht. Wir müssen feststellen, ob sie das Land verlassen haben. Bei Heidi sind wir raus. Sie war ziemlich geschockt und ihr Entsetzen war echt.«

»Also hat sie die Falle nicht gestellt.«
»Nein. Ich denke mal, die wollten dich einfach als Partner für diese Claire. Frische Gene für den Pool.« Berch grinste.
»Diese Dreckschweine.« Mike atmete kontrolliert durch. »Sie hat Phoebe fast umgebracht.«
»Kümmer dich um sie. Ich passe hier auf.« Berch nickte ihm zu.
»Wow! Jetzt kommt der andere Vampir!« Fox stand wie ein strahlender Kobold mitten im Flur. »Ich fühle mich unsagbar geehrt, Sir! Willkommen in meiner Behausung.«
»Was ist das für ein Vogel, wenn ich fragen darf?«
»Äh, das ist Fox, ein Schwertkämpfer aus ... einer anderen Dimension.«
»Wen du immer so alles aufgabelst«, sagte Berch. »Hey, Rita.«
Die Verlegerin des *Blaues Blut-Verlags* stand schüchtern am Eingang zum Wohnzimmer.
»Wir sind immer noch dieselben«, sagte Mike. »Komm schon, du kennst uns doch seit Jahren.«
»Ich muss mich erst dran gewöhnen«, sagte Rita und rührte sich nicht von der Stelle. »Kann ich jetzt nach Hause?« Sie klang wie ein Schulmädchen und in Mike regte sich das Mitleid. Das alles war zu viel für Rita. Sie mussten darauf achten, dass sie jetzt nicht zum Alkohol griff.
»Nein, du bleibst hier. Wir wissen nicht, wo diese Bekloppte gerade rumläuft«, sagte Berchtold.
»Phoebe ist eingeschlafen«, meldete Pete. »Also seid leise hier.« Er verschwand wieder im Wohnzimmer.

»Ich bringe sie ins Bett. Ihre Matratze hab ich in Petes Zimmer gelegt. Sie wird nicht in ihrem sein wollen«, sagte Mike.

Er ging ins Wohnzimmer, wo Phoebe auf dem Sofa lag. Sie hatte gebadet und war dann völlig erschöpft zurückgekommen. Mike hob sie sanft hoch und sie schmiegte sich sofort an ihn. Er konnte es nicht fassen, wie knapp es gewesen war, dass er sie allein heute zweimal fast verloren hätte. Und jetzt hielt er sie hier auf dem Arm und sie war körperlich unversehrt. Zärtlich legte er sie auf ihr Nachtlager und ließ sich selbst neben ihr nieder. Bis morgen würde er sie keine Sekunde mehr alleinlassen. Phoebe regte sich unruhig und in ihrem Gesicht stand die Besorgnis, selbst im Schlaf. Mike zog sie an sich und die Decke über sie beide. Durch die offene Tür kamen die leisen Stimmen der anderen und etwas Licht fiel zu ihnen ins Zimmer. Mike wusste, dass Berch regelmäßig Phoebes Zimmer kontrollieren würde, damit kein Vampir an der Fassade hochturnte. Und er würde die Vampire hören und riechen.

»Du bist so tapfer«, flüsterte er und küsste Phoebe sanft auf die Stirn.

»Du auch«, murmelte sie.

»Oh. Du bist wach?«

»Nicht wirklich. Ist gut, dass du da bist.« Ihre Finger legten sich um seinen Arm.

»Es tut mir so wahnsinnig leid, das ist alles meine Schuld«, sagte Mike. »Jetzt wirst du für immer Angst haben.«

»Nein, werde ich nicht. Ich komme damit klar.«

»Wirklich?«, fragte Mike und schöpfte Hoffnung.

Menschen waren so leicht zu traumatisieren, er hatte sich Sorgen gemacht.
»Auf jeden Fall. Du wirst mich noch kennenlernen. Vielleicht war das kein schlechter Einstieg für uns. Schlimmer kann es kaum werden.«
»Hoffen wir's mal.«
»Dafür sorge ich.«
»Wenn man sich überlegt, dass anfangs unser größtes Problem ein Manuskript von *Leyla – in den Fängen des dunklen Prinzen* war ...« Sie kicherte und Mike fühlte sich endlos entlastet. Alles würde wieder gut werden.
»Dass du sofort geschaltet hast, als ich dich angerufen habe, das war ... großartig. Das Gegenteil von einer schlechten Soap, wo sie sich grundsätzlich unterbrechen und nicht ausreden lassen und sich dann noch verplappern.«
»Ich schaue keine schlechten Soaps. Es hat auch geholfen, dass ich durch die SMS schon misstrauisch war. Die hat Lilli dann wohl von deinem Handy aus geschickt.«
»Aha. Und was hat dich misstrauisch gemacht?«
»Es war nicht dein Schreibstil.«
»Autor, du.« Sie küsste seine Wange.
»Bist du denn jetzt traurig?«, fragte sie. »Ich meine, weil sie nicht deine Eltern suchen werden.«
Mike schwieg für ein paar Sekunden und drängte den aufkeimenden Schmerz zurück. Ja, er hatte sich Hoffnungen gemacht, aber damit wollte er Phoebe nicht auch noch belasten.
»Das war bestimmt gelogen«, sagte er schließlich. »Ein Bluff. Die hatten nie die Möglichkeiten oder den Vorsatz, sie zu suchen.«

»Du bist enttäuscht.«
»Klar bin ich enttäuscht. Aber das Wichtigste ist, dass dir nicht mehr zugestoßen ist. Schlaf jetzt.« Er küsste sie zärtlich auf die Schläfe und sie schmiegte sich noch enger an ihn.
Als Phoebe schon tief schlief, lag Mike noch wach und dachte nach.

30

Zwei Wochen später …

»Aahh, ich hasse Überraschungen.« Phoebe tastete nach Mikes Händen, die über ihren Augen lagen. Sie lehnte sich rückwärts an ihn. »Oder ich bleibe jetzt für immer so stehen, das ist mir dann auch recht.«
Mike nahm seine Hände weg und sie blinzelte.
»Wenn es dir nicht gefällt, mach ich zur Strafe einen Monat die Katzenklos.« Er sah sie erwartungsvoll an.
»Mike …«
»Japp?«
»Das ist das süßeste Haus der Welt. Oh mein Gott, das ist das schönste Haus, das es gibt.« Sie schlug die Hände vor den Mund.
»Das ist *unser* süßestes Haus der Welt.«
Phoebe ging langsam auf die kleine Gartenpforte zu und drückte sie auf. Ein leicht geschwungener Weg führte auf ein zweistöckiges Fachwerkhaus zu, mit Erkern und kleinen Türmchen, so dass es fast wie ein Miniaturschloss aussah. Der verwilderte Garten mit seinen dichten Rosenbüschen besaß eine mit Natursteinen gepflasterte Terrasse.
»Es gibt auch einen Teich. Und die Küche ist mit alten Möbeln voll. Also wenn …«
»Ich *will* die alten Möbel! Unbedingt.«
»Okay!« Mike musste lachen. »Hier gibt's noch viel zu tun, aber als ich es gesehen habe, dachte ich, das muss ich retten.«

Phoebe flog ihm um den Hals und küsste ihn ab, dass er mit ihr zu Boden ging.
»Ich werte das als ein *Gefällt mir*.«
»Ich würde es liken, wenn es einen Button geben würde. Mike, du bist der Wahnsinn, und dass ich mitdarf, das ist … ich hab mir so was immer gewünscht.«
»Und schon wieder sind wir kompatibel. Irgendwie unheimlich. Hätte ja auch sein können, du bist Designermöbel-Freak oder ne Ikea-Braut. Puh, Glück gehabt.«
»Bitte nichts von Schweden sagen, wenn ich dabei bin. Danke. Ich habe eine Frage.«
»Stell sie.«
»WANN ziehen wir hier ein?«
»Heute noch.«

*

Es dauerte ein paar Tage, bis sie sich soweit eingerichtet hatten, dass sie ihre erste Nacht in dem Haus verbringen konnten. Berchtold entließ die Kätzchen unter strenger Aufsicht in den Garten und sie durften sich umsehen, bevor er sie besorgt wieder einsammelte und dabei was von Reizüberflutung murmelte. Phoebe stand fast den ganzen Tag im Haus und kratzte Farbe von den Wänden, spachtelte Löcher zu und schleifte Holzmöbel ab. Es machte ihr einen Riesenspaß und sie konnte es kaum erwarten, an den Garten zu gehen. Mike saß in den Abendstunden viel an seinem Manuskript und Phoebe hielt sich auf der Terrasse auf oder besprach mit Berch die Listen für den Baumarkt. Der ganze Sommer lag vor ihnen und sie würden bis zum Ende des Jahres in einem

Traumhaus wohnen. Wenn sie nachts in Mikes Armen lag, konnte sie ihr Glück kaum fassen. Fox und Pete blieben in der Wohnung und mit ihnen die Stabheuschrecken. Pete hatte einen Kommilitonen, der die Insekten übernehmen würde. Vorher hatte Fox mit mehreren Heuschrecken und Petes Modellbaulandschaften einen Horrorfilm gedreht und bei einem Wettbewerb eingereicht. Man konnte dem Machwerk einen gewissen Trashfaktor nicht absprechen und Fox behauptete, solche Filme hätten ihre Fans, wobei er sich nach wie vor im *Pfantasy*-Genre sah.
An einem Abend stand Phoebe in der Küche und machte sich einen Tee. Dann wollte sie noch etwas draußen sitzen und die Naturgeräusche hören. Nach Jahren in Berlin mit der Dauerkulisse von Autos und Straßenbahnen hatte sie sich immer noch nicht an die Stille gewöhnt. Und sie würde so schnell nicht genug davon bekommen. Ihr Handy klingelte und Phoebe nahm ab.
»Hey, Leonie.«
»Na?«
»Wie läuft's bei euch?«
»Mäßig«, sagte Leonie. »Die Neue ist so eine aaahhhhh… ich weiß alles, hab das schon immer so und so gemacht und aaahhh…!
»Verstehe. Willst du auch kündigen?«
»Ich denke drüber nach. Ernsthaft.« Sie seufzte in den Hörer. Phoebe nahm ihre Tasse und ging hinaus, während Leonie ihr den neuesten Tratsch aus der Praxis erzählte. Phoebe hatte sich einen neuen Job in einer Kleintierpraxis in der Nähe gesucht. Dort gefiel es ihr, aber sie schmiedete bereits Pläne. Eines Tages würde sie

sich selbstständig machen. Vielleicht als Tierheilpraktikerin. Seit sie hier draußen wohnte, konnte sie sich das wirklich vorstellen.
Leonie beklagte sich noch eine Weile und sagte, sie würde jetzt ins Bett gehen. Und nochmals über die Kündigung nachdenken. Phoebe sagte ihr ein paar bestätigende Worte und legte dann auf. Hinter ihr klickte es und sie drehte sich um. Mike stand in der Tür und hielt eine Kamera in der Hand. Er schaute auf das Display.
»Was ist das?«, fragte Phoebe.
»Mein Cover. Oder siehst du hier noch eine Mondrose?«
Phoebe zog die Brauen hoch.
»Du willst mich auf dem Cover haben?«
Mike lächelte. »Schaus dir an.« Er hielt ihr die Kamera hin. Sie trat näher und warf einen Blick auf das Miniaturbild. Der Mond stand voll hinter ihr am Himmel und man sah ihre Silhouette und die der Rosenbüsche.
»Dieses Buch – das sind wir beide. Ein besseres Cover kann es nicht geben.« Er küsste sie auf die Schläfe.
»Eure Liebeskasperei ist wirklich unerträglich«, sagte Berchtold. Er kam näher und nahm Phoebe die Kamera ab.
»Na ja … für nen Selfpublisher reicht's. Hast du es denn langsam mal fertig?«
»Ich habe soeben ENDE drunter geschrieben.«
»Wirklich?«, schrie Phoebe und Berch verzog schmerzlich das Gesicht. »Und das sagst du erst jetzt?« Sie fiel Mike um den Hals.
»Er hat gewartet, bis ich auch da bin, um meinen Ohren zu schaden. Wenn ihr Menschen redet, meint man, alle um euch rum müssten halb taub sein.«

»Darauf müssen wir anstoßen und ich will es lesen. Darf ich?«
»Niemand sonst darf. Berch wollen wir mit der Liebeskasperei doch nicht belasten«, sagte Mike.
»Zu spät. Schick's mir rüber. Hat Rita sich mal gemeldet?«
»Noch nicht. Sie ist etwas scheu geworden, aber Fox bleibt an ihr dran.«
»Wann kann ich es haben?«, fragte Phoebe.
»Moment.« Mike ging kurz ins Haus und kam dann wieder zurück. Er drückte ihr einen Papierstapel in die Hand.
»Toll. Und ich?« Berch wirkte beleidigt.
»Schau in deine Mails.«
»Ich möchte darauf hinweisen, dass an mir lieblos mit Rohstoffen gespart wird«, sagte Berch. Dann drehte er sich um und ging hinein.
»Ist er gekränkt?«, fragte Phoebe besorgt.
»Quatsch.« Mike zog sie an sich. »Der rennt jetzt hoch und liest es. Und dann wird er zwischendurch runterkommen und mir sagen, dass ich die Informationen zu schnell an die Leser rausgebe.«
Phoebe kicherte. »Ihr seid klasse zusammen. Ich bin froh, dass er mich hier akzeptiert. Er liebt dich, auch wenn er so rumpatzt.«
»Ich weiß.«
»Also dann … werd ich mal lesen.«
»Und ich werde oben das Cover bearbeiten. In ein paar Tagen gehen wir online damit.«

*

Am nächsten Morgen schlurfte Phoebe die Treppe runter ins Erdgeschoss. Sie hatte bis tief in die Nacht gelesen. Mike war bereits in der Küche beschäftigt. Er drehte sich zu ihr um.

»Und? Wie findest du es?«

Sie packte sein T-Shirt, zog ihn an sich heran und presste ihre Lippen auf seine.

»Oh, doch so gut«, murmelte Mike.

»Ich brauche deine anderen Bücher nicht kennen, um zu wissen, dass dies hier dein bestes bisher ist. Du kannst unglaublich gut mit Worten umgehen.« Wieder küsste sie ihn und spürte ein warmes Fellköpfchen, das sich an ihrem Knöchel rieb. Die Katzen kamen die Treppe runter und verkündeten damit, dass Berchtold aufgestanden war.

»Na, auch die halbe Nacht gelesen?«, fragte Phoebe den blonden Vampir.

»Besser als mir euer Geglucke reinzuziehen. Aber so hab ich das Geglucke halt auf dem Reader.« Er goss sich Kaffee in die Tasse. »Bin wieder oben. Ihr solltet die Katzen füttern, sonst gehen sie euch auf den Sack.«

»Wie findest du es?«, fragte Mike, als Berch schon die halbe Treppe rauf war.

»Du gibst die Infos zu schnell an den Leser raus. Ansonsten … man kann damit arbeiten.« Berch verschwand im ersten Stock.

Mike sah Phoebe an. »Simultan übersetzt heißt das: Es ist brillant.«

31

Vier Tage später lud Mike die *Mondrose* auf der Verkaufsplattform hoch und postete dies auf seiner Fanseite. Berch hatte nur wenig zu meckern gehabt und sie hatten es gemeinsam noch einmal korrigiert.
Jetzt saß er mit Phoebe zusammen am Rechner und sie schauten zu, wie das Buch langsam im Rang stieg.
»Du bist schon auf 200!« Phoebe drückte auf *Aktualisieren*.
»Du musst nicht immer drücken. Die machen das nur einmal pro Stunde neu«, sagte Mike.
»Und wer soll das aushalten?« Phoebe lachte. »Du schaffst die Top 100 heute noch.«
»Naja, mal sehen.«
»Nicht so bescheiden. Na gut, dann arbeiten wir eben was, aber in einer Stunde sitze ich wieder hier.« Phoebe stand auf und lief die Treppe hinunter. Der Sommer kam unausweichlich und sie ging in den Garten, wo sie eine neue Minibaustelle am Teich hinter dem Haus eröffnet hatte. Phoebe lud Steine in eine Schubkarre und kippte sie dann am Teich aus. Ganz kurz lenkte das schwarze Wasser ihre Gedanken in eine andere Richtung, aber sie schüttelte das sofort wieder ab. Stein um Stein fuhr sie fort, die Teichbegrenzung neu aufzuschichten.
Starke Finger legten sich über ihren Mund. Sie wurde hochgezogen und wie in einem Déjà vu sah sie Federigo als Spiegelung im Wasser des Teiches.
»Ganz ruhig«, flüsterte er an ihrem Ohr. Phoebe schluchzte auf. Der Griff um ihren Körper ließ keine Bewegung zu.
»Ich tu dir nichts. Keine Angst, ich tu dir nichts. Ich

musste das so machen. Du bist mein Schutzschild. Mike und Berchtold bringen mich sonst sofort um, ich hab keine Chance gegen die beiden. Ich brauche deine Hilfe. Ich schwöre, dir passiert nichts. Okay?«

Phoebe war wie erstarrt. Sie wusste nicht, ob sie ihm glauben sollte. Andererseits, wieso lebte sie sonst noch?

»Ich nehme meine Hand jetzt weg. Bitte schrei nicht. Ich habe eine wichtige Botschaft für euch.« Phoebe nickte. Tatsächlich zog er seine Hand weg.

»Tut mir leid für den Schrecken«, sagte er. »Ich …«

Ein Fauchen ertönte hinter ihnen. Federigo wirbelte sie herum. Mike und Berch standen nur wenige Meter von ihnen entfernt.

»Halt!«, rief Phoebe. »Wartet, er sagt, er hat eine Botschaft für uns.«

»Du lässt sie sofort los, dann höre ich mir deine Botschaft vielleicht noch an, bevor ich dir den Hals umdrehe«, knurrte Berch.

Zu Phoebes Erstaunen ließ Federigo sie los und hob langsam die Hände.

»Es tut mir leid. Ich habe das nur getan, damit ich überhaupt zu Wort komme, bevor ihr mich umbringt.«

Mike sprang nach vorne und riss Phoebe in seine Arme. Sie spürte das unterschwellige Knurren in seiner Brust, als er sie an sich presste.

»Bitte lasst ihn ausreden«, sagte Phoebe.

»Wozu? Es gibt nichts, was ich von einem Verräter hören will«, sagte Berchtold.

»Ich wusste nichts davon, ehrlich. Ich wusste nicht, was Lilli vorhatte. Claire war eingeweiht. Ich habe die Kolonie verlassen.« Er atmete tief durch. »Lilliana ist …

sie denkt anders als ich. Und die anderen hören auf sie, also bin ich gegangen.«

»Beweise wären nett«, sagte Berch. »Was hält dich davon ab, sie auf uns zu hetzen?«

»Das ist unnötig. Außer ihrem gekränkten Stolz hat sie hier nichts mehr zu erledigen. Sie wollte Mike, weil er genetisch perfekt zu Claire gepasst hätte. Er ist reinblütig, das kann jeder riechen. In meiner Linie gibt es einen Menschen. Ich bin in ihren Augen genetisch verunreinigt. Lilliana würde nie anderen Vampiren schaden. Wir sind sowieso zu wenige … aber sie hält es für Verschwendung von Genmaterial, wenn du eine Menschenfrau hast, Mike. Das ist nicht meine Ansicht. Wirklich nicht.«

»Und das ist deine Sensationsmeldung an uns? Email hätte genügt«, sagte Mike.

»Nicht ganz.« Federigo sah unsicher zu ihnen hinüber. Er zog langsam ein Handy aus der Tasche und drückte die Ruftaste. »Ich bin deinetwegen hier, Mike. Ich habe dir jemanden mitgebracht.«

»Was soll das heißen.« Mike fasste Phoebe etwas fester. »Ich will keinen von der Bande sehen.«

»Ich weiß. Es ist auch niemand von denen.« Federigo deutete an ihnen vorbei zum Haus. Sie drehten sich um. Dort stand jemand, ein Mann, im Schatten der Bäume. Phoebe spürte, wie Mike anfing zu zittern. Sein Griff erschlaffte und er machte zwei unsichere Schritte in diese Richtung. Phoebe hielt den Atem an, als Mike langsam weiterging. Federigo stellte sich neben Phoebe, hielt aber respektvollen Abstand.

»Er kann riechen, dass es sein Vater ist«, sagte Federigo leise.

»Wie hast du …?«, flüsterte Phoebe.
»Ich war es euch schuldig«, sagte Federigo. Phoebe sah zu Berch. Der sonst so sarkastische Vampir stand ganz still und starrte auf die Szene vor ihm. Mike war stehengeblieben. Der Mann trat auf ihn zu und zog ihn wortlos in seinen Arm. Berch wischte sich über die Augen, was Phoebe mit Erstaunen beobachtete.
»Lassen wir die beiden allein«, sagte er.

*

In der Küche setzte Phoebe Wasser auf. Sie hatten Federigo erlaubt mit reinzukommen. Der saß ziemlich bescheiden am Tisch und wartete, dass er einen Kaffee bekam.
»Ich will alles hören«, sagte Berchtold. »Pack aus, was du weißt.«
»Vielleicht sollte Mike das selbst …«, fing Federigo an.
»Du packst jetzt aus.« Berchs Stimme nahm an Schärfe zu. »Ich bin sein Erziehungsberechtigter. Klar?«
»Aber du …«
»Sag's ihm einfach«, mischte sich Phoebe ein. »Hier hast du Kaffee.« Sie stellte ihm eine Tasse hin.
»Gut, also … Mikes Mutter habe ich natürlich auch gesucht. Sie ist tot.«
»Ich nehme an, sie wurde überfallen und hat Mike im Gebüsch versteckt, jemand anderer hat ihn gefunden«, mutmaßte Berch und Phoebe hörte seiner Stimme an, welchen Stress ihm das Thema bereitete.
»Nein. Sie hat Mike wissentlich ausgesetzt. Und seinem Vater nichts davon gesagt. Sie hatte vor, sich von Mikes

Vater zu trennen. Da war ein anderer, ein menschlicher Mann. Ziemlich vermögend. Mikes Mutter, sie hieß Victoria, hatte einen reichen Industriellen ins Auge gefasst. Sie wollte in der Gesellschaft nach oben, ein besseres Leben haben. Mike passte einfach nicht in diesen Plan.«

»Das ist nicht dein Ernst.« Phoebe ließ sich geschockt am Tisch nieder.

»Doch. Sie hat Mike loswerden wollen. Ihn selbst zu töten hat sie nicht geschafft, vielleicht wollte sie das auch nicht, aber sie setzte ihn aus und das war lebensgefährlich für so ein kleines Kind.«

»Ich wusste es«, kommentierte Berchtold. »Das konnte nur einer von ihnen getan haben. Mike wird das kaum wegstecken.«

»Wie ist sie gestorben?«, fragte Phoebe.

»Bei einem Feuer. Im Haus von diesem Menschenmann.«

»Ausgleichende Gerechtigkeit«, sagte Berch. »Ich habe es immer befürchtet. Kein Missverständnis, keine liebenden Eltern, die irgendwo auf ihn warten.«

»Nein, nicht wirklich«, sagte Federigo. »Mikes richtiger Name ist Richard Melbourne. Sein Dad heißt Oscar Melbourne.«

Es entstand eine kurze Pause, in der jeder für sich nachdachte.

»Hm, ich hätte da noch eine Frage«, fing Federigo wieder an. »Darf ich euch manchmal besuchen? Ohne meine Gruppe bin ich allein. Ich habe niemanden mehr. Und mich einfach so Menschen anschließen, das geht nicht.«

Berch holte Luft, als Phoebe ihm einen strengen Blick zuwarf.

»Natürlich kannst du uns besuchen«, sagte sie schnell. Federigo lächelte.
»Ich könnte dir draußen helfen, schwere Sachen tragen und so was.«
»Ich bin ein ganz kleines bisschen territorial. Nur mal als Hinweis«, sagte Berch.
»Berchtold, wo soll er denn hin?«, sagte Phoebe. »Wir finden schon eine Lösung.«
»Danke. Und noch was, Heidi wusste von Lillis Plänen auch nichts, sie hat es nur gut gemeint.«
»Wissen wir, sie hat es uns in etwa 25 Briefen mitgeteilt«, sagte Berch.
»Hey.« Alle drehten sich um. Mike stand in der Tür zur Küche, sein Vater hinter ihm. Die Ähnlichkeit war weniger stark, als Phoebe sie sich vorgestellt hatte. Nur die Haarfarbe stimmte überein, aber Mikes Vater hatte fast schwarze Augen und er war etwas größer als sein Sohn. Phoebe hätte ihn ohne Vorkenntnisse auf gut 35-40 Jahre geschätzt. Sicher war er über 200.
»Hallo«, sagte Phoebe freundlich. Am liebsten wäre sie aufgestanden und hätte Mike umarmt, aber sie spürte, dass er sich jetzt gerade nur um sich kümmern konnte. Emotionen von anderen waren zu viel in diesem Moment.
»Also …« Mike sah so hilflos aus, als er versuchte Worte zu finden, dass es Phoebe das Herz zerriss. »Oscar übernachtet bei uns.«
»Das ist schön. Ich mache das Gästezimmer startklar«, sagte Phoebe.
Mike nickte. Er stand noch sichtlich unter Schock.

»Ihr könnt doch eine Runde spazieren gehen«, schlug Berch vor.
Mike nickte wieder. Er würde seine Zeit brauchen, bis er wieder richtig ansprechbar war.
»Komm, wir gehen raus, im Wald ist es schattig«, sagte Oscar und seine Stimme war der Mikes wirklich sehr ähnlich. Mike drehte sich langsam um und ging hinaus. Oscar blieb noch kurz stehen. »Danke, Federigo. Ich stehe für immer in deiner Schuld.« Dann folgte er seinem Sohn nach draußen.

*

Sie war kurz davor, in den Schlaf zu gleiten, als sie eine Bewegung neben sich im Bett spürte. Mike war zurück. Seine Finger glitten über ihren Arm zu ihrer Schulter und sie drehte sich zu ihm um, zog ihn an sich. Dann hielt sie ihn einfach nur in der Dunkelheit und wartete, ob er etwas sagen würde, aber das geschah nicht.
»Wie geht es dir«, flüsterte sie schließlich.
»Erschöpft irgendwie. Habe es noch nicht begriffen. Es ist zu unglaublich. Hat dir Federigo alles erzählt?«
»Alles, das kann ich nicht sagen, aber ich denke, es war genug.«
»Du glaubst, dass sie es verdient hat, oder?«
»Ja, das glaube ich«, sagte Phoebe. Mike seufzte traurig.
»Mein Vater sagt, sie war wunderschön, er ist auch auf sie reingefallen, aber sie war auch ichbezogen und rücksichtslos.«
»Die Wahrheit kann wehtun. Nicht jeder hat tolle Eltern. Es tut mir so leid für dich.« Sie küsste seine Stirn.

»Ich werde damit zurechtkommen. Ich habe mehr, als ich je hoffen konnte. Ich bin Berch auch unendlich dankbar, dass er mich mitgenommen hat. Ich wäre draufgegangen ohne ihn.«

»Du bist hier, das allein zählt.«

»Und der Verkaufsrang. Wir sind auf 46.«

»WAS?«, rief Phoebe. »Wie genial!« Sie wuschelte ihm durch die Haare. »Einmal Autor, immer Autor. Ich habe gar nicht mehr geguckt, was spielen Verkaufszahlen für eine Rolle an einem Tag wie heute?«

»Da muss irgendwas losgegangen sein, dass die so kaufen auf einmal«, sagte Mike.

»Du bist einfach gut, das ist es.« Phoebe drückte ihn und Mike brummte unwillig. »Man muss auch mal Lob akzeptieren. Bin gespannt, was Rita dazu sagt.«

*

Etwas erschöpft kletterte Phoebe am nächsten Morgen die Treppe runter. Klettern bedeutete in dem Fall, dass sie sich am Geländer festhielt, um nicht einen Schritt ins Leere zu tun. Sie brauchte Kaffee, aber so was von. Die halbe Nacht hatten sie noch geredet und sie war froh, dass heute Sonntag war und sie keinen Dienst hatte. Berch kam ihr im Eingangsbereich entgegen, nahm sie an der Schulter und schob sie zum nächsten Fenster.

»Bitte sag mir, ob du auch ein Pferd in unserem Garten siehst, das unsere Wiese mampft.«

Phoebe sah aus dem Fenster.

»Ja, ich sehe auch ein Pferd, das unsere Wiese mampft.« Sie ging zur Tür und trat hinaus in den Garten.

»Mylady!« Fox erschien vor ihr wie ein Kasper aus der Kiste. Sein Haar stand wieder ungebändigt in alle Richtungen ab. Phoebe sah ein Auto vor dem Zaun parken und da graste tatsächlich ein ziemlich großes pechschwarzes Ross um ihre Rosen herum.
»Fox. Klär mich auf. Am besten schnell, ich hatte noch keinen Kaffee.« Berch erschien neben ihr und drückte ihr eine heiße Tasse in die Hand.
»Hier. Und du regelst den Quatsch mit deinem Ex-Mit-Insassen.«
»Mylord Vampir! Welche Ehre, Euch hier zu begegnen!«, rief Fox und Berch stöhnte leise auf. »Ich liebe Eure Klischee-Fernheit, sehe Euch in der strahlenden Sonne stehen! Und Ihr seid auch nicht nur mit einem Holzpflock durchs Herz zu töten! Ein Schwert täte es auch. Das finde ich sehr innovativ!«
»Du stellst am frühen Morgen ein Pferd in MEINEN Garten und denkst dabei über Möglichkeiten nach, wie ich zu Tode kommen könnte?«, fragte Berchtold.
»Ihr seid so negativ, Mylord Vampir, ich lobte Euch nur, weil Ihr nicht dem Klischee entsprecht. Ich meine, dass Ihr an einem Holzpflock durchs Herz sterben könntet und so.«
»Kennst du IRGENDWEN, der einen Holzpflock durchs Herz bekommen und das überlebt hat?«, fragte Berch.
»Bin im Haus.«
»Ok.« Phoebe wartete, bis Berch verschwunden war, bevor sie sich wieder an Fox wandte. »Bitte erlöse mich. Was machst du hier und wird es wieder aufhören?«
»Ich sag's dir. Rita ist übrigens auch da, sie schaut sich euren Teich an. Schöne Hütte!«

»Fox …«
»Schon gut, also. Darf ich präsentieren? Mein … Achtung!« Er hob die Arme und betonte jedes einzelne Wort: »Gismo-Lazarus-Projekt. WAS sagst du dazu, als ebenfalls Raukland-Fan. Ist er nicht toll?«
»Ich brauche Kaffee.« Phoebe nahm einen Schluck, das Zeug war noch heiß wie sonst was und sie musste husten. »Er ruiniert den Vorgarten.«
»Ach.« Fox winkte ab. »Ein kleines Opfer für die Kunst. RIIITAAAA! KOMMST DU MAL?«
»Danke, jetzt ist das ganze Haus wach. Und hattest du nicht eine Tierhaarallergie?«
»HATTE. Vergangenheitsform! Und ich habe auch eine Theorie. Ich hatte ne kleine Wunde an der Hand, hab ich erst später bemerkt, von der Vampirfurie. Vielleicht ist was von ihrem Blut da reingekommen. Kennst du das Immunabwehrexperiment mit den Schweinebandwürmern?«
»Nicht vorm Mittagessen.«
»Egal. Auf jeden Fall könnte das so was Ähnliches sein. Die Allergie ist weg!«
»Und woher hast du die Kohle? Hallo, Rita.« Phoebe sah Mikes Verlegerin um die Ecke kommen.
»Ein schönes Haus habt ihr. Ist Mike auch da?«
»Ja, er ist drinnen.«
»Ladys! Es ging eben noch um mich! Selten genug. Also, ich habe jetzt einen Sponsor. Mein Filmprojekt gedeiht. Das Pferd können wir als Recherchematerial absetzen.« Fox streichelte dem Schwarzen den Hals, während das Pferd unbeirrt sein Frühstück fortsetzte.
»Rita, muss ich mir Sorgen machen?«, fragte Phoebe leise.

Rita winkte ab.
»Federigo bezahlt ihm einen Kurzfilm, basierend auf seinem *Pfantasy*-Kram. Sollte das ein Internet-Hit werden, kann man drüber reden, sein Skript ist inzwischen gar nicht so schlecht, muss ich sagen.«
»Rita. Du?« Mike erschien in der Tür. Er war barfuß, trug ein T-Shirt und eine Jeans. Und er wirkte irgendwie *gelöst*.
»Hallo«, sagte Rita schüchtern. Sie schien immer noch Respekt vor den Vampiren zu haben. Und Mike spürte das wohl. Er ging auf sie zu und nahm sie kurz in die Arme.
»Es ist fast alles noch so wie vorher, ok? Und danke, dass du dichtgehalten hast.«
»Ist selbstverständlich. Die *Mondrose* ist auf Rang 18 heute Morgen. Ich hab's gestern in den Newsletter gepackt.«
»Danke.«
»Ich wollte mit dir reden. Über eine Hardcover-Ausgabe der *Mondrose*.«
»Wow, das ist doch toll! Oder Mike?«, sagte Phoebe.
»Äh ja, ist toll.« Mike kratzte sich am Kopf. »Rita, sag einfach, was du willst.«
»Naja.« Rita öffnete ihre Tasche und zog einen Packen Papier heraus.
»Was ist das?« Mike nahm das Bündel entgegen.
»Eine Petition. Heidi hat 7534 Unterschriften gesammelt, damit du Leyla Teil 2 schreibst.«
»Nein.«
»Mickey, bitte hör mich doch erst mal an! Federigo wird neu Fuß fassen hier in Deutschland. Und er hat Geld! Der Junge ist ein Börsianer. Und will investieren. In euch!

Wahrscheinlich will er sich eure Freundschaft sichern …«
»… die man übrigens nicht kaufen kann …«, warf Mike dazwischen.
»Gib ihm doch mal ne Chance. Mike.« Rita legte den Kopf schief und strich ihm über die Wange. »Wenn wir aus Leyla eine Serie machen, brauchen wir uns um Verkaufsränge nie wieder sorgen. Na komm, wir gehen erst mal ins Haus und reden über alles.« Sie fasste Mike sanft am Arm, der Phoebe einen gottergebenen Blick zuwarf.
Sie grinste und hielt den Daumen hoch. Bei Thema Geld vergaß Rita auch gleich wieder ihren Respekt vor Mike.
»So, bin mal weg«, sagte Fox. »Heute ist in der WG *Die schier endlose Modellbau-Nacht mit nicht absehbaren Ergebnissen*.«
»Ähh … war die nicht letztens schon mal?«
»Nein. Vor einer Woche war *Die unfassbar lange Modellbau-Nacht mit ganz passablen Resultaten*«, korrigierte Fox. »Gismo, komm jetzt, wir müssen los.« Fox zog das Pferd am Strick. »Jetzt will er die Trense wieder nicht anziehen. Koooooooomm!« Er warf sich ins Seil. »Verdammt, ist der stark. Muskelhals! Kannst du mir helfen?«
»Als echter *Pfantasy*-Autor musst du deinen Gaul aber allein vom Fleck kriegen«, sagte Phoebe.
»Nur das eine Mal, bis er sich an mich gewöhnt hat«, bat Fox. Phoebe stellte ihren Kaffee beiseite und half Fox, das Pferd vom Gras loszueisen. Sie führten es auf den Weg vor das Grundstück und Fox zog ihm die Trense über.
»Ist er nicht toll? Das war immer mein Traum. Bei der Leyla-Verfilmung bin ich übrigens auch dabei mit ihm.

Gismo und ich haben ne Komparsenrolle, das hat Rita mir versprochen.«

»Das steht doch noch gar nicht fest, ob das gemacht wird«, sagte Phoebe, während Fox sich in den Sattel schwang. Er zwinkerte ihr zu.

»Wenn Rita das sagt, steht es fest. Bis dann, Mondgöttin!«

Er drückte dem Pferd die Beine an den Bauch und es fiel in einen gelangweilten Schritt. Sie stand noch da und sah zu, wie Pferd und Reiter immer kleiner wurden. Zweimal blieb Gismo stehen und zupfte Blätter von einem Baum, sie hörte Fox schimpfen, dann waren sie verschwunden.

ENDE

Petenator – es wird wieder mal Zeit für Paintball und für eine unglaublich lange Modellbau-Nacht mit absolut vorzeigbaren Ergebnissen.

Deine Sis-in-Law
Isi

WARNHINWEIS!

Liebe Leser, ihr habt das Buch wahrscheinlich zu Ende gelesen. Hoffentlich hat es euch unterhalten. Wozu der Warnhinweis? Ganz einfach: Ich gehöre zu den Autoren, die sich nicht nur in einem Genre tummeln. Dieses Buch habe ich geschrieben, weil ich gewettet habe, einen Vampirroman hinzubekommen, obwohl ich Vampire nicht leiden kann. Aber einen Teil 2 habe ich nicht geplant und es gibt auch kein vergleichbares Buch von mir (bisher). Das heißt, ihr könnt unter meinen Veröffentlichungen Thriller, Horror, Jugendromane und Mystery finden, aber keine weitere Komödie. Das sage ich nur, damit ihr nichts Falsches kauft und euch dann ärgert. Schreibt mir gerne auf Facebook oder Lovely Books!

Ihr interessiert euch trotzdem für weitere Bücher von mir? Ihr lest gern was von echt gestörten Stalkerinnen, die hübsche Schauspieler verfolgen, unentdeckten Waldmonstern, Geistern, süßen Sirenenjungen auf der Suche nach einer Familie oder jungen Königen?
Dann ladet euch doch gern die kostenlosen Leseproben runter und/oder das Buch der Silberfedern – Episode 1. Das ist dauerhaft gratis! Darin findet ihr Kurzgeschichten von mir und anderen Autorinnen, mit denen ich eng zusammenarbeite.

Die Silberfedern

Was sind die Silberfedern? Das sind Jordis Lank, Gaby Wohlrab, Anna Moffey, Patricia Rabs, Marlies Lüer und ich. Wir verstehen uns so großartig, dass wir zusammen Projekte für unsere Leser erarbeiten. Dazu gehören auch Gratis-Ebooks und sogar Taschenbücher der Silberfedern gibt es regelmäßig auf Facebook und Lovely Books zu gewinnen. Verkäuflich sind diese Bücher nicht, deshalb besucht einfach unsere Seite Silberfedern auf Facebook, um nichts zu verpassen!
In unseren Silberfederbüchern erwarten euch Geschichten, die alle etwas mit unseren Romanen zu tun haben. Kleine, abgeschlossene Geschichten, die keine Leseproben sind, sondern für sich stehen. So könnt ihr unverbindlich Protagonisten kennenlernen und ihre Welten beschnuppern.

Rita empfiehlt euch diese *Pfantasy,* Fantasy und Zeitreise-Romane frisch aus silbernen Schreibfedern! Ihr wollt attraktive Typen mit spitzen Ohren, den Hengst Gismo, Silbermagie, Schwertkämpfer aus einer anderen Zeit oder auch ein paar Ex-Waisenhausbewohner auf Fährte der Elfen (nicht vampirfrei)? Kein Problem:

Eldorin – Das verborgene Land (Band 1)
Eldorin – Der Erbe des Königreichs (Band 2)
Von Gaby Wohlrab
Auch als wunderschönes Hardcover zu haben!

***

Die Drachenschwert-Trilogie
Midirs Sohn
Erdsängerin
Schwertgeist
Tiefsinnige Fantasy von Marlies Lüer
Als Ebook und Taschenbuch

***

Ella und Jesda – Durch die Zeit
Falsches Blut (Band 1)
Kalte Seele (Band 2)
Gläserne Hände (Band 3)
Stilles Herz (Band 4)
Zeitreiseroman-Reihe von Patricia Rabs
Taschenbuch und Ebook

***

Nebelring – Das Lied vom Oxean
Zauberhafte silberne Fantasy von Anna Moffey
Taschenbuch und Ebook

***

Raukland-Trilogie
Rauklands Sohn (Band 1)
Rauklands Blut (Band 2)
Rauklands Schwert (Band 3)
Mittelalterliche *Pfantasy* ohne Fantasy, aber mit Pferden, empfohlen von Fox persönlich, geschrieben von Jordis Lank
Taschenbuch und Ebook

Ich wünsche euch Gesundheit und alles Gute!

Isabell Schmitt-Egner

13051122R00191

Printed in Poland
by Amazon Fulfillment
Poland Sp. z o.o., Wrocław